UNE OMBRE SUR LA VILLE

Né à New York en 1947, James Patterson publie son premier roman en 1976. La même année, il obtient l'Edgar Award du roman policier. Il est aujourd'hui l'auteur de plus de trente best-sellers traduits dans le monde entier. Plusieurs de ses thrillers ont été adaptés à l'écran.

D1630733

JAMES PATTERSON

Une ombre sur la ville

TRADUIT DE L'ANGLAIS (ÉTATS-UNIS) PAR PHILIPPE HUPP

L'ARCHIPEL

Titre original :

RUN FOR YOUR LIFE

Publié par Little, Brown & Co, New York, 2009

© James Patterson, 2009.
© L'Archipel, 2010, pour la traduction française.
ISBN : 978-2-253-16260-5 – 1ʳᵉ publication LGF

À Kathy, Eileen et Jean.

PROLOGUE

À bas le pouvoir

1

Être coincé dans le bus à New York, en temps normal, c'est déjà une épreuve.

Mais quand le véhicule appartient à la Tactical Assistance Response Unit, une brigade d'intervention du NYPD, qu'il est garé devant un barrage noir de flics et qu'on se trouve là parce qu'on est la seule personne au monde susceptible d'empêcher plusieurs otages de se faire tuer, on peut dire adieu à son dîner.

Ce lundi-là, je n'avais pas prévu de sortir. Et heureusement…

— Où est mon fric, Bennett ? cracha une voix dans mon casque.

Cette voix, au bout de sept heures et demie, m'était devenue familière. C'était celle d'un tueur de dix-neuf ans qui appartenait à un gang. Surnommé D-Ray, Kenneth Robinson de son vrai nom, il était le principal suspect d'un triple meurtre lié à une affaire de drogue. L'unique suspect, pour tout dire. Quand la police était venue l'arrêter, le matin même, il s'était retranché dans un vieil immeuble de Harlem, désormais cerné par les forces de l'ordre, menaçant d'abattre cinq membres de sa propre famille.

— L'argent arrive, D-Ray, lui répondis-je d'un ton posé. Comme je te l'ai dit, j'ai demandé à la Wells Fargo de nous envoyer un fourgon blindé depuis Brooklyn. Cent mille dollars en billets de vingt non marqués, posés à l'avant.

— Tu dis ça chaque fois, mais je le vois pas, moi, le fourgon !

— Ce n'est pas aussi simple que ça en a l'air, mentis-je. Ils sont soumis à des contraintes horaires qui dépendent des banques. On ne peut pas les appeler comme on appellerait un taxi. De plus, pour transporter des sommes pareilles, ils doivent passer par des procédures complexes. Et comme tout le monde, ils sont retardés par la circulation.

Face à un preneur d'otages, il faut se montrer calme et mesuré, et je suis capable de donner le change avec un certain talent. Sans ces dizaines d'hommes en tenue d'assaut qui m'écoutaient, on aurait pu me prendre pour un prêtre en train de recueillir une confession.

En fait, le fourgon de la Wells Fargo était arrivé deux bonnes heures plus tôt. Il était garé quelques rues plus loin, à l'abri des regards, et je bataillais ferme pour qu'il reste là-bas. S'il arrivait jusqu'ici, cela signifiait que j'avais échoué.

— Tu veux m'embrouiller ? aboya D-Ray. *Personne* m'embrouille, le flic. Tu crois peut-être que je sais pas que je vais prendre perpète, de toute façon ? Qu'est-ce que je risque, si je tue quelqu'un d'autre ?

— Je sais bien que tu parles sérieusement, D-Ray. Moi aussi, je parle sérieusement. Je n'ai aucune envie de t'embrouiller. L'argent va arriver. En attendant, as-tu besoin d'autre chose ? Plus de pizzas, de boissons gazeuses, des trucs de ce genre ? Vous devez crever de chaud, à l'intérieur. Tu ne veux pas qu'on apporte des crèmes glacées pour ta nièce et ton neveu ?

— *Des crèmes glacées ?* hurla-t-il avec une fureur qui me fit grimacer. T'as pas intérêt à déconner, Bennett ! Si je vois pas arriver un fourgon blindé d'ici cinq minutes, je te balance un cadavre devant la porte.

Il raccrocha. Je m'épongeai le front du revers de la main, retirai mon casque et mis le nez à la vitre. Du bus, on distinguait parfaitement l'immeuble de D-Ray dans la 131ᵉ Rue, près de Frederick Douglass Boulevard. En scrutant à l'aide de mes jumelles la fenêtre de la cuisine, je sentis ma gorge se nouer. Il y avait des dessins d'enfants et une photo de l'écrivain et militante noire Maya Angelou plaqués sur le frigo avec un magnet de l'association Eracism. La nièce de D-Ray avait six ans, son neveu huit. Le même âge que mes enfants.

Au début, comme ses otages faisaient partie de sa propre famille, je m'étais pris à espérer que ce serait plus facile. Bien des criminels peuvent tenter ce genre de coup de bluff désespéré, mais en général ils font marche arrière avant de s'en prendre à leurs proches, surtout s'il s'agit d'enfants. Miss Carol, quatre-vingt-trois ans, la grand-mère de D-Ray, était là, elle aussi. C'était une figure du quartier, une femme puissante et respectée, responsable du centre de loisirs et du jardin communautaire. Si quelqu'un pouvait raisonner D-Ray, c'était bien Miss Carol.

Hélas, elle n'y était pas parvenue, ce qui ne présageait rien de bon. D-Ray avait déjà prouvé qu'il était un tueur, et, en lui parlant, au fil des heures, je l'avais senti de plus en plus agressif, de moins en moins maître de lui-même. Pour moi, il ne faisait pas de doute qu'il n'avait cessé de se shooter au crack ou à la méthamphétamine et qu'à présent il était à moitié fou. Il se cramponnait à un fantasme d'évasion, pour lequel il était prêt à tuer.

Ce fantasme, j'avais contribué à l'élaborer, et je m'étais évertué à le nourrir en tirant sur toutes les ficelles à ma disposition, pour que nous puissions sortir ces gens de là vivants. J'avais essayé de créer un lien, je m'étais adressé à D-Ray comme l'aurait fait un ami compréhensif, je lui avais même dit comment je m'appelais. Maintenant, j'étais à court d'astuces et de temps.

J'abaissai mes jumelles pour observer le décor. Derrière les barrières de police et les nuées de gyrophares, il y avait plusieurs fourgonnettes de la télévision et peut-être soixante ou soixante-dix badauds. Certains étaient en train de manger des plats chinois, d'autres filmaient ou prenaient des photos avec leurs téléphones. Des gamins zigzaguaient sur leurs patinettes Razor. La foule semblait fébrile, impatiente. On aurait dit des pique-niqueurs déçus que le feu d'artifice n'ait toujours pas commencé.

À côté de moi, Joe Hunt, qui commandait le secteur de Manhattan North, se renfonça dans son fauteuil et exhala un long soupir.

— Je viens d'avoir le groupe d'intervention. Les tireurs d'élite devraient pouvoir aligner notre gars par une des fenêtres, côté cour.

Je ne répondis rien, mais Joe savait ce que je pensais. Il me regarda d'un air presque triste qui trahissait sa lassitude à l'égard du monde dans lequel nous vivions.

— Jeune ou pas, on a affaire à un sociopathe violent, poursuivit-il. Il faut qu'on laisse ça à l'unité tactique pendant que ces pauvres gens, à l'intérieur, ont encore une chance de s'en sortir. Je fais venir le fourgon de la Wells Fargo. Je veux que vous rappeliez D-Ray pour lui dire de le guetter. Ensuite, les snipers pourront neutraliser la cible. (Joe se souleva et me tapa énergiquement sur l'épaule.) Désolé, Mike. Vous avez été plus qu'à la hauteur de la situation, mais de toute évidence, ce gosse ne tient pas à rester en vie.

Je passai ma main dans mes cheveux, me frottai les yeux, des yeux bien fatigués. New York a la réputation d'être l'une des villes du monde où les prises d'otages ont le plus de chances de s'achever sans effusion de sang, et contribuer à inverser cette belle tradition ne me réjouissait aucunement, mais le raisonnement de Hunt était imparable. D-Ray ne faisait absolument rien pour que je l'aide à survivre.

Je hochai la tête, à court d'arguments. Maintenant, nous devions penser à sa famille. Il n'y avait pas d'autre solution.

Joe Hunt appela les convoyeurs et leur demanda de se rapprocher. Quand le fourgon apparaîtrait, ce serait la dernière fois que j'aurais l'occasion de parler à D-Ray.

En attendant, nous sortîmes du car, histoire de prendre l'air.

2

En descendant, j'entendis aussitôt des cris provenant d'un autre attroupement, à l'autre bout de la rue, devant une cité de Frederick Douglass Boulevard.

Il me fallut une seconde pour décoder le slogan scandé : « À bas le pouvoir ! »

Hunt et moi échangeâmes un regard stupéfait. Nous, les flics, nous faisions tout pour sauver la vie de leurs amis et voisins, dont deux jeunes enfants et Miss Carol, que tout le monde, ici, appréciait tant, et c'était nous les méchants ? Ce quartier avait vraiment besoin de se trouver de nouveaux héros.

— À bas le pouvoir ! À bas le pouvoir ! répétait la foule pendant que je cherchais des yeux le fourgon qui tardait à arriver.

Moi, j'avais envie de hurler : *changez de modèles !*

Et là, brusquement, il me vint une idée.

— Bloquez le fourgon ! dis-je à Joe.

Le temps de sauter dans le car, de remettre mon casque, et je fis signe au technicien en tenue de me repasser l'immeuble.

— D-Ray, c'est Mike Bennett.

— T'as deux minutes, flicard ! rétorqua-t-il.

On le sentait agité à l'extrême.

— Holà, du calme. Écoute les gens, dehors, tu veux bien ? Ils te soutiennent. Tu es leur héros.

— C'est quoi, encore, ces conneries, Bennett ?

— Ce ne sont pas des conneries, D-Ray. Ouvre une fenêtre et tends l'oreille. Tu crois que tu n'as plus rien à attendre de la vie, mais tu te trompes.

Dans le car, tous les flics et les techniciens s'interrompirent pour surveiller la façade de l'immeuble. Au bout de trente secondes qui parurent une éternité, l'une des fenêtres à guillotine se souleva d'une dizaine de centimètres. Impossible d'apercevoir D-Ray, qui devait se tenir en dessous ou à côté, mais il était là, et il écoutait.

— Tu entends ça ? lui dis-je. *À bas le pouvoir*. Ils s'adressent à toi, D-Ray. Ils t'admirent parce que tu nous tiens tête. Et il n'y a pas que ça. Tu sais ce que l'une des dames que ta grand-mère croise à l'église vient de me dire ? Tu as rendu un sacré service à ce quartier en le débarrassant des Drew Boyz, de leurs trafics et de leur violence. Tout le monde les détestait, tout le monde en avait peur, et toi, tu les as éliminés.

— Oooh, mec ! Sans déc' ?

Pour la première fois, D-Ray avait l'air naturel, l'air d'un jeune paumé de dix-neuf ans, qui avait peur.

— Je ne plaisante absolument pas, et je partage l'avis de ces gens.

C'était encore un mensonge éhonté, mais pour sauver des vies, j'aurais été prêt à lui vendre le pont de Brooklyn et le pont George-Washington pour le même prix.

Tous les collègues, dans le car, me regardaient. Je m'épongeai le visage d'un revers de manche et jouai le coup de dés suivant.

— Tu peux garder tes otages et essayer de t'enfuir avec l'argent, mais tu n'iras pas bien loin, et tu le sais. Tu te feras sûrement tuer, et peut-être que ta grand-mère et les petits mourront aussi. Ou alors, tu peux prouver que tu es un héros, comme ces gens le pensent, en ayant le courage de libérer tout le monde.

D-Ray raccrocha brutalement. J'eus l'impression que mon cœur, et peut-être le temps lui-même, venaient de s'arrêter.

— D-Ray ! D-Ray, reviens, merde !

Plus rien. J'arrachai mon casque et sortis aussitôt du car où j'étouffais, où il y avait trop de lumière. Dehors, il faisait relativement frais. La nuit n'allait pas tarder à tomber.

3

Je courus jusqu'aux barrières qui cernaient l'immeuble, guettant avec angoisse des détonations sourdes, à l'intérieur, suivies d'un bruit mat, le bruit horrible d'un corps jeté sur les marches du perron. De part et d'autre de la rue, la foule s'était tue, pressentant que l'instant était critique.

La porte d'entrée s'ouvrit lentement. La première personne que j'aperçus fut une femme âgée, très forte. Miss Carol, qui s'avançait flanquée des deux adultes, la grand-tante et le grand-oncle de D-Ray. Je distinguai vaguement, derrière eux, les petites silhouettes de la nièce et du neveu. Ma ruse avait fonctionné. Ils étaient tous en vie, et il avait décidé de les libérer !

Moi qui avais littéralement cessé de respirer, je pouvais enfin soulager mes pauvres poumons asphyxiés. Hélas, ma joie fut de courte durée. Je me rendis compte qu'ils se tenaient tous par le bras.

Ils étaient en train de former un cercle, un bouclier humain, au milieu duquel D-Ray avançait tête baissée.

La supplique stridente de Miss Carol déchira le silence.

— Tirez pas sur mon petit !

C'était plus surréaliste encore que les revendications de la foule. Les otages de D-Ray s'efforçaient bel et bien de le protéger. Après le meurtrier acclamé en héros, un syndrome de Stockholm puissance quatre.

Je fis signe au commandant Hunt de retenir les tireurs d'élite postés sur les toits, remis mon oreillette et courus vers la chaîne humaine incongrue qui descendait le perron.

— C'est moi, D-Ray, c'est Mike Bennett. Tu as pris la bonne décision, D-Ray. Tout le monde est vraiment fier de toi. Maintenant, il faut que ta famille s'écarte.

— Lui faites surtout pas de mal ! cria de nouveau Miss Carol, au bord des larmes.

— Avec moi, il ne risquera rien, je vous le promets.

Je mis les mains en l'air, paumes ouvertes, pour bien montrer qu'elles étaient vides, avant de les abaisser, faisant une nouvelle fois signe aux collègues, nerveux, de ne pas bouger. Puis je repris, d'un ton plus autoritaire.

— D-Ray, si tu as des armes, jette-les à terre. Tout se passera bien, ne t'inquiète pas.

Il y eut encore un silence qui parut durer une éternité, puis un pistolet jaillit du cercle et dégringola jusqu'au trottoir dans un bruit de ferraille. Cela ressemblait à un Glock, sans doute un calibre .40 ou .45, avec un chargeur de dix à treize cartouches. Avec un joujou de cette taille, il y avait de quoi faire un vrai carnage.

— C'est bien, D-Ray. Maintenant, je vais venir jusqu'à toi et, ensemble, on va se diriger vers une voiture.

La chaîne humaine se rompit, dévoilant un jeune homme plutôt trapu, affublé d'un short de sport qui lui arrivait sous le genou et d'une casquette de travers. J'enjambai la barrière de sécurité pour m'approcher de lui.

Et là, une détonation me fit presque bondir sur place : un coup de feu venait d'éclater derrière moi.

D-Ray tomba dans le caniveau, à la renverse, comme un arbre tronçonné, sous les yeux de ses proches pétrifiés.

Aussitôt, la donne changea. Les policiers se plaquèrent au sol, prêts à faire usage de leurs armes. Un mouvement de panique s'empara de la foule.

— Cessez le feu ! hurlai-je en percutant Miss Carol, qui fit tomber tous les autres comme des dominos.

Puis, à quatre pattes, je rejoignis D-Ray.

Hélas, ni moi ni personne ne pouvions plus l'aider. Des gouttelettes de sang perlaient de l'orifice parfaitement centré entre ses deux yeux ouverts.

— Ça ne vient pas de chez nous, Mike ! entendis-je dans mon oreillette. Restez à terre !

C'était le lieutenant Steve Reno, de l'unité tactique.

— C'est qui, alors ?

— On pense que le coup est parti de l'attroupement, sur le boulevard. On est en train d'envoyer des hommes sur place.

Un sniper noyé dans la foule, pas un flic ? Que se passait-il ?

— Envoyez une ambulance, lui dis-je.

Puis je me relevai. Je savais qu'il avait raison, que le tireur avait peut-être l'intention de récidiver, mais je ne pouvais pas rester couché là alors qu'autour de moi la situation tournait à l'émeute.

J'avais l'impression de me débattre dans des sables mouvants. Les témoins de la scène avaient vu D-Ray s'écrouler ; pour eux, la police l'avait abattu. Il y avait de l'électricité dans l'air. Les gens se pressaient contre les barrières, grimaçant de colère. D'autres policiers s'étaient relevés, eux aussi, et précipités pour former un cordon susceptible de les retenir.

— Ils l'ont tué, le gamin ! hurlait une femme. Ils l'ont *assassiné* !

Une vague humaine renversa l'une des barrières. Une collègue se retrouva à terre, vite secourue par ses équipiers qui la traînèrent à l'écart tandis que d'autres hommes chargeaient, matraque au poing. Sirènes hurlantes, deux voitures de patrouille montèrent sur le trottoir pour renforcer le barrage qui nous séparait de la foule déchaînée, de plus en plus menaçante.

Tout en surveillant l'évolution de la situation, je scrutais les toits, redoutant d'autres coups de feu. Et c'est alors qu'un choc, à l'arrière du crâne, me fit pivoter sur moi-même. Un coup de poing, aussi violent qu'un coup de batte de base-ball.

— Sale menteur de flic, vous avez tué mon petit ! hurla Miss Carol.

Elle se jeta sur moi avec une agilité étonnante pour une femme de son âge et de sa corpulence, et me gratifia d'un autre direct en plein thorax, qui me coupa le souffle.

— Non, ce n'est pas nous, parvins-je tout juste à articuler.

Elle se préparait déjà à m'expédier un crochet qui m'aurait sonné. Je réussis à l'esquiver, mais le grand-oncle de D-Ray, un type tout maigre, m'attrapa par le revers de ma veste et voulut me donner un coup de boule. Et tandis que je tentais de me dégager, sa femme, aussi frêle que lui, se servit de sa canne pour me pilonner les épaules. J'avais déjà eu l'occasion de me faire tabasser au cours de ma vie, mais cette fois-ci, dans le genre déconcertant, ça battait tous les records.

Tentant avec frénésie de m'extraire de ce piège, je m'aperçus que les projecteurs des équipes de télé ne balayaient plus la foule, mais le déferlement de fureur dont j'étais en train de faire les frais. Cela ne fit qu'attiser la colère des riverains massés de part et d'autre du pâté de maisons. Ils se mirent à converger, renversant les barrières et sautant sur le capot des voitures de patrouille. Deux hommes en uniforme vinrent à mon secours et repoussèrent mes assaillants, tandis que Joe Hunt m'attrapait par le bras pour me ramener au car de la TARU.

— Appelez des renforts ! hurlait-il. Faites venir le 25, le 26 et le 30. Tout le monde, vous m'entendez, et tout de suite !

Au loin, j'entendais déjà le hululement des sirènes.

PREMIÈRE PARTIE

Le Professeur

1

Il était presque 3 heures du matin quand je réussis enfin à me faire exfiltrer de Harlem par un collègue.

Tandis que nous nous faufilions entre les camions satellite, les barrières et les policiers à cheval, une même question nous taraudait : qui avait tué D-Ray ? Nous n'avions pas le moindre indice.

Une prise d'otages qui se termine mal, c'est déjà éprouvant, mais ce meurtre inexplicable avait tout d'un vrai cauchemar pour le NYPD. Nous aurions beau accumuler les éléments prouvant que le tir ne venait pas de nos rangs, les apparences joueraient contre nous. Les démagos de tout poil, les adeptes de la théorie du complot et leurs nombreux amis de la presse new-yorkaise allaient s'en donner à cœur joie.

Il ne me restait plus qu'à avaler une boîte entière de pilules contre les brûlures d'estomac, d'autant qu'une montagne de paperasse et formalités diverses m'attendait. À tout prendre, j'aurais encore préféré essuyer une deuxième volée de coups de canne de la grand-tante de D-Ray.

Quand le flic me déposa au pied de mon immeuble de West End Avenue, j'étais dans un tel état d'épuisement que je titubais littéralement. La fatigue, la tension, l'appréhension… Je rêvais de dormir tranquillement quelques heures comme un homme qui a passé des jours à errer dans le désert peut rêver d'une oasis.

L'oasis, hélas, n'était qu'un mirage. Je dus réveiller Ralph, mon concierge dominicain, ce qui ne lui plut guère, apparemment. Je l'aimais bien, Ralph, mais lui fis savoir d'un regard que je n'étais pas d'humeur à supporter ses bougonneries.

— Le jour où tu veux qu'on échange nos boulots, Ralph, dis-le-moi.

Il baissa les yeux, penaud.

— La nuit a été dure, monsieur Bennett ?

— Tu liras ça demain dans le *Times*.

Quand je pus finalement pénétrer dans la pénombre de mon appartement, je sentis craquer sous mes pieds des crayons à colorier et des débris de Polly Pocket, ce qui avait quelque chose de réconfortant. Après avoir trouvé la force de ranger mon arme de service et mes munitions dans le coffre-fort de l'entrée, je m'écroulai, complètement rincé, sur l'un des tabourets de la cuisine.

Si ma femme, Maeve, avait encore été de ce monde, elle se serait tenue là, devant la cuisinière, elle m'aurait tendu une Bud glacée tout en surveillant les bonnes choses en train de grésiller dans la poêle à frire – des ailes de poulet ou le steak d'un cheeseburger, une belle tranche de bacon. Sa sagesse de femme de flic, véritable don du Ciel, lui disait que les seules panacées à la sordide réalité de la rue étaient du gras, une bière bien fraîche, une douche, un lit, et la douce chaleur de son corps contre le mien.

28

Un éclair de lucidité presque incongru transperça ma fatigue, et je me rendis compte que Maeve était non seulement la femme que j'avais aimée, mais aussi celle qui m'avait aidé à survivre. Certaines nuits, quand ça allait très mal, comme maintenant, elle était capable de m'écouter des heures durant si j'avais besoin de parler, et inversement, elle comprenait quand j'en étais incapable.

En de pareils instants, plus que de toute autre chose au monde, j'avais envie de sentir ses doigts me caresser la nuque, tandis qu'elle me disait que j'avais fait tout ce que je pouvais. Que, parfois, il n'y a rien qu'on puisse faire. Alors je nouais mes mains autour de sa taille et mes doutes, mes remords, mon stress disparaissaient comme par magie.

Près d'une année s'était écoulée depuis la mort de Maeve. Je n'avais toujours pas réussi à faire mon deuil, et elle me manquait de plus en plus.

Un jour, à l'enterrement d'un jeune homme tué par balles, j'avais entendu la mère de la victime citer un poème d'Edna St. Vincent Millay. Des vers qui, ces derniers temps, résonnaient comme une rengaine lancinante.

Ils partent en douceur, les beaux, les tendres, les bienveillants…

Je le sais. Mais je ne suis pas d'accord. Et je ne me résigne pas.

Je me demande si je peux tenir encore longtemps sans toi, Maeve. Sentant que je commençais à piquer du nez, je posai les avant-bras sur la table pour rester d'aplomb.

Mais je me redressai d'un coup en m'apercevant que ma main gauche baignait dans une petite flaque poisseuse. Je regardai, reniflai, puis goûtai : de la gelée de raisin Welch, le top du top, qui maculait ma main, mais aussi toute la manche de mon veston.

Il n'y a pas que vivre sans toi qui soit impossible, dis-je à Maeve en me levant péniblement pour aller chercher un rouleau d'essuie-tout.

Comment veux-tu que je m'occupe de tous nos enfants aussi bien que toi ?

2

À la maison, j'étais à vrai dire au-dessous de tout. Pas même capable de mettre la main sur une feuille de papier absorbant. Je nettoyai tant bien que mal la tache de gelée avec de l'eau, avant de ranger ma veste dans le placard, sur une pile de linge destinée au pressing. Puis j'ouvris le réfrigérateur, et là, j'eus plus de chance. Il y avait une assiette de macaronis cuisinés, sous cellophane, et je réussis à dénicher une bière, une Coors light, sous un carton à demi plein de Capri-Sun à l'orange. Je venais de mettre le micro-ondes en marche et m'apprêtais à faire sauter la languette de ma canette quand, des tréfonds obscurs de l'appartement, jaillit un bruit terrifiant – une sorte de hurlement, de plainte animale, suivie d'ignobles bruits d'éclaboussements.

Reposant ma bière que je n'avais toujours pas touchée, il me vint l'une de ces « intuitions instantanées » dont parlait un article que j'avais lu récemment. Si mon esprit conscient ignorait ce qui était susceptible de produire ces bruits, un pressentiment m'alerta : il y avait là un danger que toute personne mentalement équilibrée devait fuir de toutes ses forces.

En dépit du bon sens, je me traînai dans cette direction et, au détour du couloir, aperçus un rai de lumière sous la porte de la salle de bains. Je poursuivis sur la pointe des pieds et, lentement, tournai la poignée.

Là, pétrifié d'horreur – une horreur viscérale –, je restai sans voix. Mon intuition se vérifiait, hélas. J'aurais dû prendre mes jambes à mon cou quand j'en avais encore la possibilité.

Pas un, pas deux, mais trois de mes enfants étaient en train de vomir à grands jets dans la baignoire. On aurait dit une scène de *L'Exorciste*, version trash. Je reculai d'un pas. Ricky, Bridget et Chrissy lâchèrent une nouvelle salve, les spasmes de l'un déclenchant ceux des autres. Imaginez l'éruption successive, en rythme, du Vésuve, du Krakatoa et du mont Saint Helens…

Je commis l'erreur d'inspirer par le nez, ce qui me valut un haut-le-cœur presque fatal. Je pouvais remercier le Ciel de ne pas avoir eu le temps de manger pendant le siège de Harlem, ni d'attaquer l'assiette de pâtes, sans quoi le spectacle se serait enrichi d'un quatrième geyser.

La nounou irlandaise, Mary Catherine, était aux côtés des enfants. Ses boucles d'or, dépassant d'un bandana rouge, tressaillaient tandis qu'elle essuyait énergiquement les éclaboussures. Elle avait pris la sage précaution d'enfiler des gants de latex qui lui arrivaient jusqu'au coude et de se masquer le visage avec un autre bandana. Mais, je voyais bien à ses yeux – d'ordinaire d'un bleu vif, et cette fois pâles et vitreux – qu'elle était tout aussi à bout que moi.

Elle esquissa un signe de la main, retira son bandana et me dit, avec son accent chantant : « Mike, vous vous souvenez que, quand vous êtes parti travailler, je vous ai fait remarquer que Chrissy avait le teint un peu verdâtre ? »

Toujours aux prises avec l'énormité de la situation, je hochai la tête en silence.

— Je crois que la grippe qui se balade à l'école depuis un bout de temps a débarqué, me dit Mary Catherine. Repentez-vous, car la peste est là !

Je fis le signe de croix d'un geste solennel, histoire d'abonder dans son sens pour détendre l'atmosphère, mais en réalité, j'étais encore un peu crispé et ne plaisantais pas totalement. Vu la tournure des événements, peut-être s'agissait-il bel et bien de la peste.

— Je prends le relais, Mary, dis-je en lui enlevant la serpillière des mains. Vous êtes officiellement en repos.

— Ça, certainement pas, s'offusqua-t-elle. Bon, l'aspirine est dans l'armoire, au-dessus du lavabo, mais on va bientôt manquer de sirop pour la toux, et…

— Et ce sera tout, la coupai-je, désignant l'escalier menant à l'appartement de service, juste au-dessus. Je ne tiens pas à avoir d'autres patients.

— Oh ? Qu'est-ce qui vous laisse croire que vous n'allez pas tomber malade, vous aussi ? (Elle croisa les bras, aussi têtue que dévouée. J'avais l'habitude, maintenant.) Parce que vous êtes un grand costaud de flic ?

— Non, parce que je n'ai pas le temps. Allez vous reposer un peu et vous reprendrez dans la matinée, d'accord ? Là, j'aurai besoin de vous.

Mary Catherine hésita, puis esquissa un sourire aussi las qu'adorable.

— Vous vous imaginez peut-être que je vais vous croire ? Mais bon, entendu !

3

Quand la nounou referma la porte derrière elle, je me mis à gémir de concert avec les enfants.

Ce n'est pas que je ne les aime pas. Je les aime vraiment. Seulement voilà, j'en ai en charge une ribambelle. Si Mère Teresa était là, elle serait contrainte de courir chez je ne sais combien de toubibs pour trouver les bons médicaments.

Vous voulez connaître la composition de la *Bennett team* ? Juliana, treize ans ; Brian, douze ans ; Jane, onze ans ; Ricky, dix ans ; Eddie, neuf ans ; Fiona et Bridget, jumelles, huit ans ; Trent, six ans ; Shawna, cinq ans, et Chrissy, quatre ans. Ce qui nous fait un total de dix enfants. Faites le compte : deux Latinos, deux Noirs, un Asiatique, et les autres blancs. Tous adoptés. Plutôt impressionnant, je sais. Il y a peu de familles capables d'aligner toute une équipe de baseball multiraciale, plus un remplaçant.

C'était essentiellement l'idée de Maeve. Nous avions commencé à recueillir ces « anges perdus », comme elle les appelait, bien avant que Brad et Angelina ne s'y mettent. Comment deviner qu'elle allait décéder d'un cancer à l'âge de trente-huit ans, comment anticiper un pareil cauchemar ?

Je n'étais pas totalement seul, Dieu soit loué. Mary Catherine avait fait son apparition, tel un don du Ciel, alors que Maeve était en train de mourir, et, pour quelque insondable et miséricordieuse raison, elle ne s'était pas enfuie en courant. Seamus, mon bougon de grand-père, entré sur le tard dans les ordres, était le pasteur de l'église du Saint-Nom, au coin de la rue. Cette perle irlandaise, c'est lui qui me l'avait trouvée, afin d'aider les enfants et de pouvoir me critiquer. Mais ses critiques étaient un faible prix à payer pour le service qu'il me rendait.

Moi qui avais déjà eu le plus grand mal à m'occuper de mes petits du vivant de leur mère, quand ils étaient en parfaite santé, comment allais-je m'en sortir maintenant que l'appartement ressemblait à un service de pédiatrie ?

Mille soucis se bousculaient sous mon crâne déjà ravagé par le stress. Comment allais-je emmener à l'école les enfants qui n'étaient pas malades ? Et chez le médecin ceux qui l'étaient ? Combien de jours de congé pouvais-je encore prendre ? Avais-je réglé dans les délais la prime mensuelle de ma mutuelle ? Et il y avait tous les cours que les petits allaient manquer. Je voyais déjà sœur Sheilah, leur redoutable et très consciencieuse principale, se dresser devant moi comme un spectre vengeur.

La main sur le front, je respirai à fond. N'oublie pas que tu as été formé pour résoudre des problèmes, me raisonnai-je. J'étais capable de nous sortir de là. C'était temporaire. Bon, d'accord, je traversais une période noire, mais cela ne durerait pas. Surtout, ne pas s'affoler. Comme toujours lorsqu'il est question de survie, c'eût été la pire des choses.

Chrissy, la benjamine, se mit à pleurer, hurlant à pleins poumons. Je me penchai sur elle et, à travers le mince coton de son pyjama, sentis qu'elle était brûlante de fièvre. Idem pour Ricky et Bridget, mes deux autres jeunes malades. Et tous trois de pleurnicher, maintenant, pour que je leur donne un soda.

Moi aussi, il faut que je boive quelque chose, me dis-je en cherchant désespérément le second bandana de Mary Catherine. Et ne lésinons pas sur le Jack Daniel's.

4

L'homme au costume Givenchy d'une coupe irré-prochable s'était acquitté de ses tâches matinales avec professionnalisme, sans perdre de temps, comme à son habitude. Bien des choses avaient changé dans sa vie depuis qu'il avait entrevu la vérité – c'était aujourd'hui un homme nouveau –, mais il n'avait rien perdu de sa haute intelligence ni de ses talents.

En pénétrant dans le garage de sa villa cossue de Locust Valley, il entendit se déclencher l'arrosage automatique de la pelouse. Il jeta un coup d'œil au cadran de sa Rolex Explorer tout acier. 7 heures pile. Excellent. Il avait de l'avance, et il préférait ça.

Il ouvrit la portière étincelante de la BMW 760Li, déposa sa mallette Vuitton sur le siège passager et glissa ses longues jambes musclées sous le volant. En ajustant le rétroviseur, il entrevit son reflet. Avec son visage mince, ses traits anguleux, ses cheveux noirs au carré, et ses yeux d'un bleu perçant – presque bleu roi –, on aurait pu le prendre pour un mannequin tout droit sorti d'une pub dans *Vanity Fair*. Il sourit, admira ses fossettes et sa denture parfaite, d'une éclatante blancheur.

38

Il se fit la réflexion qu'il avait tout pour lui.

Puis, il mit le contact, et le V12 de la luxueuse berline s'anima avec un vrombissement distingué.

Hélas, « tout » était loin de suffire…

Tandis que le moteur chauffait, l'Homme Nouveau sortit de la poche intérieure de sa veste, doublée de soie, un smartphone Palm Treo 750. Avec ce petit bijou de technologie, il pouvait téléphoner, bien sûr, mais aussi envoyer des mails et surfer sur le Web. Il cliqua sur Tâches Microsoft et ouvrit le dossier en cours.

C'était un manifeste, un bref récapitulatif de ses objectifs, de sa philosophie et de ses ambitions. Une idée qu'il avait empruntée, aussi surprenant que cela pût paraître, au film *Jerry Maguire*, dans lequel le personnage interprété par Tom Cruise jetait un pavé dans la mare de son entourage.

C'était précisément ce que l'Homme Nouveau allait faire aujourd'hui.

Et cette fois, il ne s'agissait plus de cinéma.

Il aimait toujours Tom Cruise, même si celui-ci s'était ridiculisé dans l'émission d'Oprah avec son numéro de pirouettes sur canapé. Peut-être était-ce parce qu'ils se ressemblaient un peu, mais l'Homme Nouveau voyait en lui une sorte de modèle, presque un frère spirituel. L'acteur était un perfectionniste, un professionnel inégalable, un gagnant, tout comme lui.

Il relut le document pour la centième fois. Il ne manquait rien, il en avait la certitude. Restait le problème de la signature. Il ne pouvait utiliser son vrai nom, bien évidemment, et « l'Homme Nouveau », cela manquait de distinction. Il sentait qu'il était à deux doigts de trouver la solution, qui, pour l'instant, lui échappait encore. Bah, ce n'est qu'une question de temps, se dit-il en refermant le Treo pour le glisser dans sa poche. Quand c'est important, on finit toujours par trouver.

D'une pichenette, il actionna la télécommande fixée au pare-soleil, et sortit en marche arrière tandis que la porte du garage basculait, laissant pénétrer un flot de lumière.

Son regard accrocha une nouvelle fois le rétroviseur, juste à temps pour apercevoir l'énorme calandre d'un Lincoln Navigator garé dans l'allée, en plein sur son chemin.

Il freina brutalement. Une fraction de seconde de plus, et il percutait le Navigator, réduisant la belle calandre rutilante à une pièce de ferraille tordue.

Il soupira, mâchoires crispées, et mit le sélecteur de vitesse en position parking. Cette gourde d'Erica ! Il avait fallu qu'elle laisse son énorme SUV ici. Au seul endroit où il ne pouvait le contourner. Maintenant, il allait devoir rentrer, trouver les clés, déplacer ce veau et remonter dans la BM. Comme s'il n'était pas suffisamment pressé, comme s'il n'avait que ça à faire. Ce qui échappait forcément à Erica, elle qui n'avait jamais rien d'important à faire.

Et qui ne ferait jamais plus rien, d'ailleurs.

Cette idée le rasséréna quelque peu, mais lorsqu'il revint vers le Navigator, trois minutes plus tard, sa contrariété explosa de nouveau. Voilà qui allait grignoter une partie de la confortable marge de temps qu'il s'était octroyé.

Il fit tourner la clé de contact avec une telle force qu'elle se plia, puis il écrasa l'accélérateur et passa la marche arrière. Le gros 4 × 4 bondit en faisant hurler ses pneus de 17 pouces. Et, au lieu de suivre la courbe de l'allée, il poursuivit sa course en ligne droite, sur la pelouse immaculée. Les roues, en patinant, creusèrent de profondes ornières et projetèrent en l'air des touffes de gazon d'un vert bien vif.

Laissant tourner le moteur du Navigator, il alla garer la BMW, avec beaucoup de soin, cette fois, dans la rue déserte. Il se sentait déjà plus calme. Il en avait presque fini avec cette connerie, il allait reprendre où il en était, et il avait encore de l'avance.

Mais, au moment où il s'apprêtait à remonter dans le Navigator pour le garer à son emplacement initial, le jet d'eau glacée d'un asperseur laboura le dos de son costume des épaules à la taille.

Ses yeux n'étaient plus bleus, mais noirs de rage. Il se mit à marteler le volant des deux mains jusqu'à ce qu'un souvenir lui revienne. Une séance de thérapie obligatoire, quelques années plus tôt. Gestion de la colère. Le psychologue avait mis l'accent sur des techniques à même de brider sa fureur destructrice : compter à rebours, de dix à un ; respirer profondément ; serrer les poings en s'imaginant qu'on pressait des oranges.

Il entendait presque la voix apaisante lui répéter : « Vous pressez vos oranges, et vous en extrayez le jus, goutte à goutte. »

Il fit l'essai. Presser, extraire. Presser, extraire.

Par la vitre ouverte du Navigator, l'asperseur lui gicla cette fois au visage.

— Je vais te montrer comment je gère ma colère, espèce de conne ! rugit-il.

Et il écrasa la pédale d'accélérateur.

En projetant des gerbes de gazon et de gravillons, le SUV fonça à l'intérieur du garage et percuta le mur du fond à plus de cinquante à l'heure. Ce fut comme l'explosion d'une bombe dans une cabine téléphonique. Les montants en bois avaient éclaté, dans un nuage de poussière de plâtre.

Il réussit à couper le contact malgré l'Airbag qui s'était déployé, et à s'extraire du véhicule. Tout allait bien, maintenant. Seuls le sifflement du radiateur éventré et les chuchotements de l'arrosage automatique troublaient le silence.

— Voilà qui lui servira de leçon.

Et il se figea. Une leçon. Elle était là, l'idée ! Il donnait des leçons, il était le Prof ! Il avait fini par le trouver, le nom idéal !

— Erica, tu auras enfin fait quelque chose d'utile, murmura-t-il.

Il sortit son smartphone de la poche de sa veste humide et l'alluma.

À la fin de son manifeste, après « Bien cordialement, » il ajouta : « Le Professeur ».

Il vérifia une dernière fois la liste des destinataires pour s'assurer que l'adresse du *New York Times* était la bonne.

Puis il envoya le message.

Il rangea son téléphone et, au petit trot, descendit la belle courbe de l'allée jusqu'à la BMW qui l'attendait.

Il avait fini par passer à l'acte. Incroyable.

Il était le Professeur, avec le monde entier pour classe, et le cours allait bientôt commencer.

5

En quelques coups de volant, le Professeur gara la 760Li sur le parking de la gare Long Island Rail Road, entre une Mercedes SL600 décapotable et un Ranger Rover HSE. C'était le parking réservé aux résidents de Locust Valley, et, même ici, on affichait son pouvoir d'achat.

Il coupa le moteur et inspecta son costume, qu'il avait étalé sur la banquette arrière pour le laisser sécher. La chaleur aidant, l'étoffe de qualité s'était bien remise de l'agression. Nul ne remarquerait les traces d'humidité qui subsistaient encore.

Il avait retrouvé sa bonne humeur, et se sentait pour ainsi dire en pleine forme. Tout se passait de nouveau comme il le souhaitait. Il jubilait. En sifflotant le premier grand air d'*Idomeneo* de Mozart, il prit la mallette Vuitton au cuir d'une infinie souplesse et sortit de la voiture.

S'approchant du quai, il remarqua une femme enceinte, assez grande, aux prises avec une poussette dans l'escalier.

— Attendez, je vais vous aider.

De sa main libre, il prit la poussette par l'essieu avant et la jeune femme n'eut ainsi aucune peine à la soulever jusqu'en haut des marches. C'était un modèle assez sophistiqué, semblait-il, de la marque Bugaboo. Coûteux, comme tout, par ici. Y compris la mère, superbe blonde d'une petite trentaine d'années qui portait au poignet un bracelet tennis dont les diamants scintillaient comme un feu électrique. Avait-elle remarqué que ses seins semblaient littéralement jaillir de l'étroit débardeur en dentelle, au-dessus de son ventre rebondi ? Oui, décida-t-il. Tout cela avait quelque chose d'extrêmement provocant, avec un petit côté pervers qui n'était pas pour lui déplaire.

Il sourit en la voyant jauger son costume Givenchy, ses souliers Prada, et son visage bronzé. Elle était sans nul doute impressionnée. Il était bel homme, affichait une distinction témoignant de son aisance financière, faisait preuve d'un goût très sûr, et n'avait pas froid aux yeux. Un assemblage de qualités qui n'était pas si fréquent.

— Merci mille fois, minauda-t-elle avant de couler un regard vers son angelot qui dormait profondément. Figurez-vous que nous sommes rentrés des Maldives hier, que j'ai un déjeuner chez Jean-Georges que je ne peux absolument pas annuler et que, dans l'avion, notre nounou a donné sa démission. J'aurais dû la laisser là-bas. (Et elle ajouta à mi-voix, d'un ton espiègle et conspirateur :) Vous ne voudriez pas acheter un petit garçon d'un an, par hasard ?

Le Professeur la fixa longuement, avec tranquillité, d'un regard signifiant qu'il était tout ce qu'elle imaginait, et bien plus que cela encore. Elle entrouvrit la bouche, subjuguée.

— Je le louerais volontiers une heure ou deux si la maman est comprise dans le prix.

La ravissante jeune femme se cambra, féline, et lui décocha un sourire malicieux.

— Coquin *et* séduisant, hein ? Je vais à Manhattan deux ou trois fois par semaine, à peu près à cette heure-ci, en général, et généralement seule. Peut-être nous croiserons-nous de nouveau, monsieur le coquin…

Et, non sans lui décocher un clin d'œil, la mère nouvelle génération, catégorie luxe, s'éloigna en chaloupant sur ses bottines Chanel, laissant admirer des mollets longs et fermes et des hanches ondulantes.

Le Professeur resta cloué sur place, déconcerté. *Coquin ?* Sa réponse se voulait pourtant une insulte, il voulait que cette pute ait honte, il voulait lui faire comprendre que ses atteintes à la dignité humaine l'écœuraient. Son sarcasme, cependant flagrant, lui avait de toute évidence échappé.

Le Professeur s'était montré on ne peut plus clair, mais comment inspirer la honte à quelqu'un qui ignore ce que c'est ?

Naguère, dans un passé pas si lointain, il aurait fait usage de son charme pour obtenir ses coordonnées, comme on disait. Il l'aurait emmenée dans un hôtel et, galvanisé par sa grossesse, aurait laissé libre cours à son plaisir sadique.

Mais cet homme, l'homme qu'il avait été, n'était plus. Il l'avait abandonné dans la poussière en suivant la route qui avait fait de lui le Professeur.

Aujourd'hui, cette femme, il se voyait très bien la massacrer à coups de poussette.

Le fracas du train à destination de New York envahit ses oreilles. Le quai de béton trembla très légèrement.

— En voiture ! fit la voix du contrôleur, alors que la sonnerie des portes commençait à retentir.

Le Professeur se joignit aux voyageurs montant à bord. Prochain arrêt, songea-t-il, Révélation.

6

Une heure plus tard environ, à la station de métro de la 34ᵉ Rue, le Professeur rejoignait le quai bondé des voies 2 et 3. À 8 h 35, en pleine heure de pointe, tous les échantillons de la race humaine, du pathétique au sordide, s'y bousculaient.

Il se dirigea vers le bout du quai, du côté desservant le sud de Manhattan, et se posta juste derrière la ligne jaune. À sa droite, il y avait un SDF puant comme un égout à ciel ouvert, et, à sa gauche, une jeune femme qui parlait très fort, le portable vissé à l'oreille.

Le Professeur s'efforça de les ignorer l'un comme l'autre. Il devait réfléchir à des choses d'une extrême importance. Hélas, s'il pouvait faire abstraction du sans-abri, il lui était impossible d'échapper aux jacasseries de sa voisine, détails d'une vie morne que l'impudente s'ingéniait à infliger à son entourage.

Il la regarda du coin de l'œil. Dix-huit ou dix-neuf ans, grande, mince, et un look qui, comme ses glousse-ments, ne cherchait qu'à attirer l'attention : bronzage appuyé, cheveux peroxydés, lunettes noires déme-surées et sweat rose – un sweat-shirt à capuche sans manches, bien court, laissant à chacun le loisir d'admirer le brillant dans le nombril et le tatouage de pouffe au ras des fesses, tellement originaux.

Contraint de l'écouter se répandre, entre deux bouchées de bagel aux oignons, sur les ennuis de santé de son pauvre teckel opéré d'une hernie, il se surprit à pencher de plus en plus vers le fouille-poubelle nauséabond.

Deux petits ronds de lumière au fond du tunnel signalèrent une rame à l'approche. Le Professeur se détendit ; ses misérables tourments allaient bientôt prendre fin.

Hélas, en voulant se rapprocher du bord du quai, la pétasse l'effleura et fit tomber un peu de fromage à la crème sur la pointe de l'une de ses chaussures.

Interloqué, il contempla ses Prada à six cents dollars, puis la fille, dont il attendait des excuses. Mais celle-ci, immergée dans l'océan de vacuité et de vulgarité qui lui tenait lieu de vie, n'avait rien remarqué ou, pire, se moquait bien d'avoir causé du tort à l'un de ses congénères.

Il eut soudain comme un haut-le-cœur, et se sentit submergé par un mélange de mépris et de haine qui allait bien au-delà du simple accès de colère.

Puis, tout aussi rapidement, un sentiment de pitié prit le relais. C'était précisément les gens comme elle qu'il était venu éduquer.

Dans sa tête, un concert de voix s'éleva.

Maintenant, vas-y ! C'est l'occasion idéale. Entame ta mission !

Mais le Plan… protesta-t-il. Il faut que je m'en tienne au Plan, non ?

T'es pas foutu de t'offrir un petit extra qui se présente, tête de nœud ? Tu improvises, tu prends le dessus, tu te souviens ? Maintenant !

Le Professeur ferma les yeux, comme investi d'une charge divine.

Très bien, se dit-il. Qu'il en soit ainsi.

La fille ne pesait pas cinquante kilos. D'un petit coup de hanche, il la fit basculer dans le vide.

Si surprise qu'elle ne put pousser le moindre cri, elle battit vainement des bras avant de se retrouver à même la voie, un mètre vingt plus bas, sur son cul tatoué, les quatre fers en l'air. Son téléphone portable, suivant un mouvement admirablement synchronisé, atterrit sur les rails en même temps qu'elle et ricocha en direction de la rame.

Oui ! songea le Professeur. C'était un signe. Un début parfait.

Maintenant, enfin, elle hurlait, ouvrant une bouche si grande qu'on aurait pu y fourrer une balle de tennis. Pour la première fois de sa vie, il en sortait quelque chose d'authentique et d'humain, et non des bavardages insignifiants. Félicitations, se dit-il. J'ignorais que tu en étais capable.

Mais pas question de laisser paraître son amusement.

— Oh, mon Dieu ! Elle a sauté ! s'exclama-t-il.

La jeune fille, comme privée de l'usage de ses jambes, tentait de s'écarter de la voie en s'aidant des bras. La colonne vertébrale avait peut-être été touchée. Il n'entendit que quelques mots avant que ses appels ne soient noyés par le fracas de la rame à l'approche : « Au secours ! Je vous en supplie, est-ce que quelqu'un… »

Dommage que tu aies perdu ton téléphone, eut-il envie de lui crier, tu aurais pu t'en servir pour appeler à l'aide ! Il aurait dû s'éloigner, il le savait, mais c'était un tel délice de la voir ramper ainsi, pitoyablement, sous les yeux d'une foule paniquée…

Puis, soudain, un homme surgit. Un Latino d'une quarantaine d'années, bien habillé. Il écarta tout le monde, sauta sur la voie et souleva la jeune femme à la manière d'un pompier, comme s'il avait fait ce geste toute sa vie.

Ce qui voulait dire que ce gars-là était peut-être un flic.

Au même instant, au milieu de la cohue, quelqu'un moucharda : « Elle pas sauter… Lui pousser ! Lui, là, avec costume ! »

Le Professeur chercha aussitôt d'où provenait la voix. Une vieille grincheuse voûtée, la tête couverte d'un fichu, était en train de le montrer du doigt.

Plusieurs voyageurs s'étaient couchés au bord du quai pour secourir le héros et la jeune fille. L'avertisseur beugla, les freins grincèrent en projetant des étincelles : jamais la rame ne s'arrêterait à temps. Elle n'était plus qu'à six ou sept mètres quand l'on parvint enfin à hisser sauveteur et victime sur le quai.

— Vous ! Vous pousser elle ! s'obstinait la vieille femme, le doigt toujours pointé vers le Professeur.

Je rêve, se dit-il. Non seulement un chevalier blanc surgi de nulle part avait sauvé la fille, mais une clocharde l'avait vu. Il se retint de se jeter sur elle pour la pousser à son tour sous la rame qui n'était pas encore à l'arrêt.

Le danger écarté, d'autres têtes se tournaient à présent vers lui. Il arbora son sourire le plus charmeur et se martela la tempe de l'index.

— Elle est folle, expliqua-t-il en reculant lentement. Siphonnée.

Au lieu de monter dans la voiture, il fit demi-tour et s'éloigna d'un pas tranquille. On le regardait toujours, mais personne n'allait demander des comptes à un homme comme lui sur la foi des accusations d'une femme comme elle.

Arrivé au pied de l'escalier, il gravit les marches à toute vitesse en s'assurant qu'on ne le poursuivait pas. Incroyable... Qu'était devenue la légendaire apathie new-yorkaise ?

Enfin, toute expérience avait du bon. Il savait dorénavant qu'il devait suivre le Plan à la lettre et ne plus s'en écarter d'un iota, quelles que pussent être les tentations.

Émergeant à l'air libre, dans un tout autre monde, il cligna des yeux. La 7e Avenue, veinée d'ombres et de lumières, grouillait de monde. Ils étaient des milliers, des dizaines de milliers.

Bonjour, chers élèves, songea-t-il en se dirigeant vers le geyser lumineux de Times Square.

7

Nettoyer les petits, les réhydrater, leur donner leurs médicaments et les recoucher me prit plus d'une heure. Quand je réussis enfin à me glisser sous les draps, il était plus de 4 heures et, par la fenêtre de ma chambre, je voyais déjà le ciel s'éclaircir au-dessus de l'East Side.

Il fut une époque, pourtant, où les nuits blanches m'amusaient, me dis-je juste avant de sombrer dans le sommeil.

Le temps d'un claquement de doigts, sembla-t-il, et mes yeux se rouvrirent brusquement. J'avais laissé la porte de la chambre ouverte, et la sonate de toussotements, de reniflements et de gémissements qui venait de me réveiller se prolongeait sans rien perdre de sa vigueur. Pas besoin de radio-réveil…

La condition de parent isolé était difficile à bien des égards, mais le pire, songeai-je en contemplant le plafond, oui, le pire, c'était qu'il n'y eût personne, à côté de moi, pour me donner un petit coup de coude en marmonnant : « À ton tour. »

Je parvins péniblement à me lever. Deux autres enfants étaient à présent hors de combat : dans la salle de bains, Jane et Fiona se relayaient autour du gerbato-rium Bennett. Un fantasme brumeux et plaisant me traversa l'esprit : peut-être ne s'agissait-il que d'un cauchemar…

Hélas, quelques fractions de seconde plus tard, j'entendis Trent émettre un cri plaintif depuis sa chambre. Je fus gagné par une prémonition qui me glaça d'effroi, car elle entrait également dans la caté-gorie des pires expériences que les parents puissent vivre.

— Je crois que je vais être malade, annonça-t-il d'une petite voix tremblante.

Je fonçai à la cuisine, mon peignoir flottant derrière moi comme la cape de Batman, sortis le sac de la pou-belle, courus jusqu'à la chambre de Trent avec le réceptacle vide, et ouvris la porte juste à temps pour voir le gamin tout rendre depuis son lit superposé.

Trent avait vu juste, oh que oui… Je restai figé là, impuissant, à me demander ce qui était le pire. Le pyjama, les draps et la moquette souillés par le flot de vomi, ou le fait d'avoir dû assister à une nouvelle scène tout droit sortie de *L'Exorciste* ?

J'attrapai mon fils sous les bras pour l'extraire tant bien que mal du lit, puis le portai, secoué de sanglots, jusqu'à la douche. À ce stade, je songeai à vrai dire sérieusement à fondre moi-même en larmes. Cela n'aurait servi à rien, mais en pleurant comme tout le monde, peut-être me serais-je senti moins seul.

Dans la demi-heure qui suivit, tout en distribuant aux enfants de l'aspirine, du soda et des récipients vomitoires, je me demandai quelle était la procédure à suivre pour que soit déclaré l'état de catastrophe naturelle. Je savais que cela s'appliquait généralement à une zone géographique, mais ma famille, après tout, était presque aussi nombreuse que la population du Rhode Island.

Toutes les cinq minutes, j'évaluais l'état de Chrissy, la plus jeune. Elle dégageait plus de chaleur encore que le radiateur. Ce qui était bon signe, non ? Le corps combattait le virus, ou quelque chose de ce genre ? Ou bien était-ce le contraire, plus la fièvre montait, plus il fallait s'inquiéter ?

Où était Maeve pour me dire gentiment, avec son bon sens habituel, que j'étais vraiment idiot ?

La toux de Chrissy, rêche et saccadée, me faisait l'effet d'un roulement de tonnerre, mais lorsque la petite essaya de parler, je n'entendis qu'un bien faible murmure.

— Je veux ma maman, gémit-elle.

Moi aussi, ma chérie, avais-je envie de lui dire en la berçant dans mes bras. Moi aussi, je veux ta maman.

8

— Papa ?

L'appel émanait de ma fille de cinq ans, Shawna, qui me regardait, postée à l'entrée de la cuisine. Elle m'avait suivi toute la matinée, tel un fidèle lieutenant rapportant les dépêches du front à un général vivant ses dernières heures.

— Papa, on n'a plus de jus d'orange… Papa, Eddie, il aime pas le beurre de cacahuètes.

Je lui fis signe d'attendre. J'avais toutes les peines du monde à déchiffrer le sanskrit microscopique figurant sur un flacon de sirop contre la toux. À quel patient était-il destiné ? J'essayais de me souvenir. Ah oui, Chrissy. Une cuiller à café pour un enfant de deux à cinq ans pesant moins de quarante-deux kilos, parvins-je à décrypter. J'ignorais quel poids ma fille pouvait peser, mais elle avait quatre ans et une taille dans la moyenne, et je décidai donc de me lancer.

— Papa ? demanda une nouvelle fois Shawna au moment même où le micro-ondes, derrière moi, se mettait à biper comme un réacteur nucléaire en surchauffe.

Entre les enfants malades à soigner et les bien-portants à emmener à l'école, nous venions d'atteindre le niveau d'alerte 3.

— Oui, ma chérie ? m'époumonai-je par-dessus le vacarme, tout en cherchant le bouchon doseur du sirop – où avait-il bien pu passer ?

— Eddie a mis des chaussettes qui sont pas de la même couleur, m'annonça-t-elle solennellement.

Je faillis lâcher le flacon et m'écrouler de rire, mais elle avait l'air si préoccupée que je parvins à garder mon sérieux.

— De quelles couleurs sont-elles ?

— Noires et bleues.

La repartie était toute trouvée.

— Ce n'est pas un problème. C'est même plutôt bien vu. Il devance la mode.

Renonçant à mettre la main sur le bouchon doseur, je partis en quête d'une solution de secours. Mon regard glissa jusqu'à Brian, mon fils aîné, qui mangeait ses céréales à la table de la cuisine.

— Hé ! s'écria-t-il quand je lui arrachai la cuiller des mains.

— En temps de guerre, tous les coups sont permis, répondis-je en essuyant l'ustensile sur mon peignoir.

— En temps de guerre ? Mais, papa, je voudrais juste prendre mon petit déjeuner…

— Tu n'as qu'à laper ton lait. Ça marche bien, avec les céréales. Essaie.

J'étais en train d'incliner le flacon de sirop quand je m'aperçus qu'un lourd silence s'était installé.

Oh, oh.

— Bonjour, Mike, fit Mary Catherine, derrière moi. Qu'essayez-vous de faire avec cette cuiller ?

Je me fendis d'un sourire aussi chaleureux que possible tout en cherchant désespérément une réponse.

— Euh… une cuiller, c'est bien une cuiller, non ?

— Pas en matière de médicaments. (Elle posa un sac à provisions sur le plan de travail et en sortit un flacon neuf de sirop contre la toux.) Voici ce qu'utilisent les êtres civilisés, ajouta-t-elle en brandissant le bouchon doseur.

— Papa ?

— Oui, Shawna ? fis-je pour la millième fois.

— Comme elle t'a cassé !

Et elle fila dans le couloir en rigolant.

Cassé ou non, je ne me souvenais pas avoir, un jour, été aussi content de revoir quelqu'un.

— Je vous confie les commandes, dis-je à la nounou en prenant un seau à vomi. Moi, je retourne éponger.

— D'accord.

Elle versa avec précaution une dose de sirop puis me la proposa, un sourire malicieux aux lèvres.

— Un petit remontant, avant ?

— Volontiers. Ce sera parfait, accompagné d'une bière.

— Désolée, c'est trop tôt pour la bière, mais je vais vous servir un café.

— Mary, vous êtes un miracle incarné.

Et, la frôlant dans l'étroite cuisine, je me rendis soudain compte qu'elle faisait un miracle bien sympathique et très mignon. Peut-être le lut-elle dans mes yeux, car il me sembla la voir rosir avant qu'elle ne s'empresse de me tourner le dos.

Elle avait rapporté d'autres articles, dont un paquet de masques chirurgicaux. Une fois équipés, nous passâmes le restant de l'heure à soigner les malades. Et quand je dis *nous*, je veux dire *elle*. Pendant que je me bornais à vider des seaux et à changer des draps, tâche relativement simple, elle administrait les médicaments et préparait les survivants pour l'école.

Vingt minutes plus tard, les agonisants avaient cessé de gémir et les bien-portants étaient alignés dans le hall d'entrée, récurés, coiffés, et même parés de chaussettes assorties. Ma Florence Nightingale perso avait réussi l'impossible. Le vent de folie était passé.

Enfin, presque. En sortant, Brian se plia soudain en deux, se tenant le ventre.

— Ohhh, je me sens pas très bien.

Sans la moindre hésitation, Mary Catherine appliqua le dos de la main contre son front pour estimer sa température, puis le gratifia d'une légère chiquenaude sur l'oreille.

— Tu as la grippe de celui qui n'a pas révisé, oui, comme si j'ignorais que tu as un contrôle de maths. Allez, déguerpis, espèce de tire-au-flanc. J'ai suffisamment de pain sur la planche dans cette maison, alors épargne-moi ton cinéma.

En les regardant partir, je fis ce que jamais je n'aurais pensé faire ce matin-là. J'eus un sourire, un vrai sourire amusé.

Plus la peine de faire appel à la garde nationale, me dis-je. Pour gérer une situation de ce genre, il suffisait d'une petite Irlandaise.

9

À 11 heures, le Professeur pénétra dans Bryant Park, derrière la Bibliothèque publique de New York. Il avait encore de l'avance. Il venait de passer à son Q.G., un appartement qu'il louait dans Hell's Kitchen, pour changer entièrement d'apparence. La Rolex avait laissé place à une Casio Sport. Plus de costume Givenchy. Il portait à présent des lunettes noires enveloppantes, une casquette des Jets, un maillot d'entraînement des Mets, orange vif, et un short de basketteur jaune ultra-large.

Personne ne pouvait décemment faire le rapprochement avec le cadre d'entreprise distingué qui avait poussé la pétasse sous la rame de métro quelques heures plus tôt, et c'était bien là le but de la manœuvre. Vitesse d'exécution et effet de surprise étaient la clé de la réussite de sa mission. Il devait frapper comme un cobra, apparaître et disparaître avant même qu'on ne se rende compte de sa présence. Se fondre dans la foule et recourir à des boucliers humains. Tirer parti du labyrinthe en trois dimensions que représentait Manhattan. Changer d'aspect du tout au tout, puis frapper de nouveau.

Dans le parc, dès qu'il eut trouvé une chaise disponible, il sortit de son sac banane son Palm Treo et ouvrit l'autre document vital accompagnant son manifeste : le Plan. Un texte de quatorze pages qui détaillait ce qu'il devait accomplir. Il le fit défiler jusqu'à la dernière page, la plus importante, une longue liste en forme d'ogive. Dans un état proche de la transe, il la relut avec lenteur,se remémorant tous les scénarios possibles, visualisant le moindre des gestes qu'il allait réaliser, dans le calme et la précision.

Il avait découvert le potentiel de la visualisation lorsqu'il était lanceur dans l'équipe de base-ball de Princeton. Il n'avait rien d'un joueur exceptionnel. C'était juste un droitier puissant et basique, capable de lancer une balle rapide à près de 150 kilomètres à l'heure, mais son entraîneur lui avait appris à étudier la composition de l'équipe adverse avant chaque match et à imaginer dans le détail chaque retrait sur trois prises.

Ce fameux coach lui avait également enseigné des pratiques plus concrètes. L'une consistait à développer son geste avec une fluidité qui le faisait paraître plus rapide. L'autre, à lancer vers l'intérieur, autrement dit à viser le nez du batteur, d'où sa réputation bien méritée de chasseur de têtes.

Ce qui lui avait valu d'être éjecté de l'équipe au cours de sa première année. Il avait servi à une petite tapette blonde de Dartmouth une balle si puissante qu'elle lui avait fendu le casque. Résultat : commotion cérébrale. Pour les joueurs de Dartmouth, il ne faisait aucun doute que le geste était volontaire, car ce connard l'avait déjà éliminé à trois reprises, et il s'était ensuivi une bagarre générale.

Le Professeur avait de fait visé la tête, mais pas pour cette raison-là. Ce qui l'avait énervé au plus haut point, c'était la petite copine de son adversaire, vraiment canon. Au premier rang, dans les gradins, elle sautait en l'air en poussant des cris chaque fois que son mec était à la batte. Cette tarlouze ne méritait pas une fille pareille. Le Professeur avait donc décidé de montrer à sa fiancée ce qu'on appelle un homme, un vrai.

Ce souvenir le fit sourire. Son dernier match, certes, mais de loin le plus beau de sa carrière. Il avait cassé le nez du coach de troisième base et failli arracher l'oreille du receveur. Tant qu'à sortir du terrain, autant le faire en beauté. Il n'avait jamais revu la fille, hélas, mais il était persuadé qu'elle se souviendrait de lui toute sa vie.

Le Professeur émergea de ses rêveries, rangea son téléphone et se leva. Il s'étira quelques instants, puis s'accroupit tel un coureur prenant ses marques, les doigts enfoncés dans le gravier de l'allée.

À présent, il était dans la peau de son personnage. Il ne lui restait plus qu'à se mettre au travail.

Il imagina la détonation d'un pistolet de starter. *Bang !*

Et il s'élança en faisant voler les gravillons à chacune de ses puissantes enjambées.

10

La première étape du Plan consistait à créer un écran de fumée. Le Professeur courait sur le trottoir, entre la 41ᵉ et la 40ᵉ Rue, lorsqu'une occasion se présenta. Un homme d'une cinquantaine d'années, style cadre, traversait la 6ᵉ Avenue alors que le signal pour piétons était rouge. Parfait.

Frappe comme le cobra.

Immédiatement, il changea de direction.

Il percuta l'homme en costume à la manière d'un joueur de football américain, lui fit une clé de cou et le traîna jusqu'au bord du trottoir.

— Hé, qu'est-ce qui vous prend ? hoqueta le type, tentant de se débattre.

— On attend que le feu soit vert pour traverser, chantonna le Professeur en relâchant sa victime sur le ciment. Comme un être humain, pas comme une misérable bête.

Et il repartit au pas de course, guettant sa prochaine cible. Il la trouva en la personne d'un livreur asiatique qui fonçait sur le trottoir d'en face, direction sud, en bousculant les piétons.

Aussitôt, le Professeur changea une nouvelle fois de cap. Il traversa l'avenue au mépris de la circulation, déclenchant un concert de coups de klaxon, de hurlements de freins et de jurons.

Et lorsqu'il cueillit sa proie d'une manchette au niveau de la gorge, les sacs garnis de barquettes de nourriture s'envolèrent comme des pigeons effarouchés.

— Il y a le feu ? rugit le Professeur. Tu es sur un trottoir, pas sur une piste. Un peu de politesse à l'égard des autres, d'accord ?

Il fila de nouveau, le pied si léger qu'il touchait à peine terre. Il se sentait extraordinairement bien, comme invincible. Il aurait pu gravir jusqu'au sommet les façades de verre de toutes ces tours de bureaux qui formaient un immense canyon, et redescendre en courant sur l'autre versant. Il aurait pu courir sans jamais s'arrêter.

— WE WILL, WE WILL, ROCK YOU ! hurla-t-il aux passants déconcertés.

Il détestait depuis toujours ce morceau du groupe Queen, mais comment trouver plus approprié en un moment pareil ?

Les gens s'arrêtaient et le regardaient. Les pros de la rue, vendeurs de hot dogs, chauffeurs de taxi en maraude ou coursiers à vélo, veillaient sagement à ne pas se trouver sur son chemin.

Susciter la curiosité dans les rues blasées de Manhattan n'est pas chose facile, mais le Professeur faisait manifestement des prouesses.

La lumière ricochant sur les voiles de verre sombre des monstrueux gratte-ciel se déversait sur lui comme pour un baptême céleste. Son visage se fendit d'un large sourire, et ses yeux s'emplirent de larmes – des larmes de joie.

Il était enfin passé à l'acte. La préparation avait été longue et les obstacles, nombreux, mais le spectacle pouvait commencer.

Il bondit sur la chaussée et traversa la grande avenue en courant, vers Central Park.

11

Vingt minutes plus tard, le Professeur émergeait du parc dans l'Upper East Side. Il n'avait pas l'impression d'avoir parcouru plus de trente blocs au pas de course, n'étant pas même à bout de souffle. Il traversa la très chic 5ᵉ Avenue à grandes foulées et suivit la 72ᵉ Rue vers l'est.

Il finit par ralentir et s'arrêter devant un édifice de trois étages incroyablement ouvragé, façon château français, à l'angle de Madison. Il abritait la plus prestigieuse des boutiques Ralph Lauren.

La première cible d'importance était en vue.

Le Professeur consulta sa montre pour s'assurer qu'il était bien dans les temps, puis scruta longuement les environs. Pas de flics à l'horizon, ce qui n'avait rien de surprenant, du reste. Le magasin était situé au beau milieu du quartier le plus peuplé de Manhattan. Une cinquantaine d'officiers et d'agents, voire sans doute moins en comptant les absences pour congés ou arrêts de travail, devait protéger plus de deux cent mille personnes.

Bonne chance, songea le Professeur. Il tira la lourde porte aux cuivres bien astiqués et entra.

Il regarda autour de lui. Tapis persans, lustres, tableaux anciens, murs hauts de cinq mètres, lambrissés d'acajou. Rien à voir avec le bazar de quartier. Ici, parmi les reproductions d'objets anciens et les arrangements floraux, pulls torsadés en cachemire et chemises Oxford étaient présentés avec un art du négligé savamment étudié. Un peu comme si les Vanderbilt, de retour d'Europe après une villégiature estivale, venaient d'ouvrir leurs valises et que vous débarquiez chez eux à ce moment-là.

Autrement dit, c'était répugnant. Le Professeur gravit au trot les marches du grand escalier de bois sombre menant au rayon hommes.

Derrière un présentoir vitré garni de cravates, se tenait un vendeur aux cheveux lustrés, vêtu d'un complet d'une coupe impeccable. L'un de ses sourcils se souleva juste assez pour traduire le mépris que lui inspirait le clown débraillé qui s'approchait de lui.

— Puis-je vous aider ? demanda-t-il d'un ton dont la condescendance confinait à la méchanceté.

Le Professeur savait que s'il répondait par l'affirmative, l'employé éclaterait de rire. Il se contenta donc de sourire.

— Souffririons-nous d'un léger problème d'élocution, cher monsieur ? roucoula le sale con avant de renoncer à ses manières affectées pour s'exprimer avec un accent de Brooklyn beaucoup plus rustique et autrement plus naturel : On n'a plus un seul sac banane. Allez plutôt voir les marchands de bagages, à l'entrée du métro.

Le Professeur ne répondit pas. Il ouvrit sa sacoche et en sortit deux objets ressemblant à ces petits soufflés à la cacahuète qu'on grignote à l'apéritif. Il s'agissait de bouchons antibruit vendus dans les armureries. Sans se presser, il en enfonça un dans son oreille gauche.

Le vendeur parut d'abord perplexe, puis reprit son ton hautain.

— Je vous prie de m'excuser, cher monsieur, j'ignorais que vous portiez un appareil auditif. Cela dit, si vous n'êtes pas venu dans le but d'acheter quelque chose, je crains de devoir vous demander de partir.

Le Professeur s'immobilisa, l'autre bouchon encore entre les doigts, et s'exprima enfin.

— En fait, je suis venu vous donner une leçon.

— Me donner une leçon, à moi ?

— L'art de la vente, répondit le Professeur en imitant les intonations précieuses du pauvre empaffé. Vous vous en sortirez bien mieux, mon cher monsieur, si vous *daignez* apprendre à traiter tous vos clients avec respect. Observez donc de quelle manière il faut s'y prendre.

Ayant enfoncé le second bouchon dans son oreille, il plongea une nouvelle fois la main dans son sac banane pour en sortir un pistolet bien graissé.

— Nous avons ici un Colt M1911, expliqua-t-il d'une voix qui lui parut lointaine. Un pistolet semi-automatique, calibre .45. Voudriez-vous l'essayer, cher monsieur ? J'ai toutes les raisons de penser que ses performances vous impressionneront.

D'un coup de pouce, il enleva la sécurité et arma le chien.

La bouche de l'employé s'ouvrit en O. Ses lèvres s'agitèrent, et il bredouilla quelques mots presque inaudibles.

— Oh, mon Dieu… vraiment dé-désolé…

Une main molle, manucurée, voleta jusqu'au tiroir-caisse et enfonça une touche pour l'ouvrir.

— Tenez, prenez tout…

Hélas, pendant ce temps, l'autre main se déplaça, elle aussi, glissant sous le comptoir, pour atteindre en toute vraisemblance le bouton dissimulé d'un signal d'alarme.

Le Professeur s'y attendait. Son index tressaillit, et il y eut une détonation digne d'une explosion de dynamite lorsque l'énorme balle de .45, la première, fracassa la vitrine qui se désintégra dans un tonnerre de cymbales. L'employé poussa un cri et recula, titubant et tenant sa main en sang, mutilée.

— Je ne suis pas ici pour prendre, répondit tranquillement le Professeur. Je suis ici pour vous donner ce que vous avez recherché toute votre vie sans jamais oser le demander. La rédemption.

Et il vida à bout portant le reste du chargeur dans la poitrine de l'employé.

Le voyant tituber, voyant ses membres s'agiter frénétiquement comme s'il venait de recevoir un coup de massue géante, le Professeur ressentit l'une des décharges d'adrénaline les plus réjouissantes de sa vie.

Bientôt, il vivrait d'autres moments semblables.

Tout en rechargeant le Colt avec des gestes précis, maintes fois répétés, il regagna très vite la sortie. Près de la porte, il avisa un autre vendeur exquis, recroquevillé derrière un fauteuil club tendu de cachemire. Il tremblait, sous le choc, terrifié au point d'être incapable d'appeler à l'aide.

Le Professeur s'immobilisa, le temps de coller le canon du Colt contre sa joue, puis il lança l'arme en l'air, la rattrapa, et la remit dans son sac banane.

— Tu viens d'assister à un événement historique, dit-il en tapotant le crâne du laquais mort de peur. Je t'envie.

Après avoir entrouvert la porte pour s'assurer que la voie était libre, il sortit et se mêla aux passants de la 72ᵉ Rue. À nouveau, il n'était plus qu'un visage anonyme au milieu de la foule.

Il traversa la rue, héla le premier taxi qui passait et demanda au chauffeur enturbanné de le conduire à la gare routière, le Port Authority Bus Terminal, puis il se carra sur la banquette et sortit son Treo.

La liste qui apparut à l'écran commençait par « employé Ralph Lauren ». Il supprima la ligne concernée et consulta l'heure. L'opération n'avait pris, en tout, que deux minutes, et il avait réussi à trouver un taxi immédiatement. Tout se passait encore mieux que prévu.

Il n'était pas uniquement le Professeur. Il était le grand Pro, tout court.

12

Le matin, à 9 heures, j'appelai au bureau pour prendre ma journée. Il n'y avait pas à tergiverser. Une demi-douzaine d'enfants malades, ça justifiait largement une absence pour raisons personnelles, non ? Puis, après m'être assuré de concert avec Mary Catherine que nous n'avions oublié personne, je fis ce que je n'avais pas fait depuis plus d'une semaine : j'enfilai mon T-shirt SANG POUR SANG IRLANDAIS, un pantalon de jogging, et sortis courir.

Comme d'habitude, je poussai jusqu'au tombeau de Grant, à l'angle de la 122ᵉ et de Riverside, histoire d'aller saluer le général. Seul un tour de magie aurait pu me faire ressembler au jeune et mince défenseur de l'équipe de base-ball du Manhattan College que j'avais été, mais j'étais encore capable de faire l'intégralité du parcours à bonnes foulées.

Je m'efforçai d'éviter les marchands de journaux pour ne pas prendre la débâcle de la veille en pleine face, et personne ne jugea bon d'ouvrir le feu sur moi. Je ne me souvenais pas avoir passé, ces derniers temps, une aussi agréable matinée.

De retour à la maison, je commençai par le plus urgent – mettre un billet d'un dollar à la place de la dent que Fiona avait perdue et glissée sous son oreiller. Dans la panique de la veille, j'avais complètement oublié cela. Comme beaucoup d'autres choses, la qualité du travail de la petite souris avait beaucoup décliné depuis que nous avions perdu Maeve.

Mon devoir accompli, je préparai du café et passai à des tâches moins importantes, comme régler des factures par Internet. Je pris mon temps, pianotant en laissant mon esprit vagabonder. Quel bonheur de faire l'école buissonnière, pour une fois ! Peut-être aurais-je dû culpabiliser, compte tenu de la quantité de rapports que j'étais censé rédiger, mais au diable la paperasse. J'étais chez moi, auprès des miens, et veiller au bien-être d'autrui sans pour autant risquer de me faire tuer par les personnes concernées avait quelque chose de particulièrement jouissif.

Pour la énième fois, je me fis la réflexion que, depuis un certain temps, je brûlais la chandelle par les deux bouts. En fait, j'étais au bord du surmenage professionnel. Ce qui me conduisait à réétudier certaines des propositions que j'avais reçues au cours des derniers mois, à la suite d'une importante prise d'otages dans la cathédrale St Patrick, qui avait en quelque sorte fait de moi un flic célèbre.

L'offre la plus intéressante concernait un poste de responsable de la sécurité chez ABC. Il s'agissait de coordonner la sécurité des studios new-yorkais de la chaîne, sur Columbus Avenue, au-dessus de la 60e Rue. Je pouvais m'y rendre facilement en empruntant les transports en commun, les horaires étaient humains, et le salaire représentait le double de ce que je touchais actuellement.

Mais j'avais encore cinq années à tirer pour pouvoir bénéficier de ma retraite et, à vrai dire, je n'étais pas certain de vouloir démissionner tout de suite. Le fin mot de l'histoire, c'était que j'adorais le métier de flic, surtout à la criminelle. J'étais fait pour ce boulot.

Mais d'un autre côté, j'adorais aussi ma famille, qui avait plus que jamais besoin de moi. Un poste me garantissant d'être chez moi tous les soirs et tous les week-ends, c'était une bénédiction. Sans parler de l'aspect financier. Alors quelle décision prendre ?

Comme d'habitude, j'étais face à un choix cornélien. Quand j'eus fini de payer mes factures et réglé d'autres détails, je rassemblai mes petits malades et les installai devant la télé pour une partie de *Scene It Harry Potter*.

À cet instant, mon portable sonna. Je m'attendais au pire, mais il fallait bien que je décroche.

— Mike Bennett.

— Bonjour, Mike, c'est Marissa Wyatt. Ne quittez pas, je vous passe le préfet Daly.

Je me redressai, incrédule. Je savais qu'en m'octroyant un jour de congé pour raisons personnelles au lendemain d'une soirée aussi dramatique, je risquais d'essuyer quelques réflexions désagréables, mais de là à ce que le cabinet du préfet m'appelle… Que me voulait Daly ? Le fiasco de Harlem avait-il dégénéré à ce point, et aussi vite ?

— Mike ? fit Daly.

Je l'avais rencontré deux ou trois fois lors de réunions importantes auxquelles j'avais été convié, et il m'avait paru réglo, enfin, autant qu'on pouvait l'être dans ce labyrinthe du pouvoir qu'était le One Police Plaza. Autant crever l'abcès tout de suite.

— Bonjour, monsieur le préfet. Je regrette infiniment que ça ait aussi mal tourné hier soir, et…

Il m'interrompit brutalement.

— Nous reparlerons de cela plus tard. J'ai besoin de vous sur le terrain, et tout de suite. Cette belle matinée est riche en bizarreries. Deux agressions imputées à un déséquilibré, dont une jeune femme qu'on a poussée sous le métro. Et un meurtre par balles à la boutique Ralph Lauren, sur Madison, il y a environ un quart d'heure. Comme la journée s'annonce désastreuse et qu'il se trouve que vous êtes le seul, dans la police new-yorkaise, à avoir dirigé une CRU, je vous ai choisi pour superviser notre équipe.

Merde. C'était trop injuste. Le préfet avait dû consulter mon dossier. Dans une autre vie, quand j'étais célibataire, j'avais passé un certain temps au sein d'une CRU – *Catastrophic Response Unit* –, une brigade d'investigation fédérale chargée d'épauler les enquêteurs de police lors d'une catastrophe, notamment d'origine criminelle.

Mais dire que j'avais été à la tête de la brigade frisait le ridicule. En raison de mon éloquence d'Irlandais, on m'avait mis sur le devant de la scène pour monopoliser l'attention pendant que les véritables héros de mon équipe, les experts en anthropologie, en sciences de l'environnement et en psychopathologie clinique, travaillaient dans l'ombre, me laissant le beau rôle.

— Écoutez, monsieur le préfet, c'était il y a longtemps. D'accord, je l'admets, j'ai perdu la tête et j'ai bossé quelques années pour le FBI. Vous ne pouvez pas invoquer ce prétexte-là.

Qui plus est, il n'y a plus d'inspecteurs, au commissariat du 19e, ou quoi ?

— Oh, si, je peux. Vous êtes mon joueur vedette, Mike, que ça vous plaise ou non. Et là, il y a une belle balle à jouer. Faites-moi de la pub, d'accord ? Vous aussi, vous y trouverez votre compte. Comme vous êtes en mission, vous n'êtes plus tenu de faire vos rapports sur l'histoire de Harlem ni de vous coltiner ces vautours de journalistes. Le standard du service communication est en train d'exploser ; tout le monde veut vous interviewer.

Je savais très bien qu'en réalité Daly voulait faire en sorte que personne ne parle à la presse tant que nous n'aurions pas recueilli tous les éléments de l'affaire. En me laissant croire qu'il me rendait service, il faisait d'une pierre deux coups. Entre autres talents, cet homme maîtrisait à merveille l'art des relations publiques.

— En selle, Mike, et filez sans attendre à la 72e. L'inspecteur divisionnaire McGinnis vous briefera.

En selle ? Daly avait déjà raccroché. Je comprenais mieux, à présent, comment il avait gravi tous ces échelons. Ce type était un manipulateur professionnel. Non seulement il ne tenait aucun compte du fait que j'avais pris ma journée, mais il ne m'avait même pas laissé le temps de lui parler de mes jeunes malades.

Je reposai le téléphone, révolté. J'en voulais autant à Daly qu'à tous ces imbéciles qui se servent d'une arme pour essayer de résoudre leurs problèmes, mais ce qui me déchirait vraiment le cœur, c'était de devoir écourter le temps passé auprès de mes enfants alors que ces instants privilégiés étaient si rares. Enfin, heureusement que Mary Catherine était là pour prendre la relève, et sans doute s'amuseraient-ils plus avec elle. Le grand perdant de l'histoire, en fin de compte, c'était moi.

Je décidai que le mieux était de prendre une douche rapide. Je ne m'étais pas encore lavé depuis mon retour de jogging, et risquais de ne plus avoir l'occasion de le faire pendant un jour ou deux. Je pensais déjà à la scène de crime qui m'attendait et, en mettant sans regarder un pied dans la baignoire, je sentis mes orteils s'enfoncer dans quelque chose de visqueux. Le siphon était engorgé de vomi.

Je n'avais pas réussi à me faire porter pâle le temps d'une journée et, même ici, le sort s'acharnait sur moi... Je tendis le bras pour attraper le rouleau de papier hygiénique.

13

Une main sur le guidon de son Frejus à dix vitesses, l'autre sur le pare-chocs arrière du bus 5, le Professeur descendait la 5ᵉ Avenue à vive allure. Arrivé au niveau de la 52ᵉ Rue, il lâcha prise et tourna à droite. Quelques bons coups de pédale, et il parvint à se faufiler entre une grosse berline et les immenses roues de bois d'une calèche de Central Park.

Après s'être fait déposer à la gare routière, il était rentré chez lui au pas de course. Là, il avait une nouvelle fois changé d'apparence – un vieux caleçon de cycliste Bianchi, une chemise Motta délavée et un casque –, puis il était reparti sur son deux-roues. Plus rien ne le distinguait désormais des autres coursiers à vélo, ces Lance Armstrong du pauvre qui sillonnaient Manhattan pour un salaire de misère.

Rapidité, efficacité, se répéta-t-il tout en soulevant la roue avant pour exécuter un bunny-hop sur une plaque de voirie.

S'il adorait son nouveau déguisement, c'était aussi pour son côté clin d'œil, sa force symbolique. Car ce matin-là, il s'apprêtait à livrer un message d'une importance capitale.

À : Le monde
De : Le Professeur
Objet : L'existence, l'univers, la futilité de la vie

Comme pour illustrer ses pensées, une cacophonie de coups de klaxon s'éleva dans l'étroite rue. Les voitures étaient à l'arrêt, bloquées par un camion qui tentait de se garer en double file.

— Vos gueules, bande de connards ! braila le chauffeur aux traits simiesques.

Bonne journée à vous aussi, se dit le Professeur en louvoyant entre les véhicules.

Lorsqu'il passa devant une montagne de sacs-poubelles entassés au bord du trottoir, une odeur de détritus et d'urine lui fouetta les narines. Ou bien fallait-il incriminer le vendeur de hot dogs posté juste à côté ? Difficile à dire. Il remarqua une pancarte des plus accueillantes : NE VOUS GAREZ PAS ICI, VOUS LE REGRETTERIEZ ! N'importe quoi. Pourquoi ne pas gagner du temps en mettant plutôt : SUICIDEZ-VOUS ?

Il observa, sidéré, les secrétaires et cadres pitoyablement attroupés aux abords des intersections, attendant comme des moutons que les feux qui régissaient leur vie passent au vert. Comment pouvaient-ils se comporter comme si l'enfer dans lequel ils évoluaient était acceptable ? Ces légions de zombies avaient le crâne si vide que cela en dépassait l'entendement.

Enfin, non, ils n'avaient pas forcément le crâne vide, ils n'étaient pas forcément idiots. C'était un peu méchant. Ils étaient ignorants. Ils manquaient d'instruction.

À lui, donc, d'intervenir, pour leur montrer la voie.

Dans un crissement de pneus, il s'arrêta en dérapant devant un restaurant.

La deuxième leçon de la matinée s'annonçait plus spectaculaire encore que la première.

Sous l'œil arrogant des statues de jockeys qui ornaient le balcon du Club 21, il passa la chaîne de son cadenas par-dessus sa tête et attacha son vélo à la grille de fer forgé. Il se fraya un chemin au milieu de la clientèle d'affaires massée sous l'auvent, accueilli par de nouvelles odeurs. Cette fois, cela sentait la fumée de cigare bien grasse, l'excellent filet de bœuf, le parfum de grand couturier. Il entra, et ce fut comme s'il pénétrait dans une autre dimension. Éclairage tamisé, jazz d'ambiance, cheminées, tentures et fauteuils à oreilles…

L'espace d'une seconde, sa volonté fléchit. Il eut la tentation, fugitive, de prolonger ses pas jusqu'au bar lambrissé de bois sombre, dans le fond, de commander un alcool très sec, de se défaire de son fardeau sur l'une des confortables banquettes de cuir rouge, et de poser à côté de lui le formidable calice de son destin.

Il se ressaisit. Le calice était lourd, certes, assez lourd pour écraser le commun des mortels. Pour le porter, il fallait une détermination tout aussi solide, comme pouvait l'être la sienne. Une détermination qui ne faillirait pas.

— Excusez-moi ! Ho !

Le Professeur se retourna. Un maître d'hôtel, un type très grand, fonçait sur lui comme un missile.

— Le port de la veste est obligatoire, et les toilettes sont réservées aux clients. S'il s'agit d'une livraison, veuillez emprunter l'entrée de service.

— Je suis bien au Club 21 ?

Un sourire glacial déforma la bouche du maître d'hôtel.

— Quelle perspicacité ! Pour quelle société travaillez-vous ? Je ne manquerai pas d'y faire appel la prochaine fois que j'aurai besoin d'un coursier aussi futé.

Le Professeur fit mine de n'avoir pas saisi le sarcasme et souleva le rabat de sa sacoche Chrome.

— Un paquet au nom de Joe Miller.

— Joe Miller, c'est moi. Vous êtes sûr ? Je n'attends rien.

— Quelqu'un veut peut-être vous faire une surprise, répondit le Professeur, avec un air de connivence, en sortant une grande enveloppe. Peut-être avez-vous tapé dans l'œil d'une de vos clientes, sans vous en rendre compte.

De toute évidence, Miller trouva l'idée intéressante.

— D'accord, merci, mais la prochaine fois, vous passerez par l'entrée de service, entendu ?

Le Professeur hocha gravement la tête.

— Absolument.

Compte là-dessus, mon vieux… Comme s'il devait y avoir une prochaine fois.

— Tenez, fit Miller en extrayant avec délicatesse deux dollars de son portefeuille.

— Oh, non, je n'ai pas le droit d'accepter les pour-boires, rétorqua le Professeur. Mais on m'a demandé d'attendre la réponse. (Il tendit l'enveloppe à Miller, en accompagnant son geste d'un clin d'œil.) Vous ne voulez peut-être pas ouvrir ça devant tout le monde, si vous voyez ce que je veux dire.

Le maître d'hôtel balaya furtivement l'entrée du regard. De plus en plus de clients attendaient leur table, mais sa curiosité fut la plus forte. Impatient, il s'éclipsa dans un local situé derrière l'accueil. Le Professeur lui emboîta le pas et s'arrêta sur le seuil de la porte.

Il regarda Miller déchirer l'enveloppe et découvrir la lettre qu'elle contenait. Sur son visage, l'arrogance laissa place à la perplexité.

— « Ton sang est ma peinture » ? lut-il. « Ta chair est mon argile » ? C'est quoi, ces sornettes ? (Il se tourna vers le Professeur, l'œil noir.) Qui a envoyé ça ?

Le Professeur rejoignit le maître d'hôtel.

— En fait, répondit-il en sortant de son sac un Colt Woodsman calibre .22 dont il colla le canon contre le cœur vide du laquais, c'est moi.

Il laissa s'écouler une fraction de seconde, le temps de vérifier que l'autre avait compris, puis pressa deux fois la détente.

Malgré l'exiguïté du local, les coups de feu ne produisirent qu'un bruit anodin, comme si quelqu'un se raclait la gorge.

Le maître d'hôtel s'affala. Le Professeur hissa son corps sans vie sur une chaise, s'empressa de remettre en place une pile de menus en train de s'écrouler, puis glissa la lettre tachée de sang entre les chaussures de sa victime. Du pas de la porte, au premier abord, on aurait pu croire que Miller s'était assis un instant pour lire.

Le Professeur dissimula son arme et pointa le nez hors de la pièce. Il préférait repartir discrètement, mais se ferait une joie de vider son chargeur si nécessaire.

Dans la salle de restaurant comme au bar, tout le monde riait, buvait, bavardait, mangeait. Ces crétins inutiles menaient leur vie d'automates, et le manège tournait toujours. Personne n'avait rien remarqué. Fallait-il s'en étonner ?

Il glissa le pistolet encore chaud dans son sac. Quelques pas, et il était dehors. Il enfourcha son vélo. On ne s'intéressait toujours guère à lui. Il haussa les épaules. Autant mettre sa liste à jour. Il sortit son Treo et, quand le Plan s'afficha sur l'écran, supprima la ligne « Connard suffisant du Club 21 ».

— Hé, c'est le 750 ?

La question émanait d'un type très Wall Street, tiré à quatre épingles, qui mâchonnait un havane à cent dollars. Il sortit de la poche de sa veste à fines rayures un smartphone identique à celui du Professeur.

— Le Treo, c'est de la bombe, mec.

De la bombe ? Aujourd'hui, même les traders qui lisaient la presse économique et qui étaient sortis des grandes écoles parlaient comme les dealers de crack. Non seulement il n'y avait plus, dans cette société, que des tarés sans morale ne pensant qu'au fric, mais leur fantasme, maintenant, était de faire partie d'un gang ?

— Ouais, euh, c'est ça, mon pote, répondit le Professeur, les deux pouces en l'air.

Pauvre con.

Et il s'éloigna sur son Frejus.

14

Ma voiture de service étant au garage pour réparations, je dus prendre le véhicule familial. C'était un monospace Dodge robuste et bien rodé, acheté d'occasion quelques mois plus tôt, mais avec la chance que j'avais en ce moment, le klaxon risquait de se bloquer à tout instant, comme celui du minibus Volkswagen dans le film *Little Miss Sunshine*.

Je roulais en direction de la 72ᵉ Rue, une main sur le volant, l'autre essayant de nouer ma cravate, quand l'inspecteur divisionnaire McGinnis m'appela sur le portable.

— Putain, vous êtes où, Bennett ?

Il criait à s'en faire exploser les veines.

— Je fais aussi vite que je peux. Je serai là dans moins de cinq minutes. Que se passe-t-il ?

— Le maître d'hôtel du Club 21 vient de se faire descendre !

J'eus une impression de malaise qui ne m'était pas inconnue. Après la boutique Ralph Lauren, le Club 21 ? Deux meurtres, dans deux des lieux les plus huppés de la ville, à une heure d'intervalle ? Il y avait de quoi s'alarmer, plus encore que la veille.

— Des éléments ?

— Donald Trump a peut-être fini par péter les plombs. Ou alors on a affaire à un tireur qui se déplace, ou bien à deux individus distincts, et ce n'est qu'une coïncidence. Nous avons mobilisé la brigade anti-terroriste, juste au cas où. C'est votre spécialité, hein, le terrorisme ? Ah, non, c'est vrai, vous, c'est les catastrophes !

Ah, d'accord. On avait appris que j'avais travaillé pour une CRU, c'était bien ça ? Bientôt, toute la police de New York connaîtrait mon vilain petit secret. Michael Bennett avait fait partie du FBI.

— Je n'appellerais pas ça une spécialité, fis-je.

— Peu m'importe. Vous êtes l'expert que le préfet a personnellement choisi, alors ramenez-vous vite fait et dites-moi de quoi il retourne, OK ?

Voilà donc pourquoi McGinnis était si énervé. Il aurait voulu mettre quelqu'un d'autre sur l'affaire, mais le préfet Daly m'avait imposé.

— Vous croyez que c'est moi qui ai demandé à être chargé de cette enquête ? lui rétorquai-je.

Il avait déjà raccroché.

J'enfonçai l'accélérateur, envoyant valser sur le tapis de sol du siège avant des crampons de chaussures de foot et des jouets de Happy Meal.

15

Les abords de la boutique Ralph Lauren de Madison Avenue ressemblaient à une vente aux enchères de véhicules de police. Des motos, des fourgons de l'Emergency Service Unit, des dizaines de voitures de patrouille.

J'avais déjà vu des scènes de crime mobilisant du monde, mais jamais à ce point-là. Puis il me vint à l'esprit que cela faisait sans doute partie de la tactique de déploiement massif mise en place récemment par la brigade antiterroriste du NYPD. Il s'agissait de réagir à tout soupçon de menace en envoyant jusqu'à deux cents policiers couvrir le périmètre concerné. Le dispositif se voulait impressionnant.

Daly avait peut-être vu juste. Ces gyrophares, ces flics, ce remue-ménage, l'adrénaline qui me raidissait la colonne vertébrale. Ce que j'avais sous les yeux me rappelait bel et bien les scènes de désastre sur lesquelles j'avais jadis eu l'occasion d'intervenir.

Et il y avait effectivement de quoi être impressionné. En montrant ma plaque aux types de l'ESU postés sur le trottoir pour qu'ils me laissent passer, je ne pus m'empêcher de remarquer leurs M16 à canon court et crosse télescopique sanglés à l'épaule. Ces armes étaient en dotation depuis le 11-Septembre, mais je n'arrivais toujours pas à m'y faire, et c'était sans doute sans remède. Je regrettais le bon vieux temps où seuls les dealers avaient des fusils d'assaut…

L'intérieur du magasin Ralph Lauren respirait le luxe, un luxe satanique, surtout aux yeux d'un type qui fréquentait essentiellement les enseignes bon marché comme Old Navy ou Children's Place. Un homme aux cheveux blond-roux vint à ma rencontre. Terry Lavery, un inspecteur du 19e District, très compétent. J'étais soulagé de voir quelqu'un avec qui, je le savais, j'allais pouvoir m'entendre, et qui, de surcroît, n'avait rien d'un imbécile.

— Que penses-tu de l'armée qu'ils nous ont déployée, Mickey ? s'enquit-il. Je n'ai jamais vu autant de policiers en uniforme à New York depuis la Convention démocrate.

Je fis claquer mes doigts comme si une ampoule venait de s'allumer sous mon crâne.

— C'est pour ça que j'ai envie de me mettre à poil et de me laisser glisser le long de ce calicot. Bon, avant toute chose, je tiens à ce que tu saches que ce n'est pas moi qui ai eu l'idée de venir marcher sur vos plates-bandes. En fait, j'avais pris ma journée pour raisons personnelles, mais le préfet a insisté. Il veut m'occuper, pour qu'on ne puisse pas m'attaquer à propos du fiasco d'hier soir, à Harlem.

— Ben voyons, rétorqua Lavery en levant les yeux au ciel. La prochaine fois que tu déjeunes avec lui chez Elaine's, n'oublie pas de le saluer de ma part.

Après les vacheries d'usage, il ouvrit son calepin.

— Voilà ce qu'on a : la victime s'appelle Kyle Devens. Quarante-six ans, gay, domicilié à Brooklyn, il travaillait ici depuis onze ans. Il y a un témoin du meurtre, un autre employé. Il a réussi à marmonner une dizaine de mots avant de tomber en catatonie, ce qui fait que nous n'avons toujours aucune description de l'auteur des coups de feu. Tout ce qu'on peut dire, pour l'instant, d'après les éléments dont nous disposons, c'est qu'il est entré dans le magasin avant midi, qu'il a sorti un pistolet semi-automatique, qu'il a vidé tout un chargeur sur notre gars et qu'il est reparti comme il était venu.

— C'est tout ? Pas de vol, pas de bagarre, rien d'autre ?

— S'il voulait braquer la boutique, c'est vraiment loupé parce qu'il ne manque absolument rien. S'il y a un autre mobile, on l'ignore.

— Devens avait-il un petit copain ?

Même si la brigade antiterroriste avait investi les lieux, en attendant d'en savoir davantage, nous devions procéder comme s'il s'agissait d'un crime de droit commun.

— D'après le directeur de magasin, il vivait avec un type il y a deux ans, mais ça n'a pas marché et il est retourné habiter chez sa mère. À l'heure qu'il est, on est encore en train d'essayer de la joindre, mais rien n'évoque la piste d'une querelle amoureuse, et Devens s'entendait bien avec ses collègues de travail. Pas d'antécédents. Rien, non plus, qui puisse laisser penser qu'il ait eu de mauvaises fréquentations.

Le sort s'acharnait sur moi. Il était d'ores et déjà évident que l'enquête ne serait pas facile.

Je jetai un œil vers l'écran sur lequel un technicien de scène de crime vérifiait les photos qu'il venait de prendre. Parmi les boutons de manchette éparpillés sur le tapis de valeur, je reconnus plusieurs grosses douilles de calibre .45.

Le collègue, une vieille connaissance du nom de John Cleary, surprit mon regard.

— Ne te fais pas d'illusions, Mike. On les a déjà passées au pinceau. Pas d'empreintes. Qui plus est, les projectiles ne sont pas ressortis du corps, alors qu'on a affaire à du .45 tiré à bout portant. Je ne suis pas médecin légiste, mais je penche pour des ogives à pointe creuse.

Les bonnes nouvelles s'accumulaient. Nous ne parlions plus d'un simple tueur fou, mais d'un individu qui prenait soin d'utiliser des munitions particulièrement meurtrières.

Le corps de Kyle Devens gisait toujours sur le tapis de soie. Il s'était affalé de telle manière qu'il se reflétait dans l'immense miroir occupant un coin de la pièce. Une composition de sang, de mort et de verre brisé multipliée par trois. Le thorax avait été labouré par les impacts.

— Ouais, c'est vrai, chacun sait que face à un vendeur de cravates désarmé, mieux vaut tirer des balles à forte puissance d'arrêt.

Plus encore que l'extrême violence du meurtre, c'était la méticulosité dont avait fait preuve l'auteur des coups de feu qui me déconcertait. Non seulement le type avait agi vite et avec efficacité, mais pour charger son arme, il avait mis des gants.

Le meurtre du Club 21 me revint à l'esprit. Je commençais à avoir le désagréable pressentiment que nous avions affaire à un seul et même homme.

Une seule certitude, en revanche : la journée allait être très, très longue, et cette perspective pesait déjà sur moi comme un imperméable détrempé.

16

Une certaine agitation à l'entrée du magasin trahit l'arrivée du médecin légiste. Je lui laissai le champ libre et appelai le poste de Midtown South pour savoir si de nouveaux éléments étaient apparus dans l'autre affaire d'agression signalée par le préfet Daly.

L'enquête avait été confiée à une inspectrice récemment promue, Beth Peters, une femme que je n'avais jamais rencontrée auparavant.

— La fille du métro affirme que quelqu'un l'a poussée. Elle ne faisait pas attention, elle n'a pas vu qui c'était, mais une douzaine de témoins ont remarqué un homme qui se tenait juste à côté d'elle. Une dame âgée jure qu'il l'a bousculée délibérément d'un coup de hanche, et d'autres personnes abondent dans son sens.

— La description du type ?

— Assez inattendue. Look d'homme d'affaires, impeccable, costume gris, je cite, « superbement coupé ». Blanc, la trentaine. Cheveux noirs, un mètre quatre-vingts environ, quatre-vingt-dix kilos. Autrement dit, un sociopathe métrosexuel. Très XXIe siècle, vous ne trouvez pas ?

Elle allait droit au but, s'exprimait clairement, et manifestait un côté pince-sans-rire. Nous allions bien nous entendre…

— Absolument, hélas. A-t-on des vidéos, ne serait-ce que pour savoir dans quelle direction il s'est enfui ?

— Nous avons récupéré les enregistrements des caméras de surveillance du grand magasin Macy's et de quelques autres commerces autour de Herald Square. Les témoins sont en train de les visionner, mais je ne m'attends pas à un miracle. À cette heure de la matinée, le carrefour de la 34ᵉ Rue et de la 7ᵉ Avenue est noir de monde, il ressemble aux abords du Yankee Stadium un soir de finale.

Un suspect excessivement soigné, extrêmement bien habillé, et une boutique de vêtements pour hommes, très haut de gamme… J'entrevoyais la possibilité d'un lien. Les milieux chic comme dénominateur commun ?

— Au moins, nous pourrons demander à vos témoins d'identifier ce malade quand on l'aura arrêté, fis-je. Merci, Beth. On se tient au courant, d'accord ?

Après avoir raccroché, je décidai de m'accorder soixante secondes de répit pour passer aux W.-C. Les toilettes du directeur, bien qu'exiguës, étaient presque aussi luxueuses que le reste du magasin. Et elles n'empestaient pas le vomi. Bref, elles méritaient quatre étoiles.

J'en profitai pour appeler chez moi. Mary Catherine décrocha.

— Je suis vraiment désolé, lui dis-je. Vous savez que je voulais prendre ma journée pour vous donner un coup de main, mais il y a ce malade, ou ces malades, qui courent toujours et… Enfin, toujours est-il que je ne rentrerai pas à la maison avant un certain temps.

— Je m'en sors toute seule, Mike. À dire vrai, je suis même contente de ne pas vous avoir dans les jambes.

Je n'étais pas certain qu'il s'agisse d'un compliment, mais ce que je savais, en revanche, c'était que cette fille ne ménageait ni son temps ni ses efforts.

— Merci mille fois, Mary. Je vous rappelle dès que possible.

— Attendez, il y a quelqu'un qui veut vous parler.

— Papa ?

C'était la voix de Chrissy, la benjamine. Son « malamagorge », comme elle l'appelait, semblait s'être calmé. Au moins une bonne nouvelle.

— Papa, tu pourrais dire à Rick d'arrêter de m'embêter ? C'est à mon tour de regarder la télé.

— Passe-le-moi, ma chérie.

À cet instant, quelqu'un d'autre voulut entrer dans la pièce et poussa la porte si violemment qu'elle me percuta le dos. Mon téléphone m'échappa et c'est tout juste si je parvins à le rattraper avant qu'il ne tombe dans l'urinoir.

— *Ocupado*, imbécile ! criai-je en refermant la porte d'un coup de pied.

Quelle journée ! Non… Qu'est-ce que je raconte ? Quelle vie !

17

Par ordre de priorités, je devais ensuite commencer à comparer les descriptions de suspects dans les trois affaires. Hélas, je ne disposais que de celles fournies par Beth Peters. Du côté du Club 21, on ne m'avait encore rien communiqué. En ce qui concernait le meurtre du magasin Ralph Lauren, j'avais appris par Lavery que le secteur avait été passé au crible, qu'on avait interrogé tous les portiers, sans résultat. Et nous attendions toujours un témoignage cohérent du vendeur dont le collègue avait été abattu.

Il était temps de nous montrer un peu plus persuasifs.

Il s'appelait Patrick Cardone. Les secouristes s'occupaient de lui dans une ambulance garée en double file sur Madison Avenue, portes ouvertes. En m'approchant, je le vis assis sur une civière, en larmes.

Je n'aime pas troubler des gens qui viennent de vivre un drame, mais je n'avais pas le choix, c'était mon boulot. Je veillerais à y aller en douceur.

J'attendis une pause entre deux sanglots pour frapper à la porte de l'ambulance, tout en faisant signe aux infirmiers que je prenais les choses en main.

— Bonjour, Patrick, je m'appelle Mike, dis-je en brandissant ma plaque, le temps de monter et de refermer délicatement la porte derrière moi. J'imagine que ça doit être très dur, pour vous. Vous venez de vivre une expérience terrible, traumatisante, et je ne voudrais surtout pas aggraver la situation, mais nous avons besoin de votre aide. Moi, et tous les habitants de cette ville. Vous sentez-vous prêt à discuter une minute ?

Trop désemparé pour remarquer la boîte de mouchoirs en papier posée à côté de lui, il s'essuya le visage des mains.

— Tenez, murmurai-je en posant la boîte sur ses genoux, ce qui me valut un regard reconnaissant. Parlez-moi de Kyle. Était-ce un ami ?

— Oh, oui ! s'écria-t-il en se tamponnant les yeux. Le samedi matin, on faisait le trajet ensemble et quand il passait me prendre, à Brooklyn Heights, il m'apportait toujours un café. Vous savez combien il y a de types aussi sympas que lui à New York ? Je vais vous le dire, moi : pas un. Et ce... ce sale con en maillot des Mets lui tire dessus, comme ça. Il se pointe, il lui tire dessus et...

— Oh, oh, attendez. Le type qui lui a tiré dessus portait *quoi* ?

— Un maillot orange, celui des Mets. Il y avait écrit WRIGHT, dans le dos. Et puis un de ces affreux shorts de basket et une... une casquette des Jets, verte.

— C'est très important. En êtes-vous vraiment certain ?

— S'il y a un domaine où je m'y connais, c'est celui des vêtements. Les siens étaient ridicules, dignes d'une pub pour le sport, une pub institutionnelle au second degré.

Nous parlions désormais d'individus habillés de façon complètement différente. Cela étant, l'agression du métro et le meurtre chez Ralph Lauren avaient eu lieu à plusieurs heures d'intervalle ; on pouvait donc concevoir qu'un seul et même homme ait commis l'une et l'autre en se changeant entre-temps. Ou alors, avait-on affaire à deux psychopathes ? Des hommes opérant en binôme ? Une attaque terroriste n'était pas à exclure, finalement…

— Qu'avez-vous remarqué d'autre ? La couleur de ses cheveux, des détails de ce genre ?

— Il portait de grosses lunettes noires, et sa casquette était abaissée. Les cheveux plutôt foncés, et lui, il était blanc, assez grand. Tout le reste, pour moi, c'est flou. Sauf en ce qui concerne ses vêtements, bien entendu. Et le pistolet qu'il m'a collé sur la tête. D'une forme un peu rectangulaire, argenté.

Blanc, cheveux foncés, grand – cela correspondait à la description du suspect du métro.

— A-t-il dit quoi que ce soit ?

Patrick Cardone ferma les yeux en acquiesçant.

— Il a dit : « Tu viens d'assister à un événement historique, je t'envie. »

J'eus une nouvelle fois cette désagréable impression d'avoir affaire à un maniaque, peut-être extrêmement rusé.

Je me levai, tapotai le dos du vendeur.

— Vous avez été formidable, Patrick. Je parle sérieusement. Il n'y avait pas de meilleure manière d'aider votre copain Kyle. On va le coincer, ce type, d'accord ? Je vous laisse ma carte, je la pose à côté de vous. Si quoi que ce soit vous revient à l'esprit, appelez-moi. À n'importe quelle heure du jour ou de la nuit.

Après l'avoir remercié encore une fois, je sautai à terre. J'avais déjà ouvert mon téléphone.

— J'ai une description du tireur de chez Ralph Lauren, dis-je dès que McGinnis décrocha. Mêmes caractéristiques physiques que le type du métro, mais il portait un maillot orange, le maillot des Mets.

— Un maillot, vous dites, orange ? fulmina McGinnis. Je viens d'avoir des infos de la scène du Club 21, on me dit que le tireur portait une tenue de coursier cycliste et qu'il est effectivement reparti à vélo. À part ça, physiquement, il ressemblait aussi au type du métro.

— Il y a encore plus inquiétant. Il a parlé à un des autres vendeurs du magasin, et lui a dit qu'il avait assisté, je cite : « à un événement historique ».

— Nom de Dieu ! Bon, d'accord, je vais relayer l'information. Vous, vous vérifiez et revérifiez tous les détails là où vous êtes. Ensuite, filez au resto, au Club 21, et voyez si vous pouvez en déduire quelque chose.

Là. je me fis la réflexion que nous nagions en plein cauchemar.

DEUXIÈME PARTIE

L'épidémie

18

Sur le palier, devant l'appartement de la famille Bennett, il n'y avait pas un bruit, un silence que Mary Catherine savourait. Elle prit le courrier, puis s'immobilisa un instant. Elle adorait ce petit espace, avec ses dessins d'architecture encadrés, ses vieilles appliques, son porte-parapluies en cuivre terni. Les voisins de palier, les Underhill, avaient même orné la console, sur laquelle le facteur déposait les plis, d'une corne d'abondance en osier garnie de petits potirons, de coloquintes et de feuilles dorées.

La contemplation, hélas, prit fin quand son regard eut fait le tour des lieux. Elle respira à fond, s'arma de courage et ouvrit la porte.

Dès qu'elle pénétra dans l'appartement, le bruit l'assaillit comme si un pan de mur s'écroulait. Dans le séjour, Trent et Ricky se disputaient à grands cris l'usage de la PlayStation. Pour ne pas être en reste, dans leur chambre, devant leur ordinateur, Chrissy et Fiona avaient engagé une lutte à mort ayant pour objet le choix d'un DVD. Et dans la cuisine, pour accompagner ces hurlements, la vieille machine à laver trop sollicitée jouait un récital de percussions. On aurait dit une répétition générale de *Stomp*.

Mary Catherine sursauta en voyant quelque chose, couleur vomi, filer en miaulant entre ses jambes. Elle le suivit des yeux, incrédule. C'était pourtant vrai.

Quelqu'un venait de rendre sur Socky, le chat.

Au milieu de ce tintamarre, elle faillit ne pas entendre la sonnerie du téléphone. Elle voulut d'abord laisser le répondeur prendre un message. Elle était déjà assez occupée comme ça. Puis elle se ravisa. Après tout, que pouvait-il arriver de pire ? Elle alla décrocher le téléphone mural et dut presque hurler : « Allô ? »

— Bonjour, c'est sœur Sheilah, du Saint-Nom, fit une voix, d'un ton heurté, sérieux.

Oh, Seigneur, se dit Mary Catherine, la principale. Cela ne laissait rien présager de bon. Voilà qui lui apprendrait à défier le sort.

Le vacarme ambiant, loin de diminuer, semblait avoir augmenté d'un cran. Elle regarda autour d'elle, cherchant le moyen d'y mettre un terme rapidement. Et l'inspiration lui vint.

— Oui, ma sœur. C'est Mary Catherine, la nounou des enfants. Je vous demande un instant, ne quittez pas.

Elle posa avec calme le téléphone, sortit l'escabeau du placard à provisions et s'en servit pour atteindre le tableau électrique situé en hauteur, près de la porte. Elle dévissa les quatre fusibles, et le bruit cessa brutalement : plus de télévision, plus de jeu vidéo, plus de machine à laver, et enfin, plus de cris.

Elle reprit le combiné.

— Excusez-moi, ma sœur. Je suis en train d'affronter une petite mutinerie. Que puis-je pour vous ?

Elle ferma les yeux en écoutant la principale l'informer que Shawna et Brian, soit la moitié des Bennett qu'elle avait réussi à envoyer en classe ce matin-là, étaient « tombés malades ». Ils attendaient à l'infirmerie de l'école qu'elle vînt les chercher immédiatement.

Génial, se dit-elle. Mike ne pouvait pas se libérer, son enquête était trop importante. Et elle ne pouvait laisser les petits tout seuls ici.

Elle assura sœur Sheilah qu'elle enverrait quelqu'un récupérer les dernières victimes dès que ce serait humainement possible, puis appela Seamus, le grand-père de Mike. Cette fois-ci, les dieux se montrèrent plus cléments. Seamus était disponible, il pouvait passer prendre les enfants, et tout de suite si nécessaire.

Mary Catherine venait de raccrocher quand Ricky, Trent, Fiona et Chrissy débarquèrent dans la cuisine pour lui faire part, en chœur, de leurs doléances.

— La télé marche plus !

— Mon ordinateur non plus !

— Il doit y avoir une panne d'électricité, répondit-elle en haussant les épaules. On n'y peut rien. (Elle farfouilla dans un tiroir et exhiba un paquet de cartes.) Vous avez déjà joué au black-jack, les enfants ?

Dix minutes plus tard, l'îlot de la cuisine s'était transformé en table de jeu. Trent faisait le croupier, les autres regardaient leurs cartes d'un œil méfiant. Le bruit, désormais, se limitait aux décomptes à voix haute et aux litiges concernant les règles. Mary Catherine avait retrouvé le sourire. Sans vouloir encourager la pratique des jeux de casino, elle était ravie de voir les enfants s'amuser sans l'aide de piles. Elle décida de s'assurer que tous les appareils pourvus d'un écran étaient éteints avant de revisser les fusibles pour pouvoir terminer la lessive et préparer de la soupe. Les petits, trop absorbés, ne remarqueraient rien.

Mais auparavant, il lui restait une tâche importante à accomplir. Socky miaulait encore à fendre l'âme, s'efforçant de frotter son pelage souillé contre ses chevilles. Elle le souleva tant bien que mal par la peau du cou.

— Tu finiras par me remercier.

Et elle le porta jusqu'à l'évier de la cuisine, le laissant griffer le vide en signe de protestation.

19

— Vous, vous devez être flic, parce que vous n'avez vraiment pas l'air d'un client, me lança une jeune femme alors que je sortais du magasin Ralph Lauren.

Tiens donc, ne serait-ce pas Cathy Calvin, intrépide spécialiste de la police au *New York Times*, et emmerdeuse de première ?

Pas vraiment la personne à qui j'avais envie de parler en ce moment. Outre tous les problèmes auxquels j'étais confronté, j'avais encore en travers de la gorge son attitude lors de la prise d'otages de la cathédrale St Patrick. Elle avait tout fait pour ne pas nous aider.

Je me forçai néanmoins à sourire et me dirigeai vers la barrière derrière laquelle elle se tenait. Je n'avais pas oublié qu'il faut caresser les ennemis que nous ne pouvons tuer, et que le subterfuge est l'art de la guerre. Heureusement que j'avais reçu des jésuites, à Régis High, une éducation classique, car pour survivre à une rencontre avec cette dame, mieux valait avoir révisé Machiavel et Sun Tzu.

— Comment se fait-il que, chaque fois que nous nous voyons, nous sommes séparés par des barrières ou des rubans de police ? me demanda-t-elle avec un grand sourire aussi naturel que le mien.

— Vous savez ce qu'on dit, Cathy : les bonnes clôtures font les bons voisins. J'adorerais bavarder avec vous, mais je suis très occupé.

— Allez, Mike… Une petite déclaration, au moins, non ?

Elle mit en marche son dictaphone numérique tout en me fixant d'un regard intense. Pour la première fois, je remarquai qu'elle avait les yeux verts, de très beaux yeux, brillant d'une lueur que j'aurais qualifiée d'espiègle. Elle sentait bon, de surcroît. Que m'avait-elle dit, au fait ? Ah, oui, elle voulait une déclaration.

Je m'en tins à un communiqué quasiment réglementaire, sans m'étendre. Un employé de magasin avait été abattu, lui dis-je, et nous ne divulguerions pas son identité avant d'avoir pu prévenir la famille.

— Ah, comme d'habitude, inspecteur Bennett, vous êtes une intarissable source d'information. Et le meurtre qui a eu lieu au Club 21 ? Est-ce que les deux crimes sont liés ?

— Nous ne pouvons rien affirmer pour l'instant.

— Ce qui signifie quoi, en réalité ? Que votre patron, McGinnis, ne vous laisse pas les coudées franches ?

— De vous à moi ?

— D'accord, répondit-elle en éteignant son appareil.

— Je n'ai aucun commentaire, lui murmurai-je à l'oreille.

Quand elle ralluma son enregistreur, ses yeux émeraude avaient perdu leur éclat taquin. Elle passa du coq à l'âne.

— Parlons d'hier soir, à Harlem. Selon des témoins, les tireurs d'élite de la police ont abattu un homme qui n'était pas armé. Vous vous trouviez juste à côté de la victime. Qu'avez-vous vu ?

J'avais l'habitude d'être harcelé par des journalistes, mais là, je commençais à regretter de ne pas avoir pris ma bombe lacrymo.

— Cathy, j'aurais été ravi de revivre cette expérience, surtout en votre compagnie, mais comme vous le voyez, je suis en pleine enquête. Si vous voulez bien m'excuser…

— Pourquoi ne pas me raconter tout ça pendant le déjeuner ? Il faut bien que vous vous sustentiez, non ? C'est moi qui vous invite. Et je n'enregistre pas.

Je claquai des doigts pour faire le type déçu.

— C'est trop bête. Figurez-vous que j'ai déjà une table réservée au Club 21.

— Très drôle, fit-elle avec un petit air moqueur, assorti d'un haussement d'épaules. Oh, bon, on a le droit d'essayer, non ? Je ne devrais sans doute pas vous dire une chose pareille – ça va vous monter à la tête –, mais je trouve que, comme plan déjeuner, il y a pire que vous. Si un jour vous décidez de passer une petite annonce dans les pages « rencontres », je vous aiderai à la rédiger. Grand, bien bâti, cheveux châtain foncé, bel homme…

Ce compliment me surprit. Peut-être ne me flattait-elle que pour me soutirer des informations, mais elle avait l'air sincère.

— Ça n'est pas dans mes projets, mais merci quand même.

— Et quand je vous ai dit, tout à l'heure, qu'on voyait que vous n'étiez pas client chez Ralph Lauren, c'était une vacherie. En fait, vous vous habillez très bien.

Instinctivement, ma main ébaucha le geste de lisser ma cravate. Cathy était-elle en train de me draguer ou fallait-il être idiot pour oser imaginer une chose pareille ? Elle-même avait un physique plus qu'avantageux, et vêtue comme aujourd'hui – petite jupe noire serrée, chemisier encore plus ajusté et chaussures à talons en cuir verni –, elle était carrément excitante. Il fallait juste faire abstraction de son côté sale garce.

Mais était-elle vraiment une garce ? Ou juste une journaliste qui en voulait, qui essayait de faire son boulot et n'avait pas froid aux yeux quand elle flirtait – et n'étais-je, moi, qu'un vieux grincheux n'ayant rien compris au film ?

Je battis en retraite, gêné comme un écolier. Elle, elle me regardait, les mains sur les hanches, la tête légèrement penchée sur le côté, comme si elle venait de me provoquer en duel et qu'elle attendait ma réaction.

— Il ne faudrait pas que ça vous monte à la tête, Cathy, lui lançai-je, mais moi aussi, je trouve que comme plan déjeuner, il y a pire que vous.

20

Je passai le restant de l'après-midi au Club 21, essentiellement pour interroger les témoins présents au moment du meurtre du maître d'hôtel, Joe Miller. Quand ce fut terminé, je n'eus plus qu'à m'affaler en bâillant sur la banquette de cuir rouge, dans le bar du fond. J'avais vu tellement de monde…

Personne n'avait directement assisté au crime, mais il ne faisait quasiment aucun doute que l'auteur des coups de feu était un coursier à vélo aperçu à cette heure-là, qui était reparti presque aussi vite qu'il était venu. On avait retrouvé Miller avec un message ensanglanté coincé entre les pieds. Dans l'ensemble, les descriptions du suspect concordaient : un homme assez grand, blanc, d'une trentaine d'années.

Pour le reste, il subsistait des zones d'ombre. Chacune des personnes interrogées, des clients les plus importants aux plongeurs, m'avait confirmé que le coursier portait une chemise légère, style uniforme, et non le maillot orange des Mets. Il avait également un casque et des lunettes noires. Par conséquent, comme chez Ralph Lauren, personne n'avait pu distinguer ses traits ni même la couleur de ses cheveux. En l'absence de ces détails, il nous était difficile de comparer les suspects des différentes agressions.

Outre ce petit problème, un autre mystère nous laissait perplexes. Les balles qui avaient tué le maître d'hôtel étaient de calibre .22, très différent du .45 utilisé pour abattre Kyle Devens. Et, cette fois encore, les douilles retrouvées sur place étaient vierges de toute empreinte.

Ce qui nous laissait face à d'innombrables possibilités. Pourtant, en dépit des incohérences, un pressentiment croissant m'incitait à penser que les deux meurtres par balles étaient liés. Dans les deux cas, le suspect décrit par les témoins avait à peu près le même âge, le même physique. Et les deux crimes avaient été commis dans des établissements de prestige.

Plus important encore, il y avait le texte du message retrouvé auprès du corps de Joe Miller. Je le relus.

Ton sang est ma peinture.

Ta chair est mon argile.

Des mots qui faisaient écho, de manière sinistre, à ceux que le tueur du magasin Ralph Lauren avait glissés à l'oreille de Patrick Cardone.

Tu viens d'assister à un événement historique. Je t'envie.

Quelque chose me disait que notre client venait de remporter haut la main un concours de psychopathologie et qu'il tenait à le faire savoir. Il voulait qu'on applaudisse sa mégalomanie et, pour lui, le seul moyen d'obtenir l'attention requise était de commettre de sang-froid des meurtres d'une grande violence.

Malheureusement, si mes soupçons se révélaient fondés, il était intelligent et prudent. Des tenues différentes, des armes différentes, un visage difficile à distinguer, pas d'empreintes.

Restait aussi à savoir si c'était le même malade qui avait poussé la fille sur la voie, à Penn Station. Pas d'arme, pas de message sibyllin, et il ne s'était pas grimé, mais les caractéristiques physiques, dans l'ensemble, concordaient.

Enfin, il n'y avait pas eu d'autres meurtres à Manhattan depuis quelques heures. C'était déjà ça. Si la chance nous souriait, peut-être finirions-nous par découvrir que le déséquilibré s'était donné la mort. Mais cela me paraissait peu probable. Ce type semblait bien trop méthodique pour être suicidaire. Il ne fallait pas prendre ses désirs pour des réalités.

Je refermai mon calepin pour contempler les casques de football américain, instruments de musique et autres objets plus ou moins kitsch suspendus au plafond du célèbre Club. Le barman m'avait révélé que ces jouets – comme il les appelait – avaient été offerts au cours des cent dernières années par des stars de cinéma, des gangsters et des présidents.

À l'idée que Humphrey Bogart se fût peut-être saoulé en compagnie d'Ernest Hemingway à la table que j'occupais en ce moment, je me dis que je pourrais m'octroyer un petit burger sur le pouce, avant de partir. Mais, en découvrant la carte, je lus à deux reprises les prix avant de comprendre que je n'étais pas victime d'une hallucination.

Trente dollars ?

— Bonne chance, ma belle[1], marmonnai-je en me levant.

Je fis halte en sortant devant les photos qui recouvraient le mur, derrière le registre des réservations. Sur chacune d'elles, Joe Miller, le sympathique Joe, posait en souriant aux côtés des personnalités les plus connues du pays. Ronald Reagan, Johnny Carson, Tom Cruise, le basketteur Shaquille O'Neil, le joueur de base-ball Derek Jeter.

— Un bon maître d'hôtel peut vous placer où il veut, m'avait expliqué le directeur. Joe avait un talent très rare : il arrivait à vous persuader que son choix était meilleur que le vôtre.

Miller était entré ici comme plongeur et, en trente-trois ans, il n'avait pas été absent une seule journée. Trente-trois ans, et ce soir, ses deux filles qui étudiaient à Columbia et sa veuve se demanderaient ce qu'elles allaient devenir sans lui.

Dehors, la nuit était tombée sur la 52ᵉ Rue. Bien qu'éreinté, j'avais du mal à croire que cette satanée journée ait pu passer aussi vite. Comme quoi, le temps peut filer même lorsqu'on ne s'amuse pas.

J'étais tout aussi surpris de voir que le restaurant resterait ouvert le soir même. La clientèle chic et branchée faisait déjà la queue sur le trottoir, impatiente d'entrer. Le meurtre venant d'être commis ajoutait peut-être au cachet de l'établissement.

---

1. « Here's looking at you, kid », les derniers mots de Rick (Humphrey Bogart) à Ilsa (Ingrid Bergman) dans *Casablanca*, improprement traduits dans la VF comme dans la VOST. *(N.d.T.)*

Le directeur, inquiet, me fit signe depuis la porte, attendant désespérément que je l'autorise à retirer le ruban jaune qui délimitait la scène de crime. La minute de silence à la mémoire de son employé avait effectivement duré une minute, une minute new-yorkaise. C'était donc ça, la dignité accordée aux morts ? Un gros flic en combinaison stérile venait dégager votre carcasse et le monde continuait à tourner comme si de rien n'était. Déprimant…

Histoire de partir sur une note joyeuse, je me fis la réflexion, en voyant le type faire sa pelote et revenir à toute vitesse sous l'auvent, qu'ils allaient peut-être en faire une guirlande et la suspendre au-dessus du bar, avec les autres babioles. La contribution du NYPD au QG des gens riches et célèbres.

Puis je quittai les lieux, essayant de me souvenir où j'avais garé mon monospace.

Je pris le volant, direction la maison, et, pour la millième fois, le coup de fil du préfet m'annonçant que c'était à moi qu'il avait choisi de confier cette enquête me revint à l'esprit. Cette affaire me stressait à un point inimaginable, et je m'en rendais parfaitement compte. Selon toute vraisemblance, nous finirions par arrêter ce type, surtout s'il continuait à sévir.

Et tout le problème était là. Combien de victimes ferait-il encore avant d'être mis hors d'état de nuire ?

J'étais dans une situation des plus inconfortables. Je disposais, pour l'instant, de très peu d'éléments, mais je ne pouvais décevoir le préfet ni la ville de New York.

En ouvrant la porte de l'appartement, je fus accueilli par une puissante bouffée de désinfectant qui ranima immédiatement quelques souvenirs. Des soucis m'attendaient aussi dans ce monde-là…

— Papa, papa, regarde ! La petite souris, elle m'a pas oubliée ! Elle est venue, finalement ! s'écria Fiona en brandissant le billet d'un dollar que j'avais glissé sous son oreiller.

Ses couettes voletaient. Elle se précipita dans mes bras avec une telle force qu'elle faillit me renverser.

J'avais lu quelque part que les fillettes de huit ans ne voulaient plus de jouets, d'objets pour enfants, qu'elles ne s'intéressaient qu'au maquillage, aux vêtements et aux appareils électroniques. Moi, j'avais la chance d'en avoir une qui croyait encore à la magie. Je la pris dans mes bras, et toutes mes angoisses se dissipèrent comme si je venais de me débarrasser d'une vieille peau. Là, au moins, j'avais fait ce qu'il fallait.

Tandis que Fiona m'entraînait vers le séjour, j'aperçus un balai-brosse et un seau en plastique, et commençai à imaginer à quoi la journée de Mary Catherine avait pu ressembler. Elle avait dû être bien pire que la mienne. De quoi me plaignais-je après tout ?

Quelques secondes plus tard, ma fidèle Irlandaise arrivait en courant pour reprendre son matériel. Je mis la main sur le manche à balai en même temps qu'elle et lui indiquai son appartement, à l'étage au-dessus.

— Dehors, Mary. S'il y a quelque chose à faire ici, je m'en occupe. Allez vous amuser avec des gens en âge de voter. C'est un ordre.

— Mike, vous venez à peine d'arriver, il faut que vous vous détendiez. Je peux bien rester quelques minutes de plus.

Elle tira sur le balai, mais je tins bon. S'engagea un bras de fer qui eut pour effet de renverser le seau d'eau et d'inonder le parquet.

Je ne sais plus qui de nous deux commença à pouffer, mais un instant plus tard, c'était la crise de fou rire.

— De toute façon, il fallait passer un coup sur ce parquet, finis-je par dire. Maintenant, pour la dernière fois, en ma qualité de policier, je vous ordonne d'évacuer les lieux. J'ai des menottes et n'hésiterai pas à les utiliser si nécessaire.

Mary Catherine cessa brusquement de rire, lâcha le balai et me tourna le dos, comme lorsque nous nous étions effleurés dans la cuisine. Cette fois, il ne faisait aucun doute qu'elle rougissait.

— Ce n'est pas ce que... je voulais dire, bredouillai-je. Je...

— La journée a été longue, Mike. Demain sera un autre jour, nous devrions nous reposer, vous comme moi.

Sans me regarder, elle quitta la pièce et, au passage, tapota du doigt une liasse de papiers posée sur la table basse.

— Ça vous sera utile. Bonne nuit.

Dans la catégorie « nombre d'impairs commis vis-à-vis d'une femme en une journée », je crois que j'avais battu mon record. À mettre sur le compte de la fatigue. Ou alors, je venais moi aussi d'attraper la grippe.

Je jetai un coup d'œil sur les documents qu'elle m'avait laissés. Il s'agissait d'une sortie d'imprimante, le dossier médical de ma famille en quarantaine. Qui avait besoin de quels médicaments, en quelle quantité, et quand. Je n'en croyais pas mes yeux. Cette jeune femme était prodigieuse.

J'aurais dû lui demander où débusquer le tueur psychopathe.

22

Le Professeur sortit de sa salle de bains en se frottant la tête avec une serviette-éponge. Il s'immobilisa en entendant un bruit bizarre, dehors. Écartant les lamelles du store, il regarda ce qui se passait dans la 38ᵉ Rue Ouest.

Un conducteur de calèche, longe en main, ramenait un cheval gris qui paraissait bien fatigué dans l'immeuble adjacent transformé en écurie. En guise de voisins, le Professeur avait également un garage de taxis peu reluisant et une officine au guichet grillagé, où les gens venaient encaisser leurs chèques. Le trottoir, devant, était perpétuellement jonché d'éclats de verre.

Le Professeur étouffa un rire. Même pour un quartier comme Hell's Kitchen, le carrefour de la 38ᵉ et de la 11ᵉ Avenue était excessivement sale et délabré. Peut-être fallait-il être fou pour aimer ça, mais c'était son cas. Ici, au moins, le cadre avait quelque chose d'authentique.

Toujours gonflé à bloc par l'adrénaline accumulée au cours de la journée, il s'allongea sur le banc de musculation, près de son lit. Sur la barre étaient enfilés deux disques de fonte de quatre-vingts kilos. Il la souleva sans difficulté, l'abaissa jusqu'à ce qu'elle effleure son torse, puis la souleva de nouveau au maximum, bras tendus et verrouillés. Il répéta dix fois l'exercice avec lenteur, jusqu'à ce que la douleur foudroie ses muscles palpitants, lui tirant des larmes.

Voilà qui est mieux, bien mieux, songea-t-il en se redressant. Quelle journée. Quelle journée de dingue.

Il mouilla un bout de tissu, le posa sur son front et se rallongea. Il n'avait rien à faire dans l'immédiat, si ce n'était patienter jusqu'à ce que tout le monde ait bien reçu le message. Cela revenait un peu à allumer la télé en attendant que papa et maman rentrent du travail.

L'effort physique l'avait aidé à brûler une partie de l'énergie de son corps en surtension, et le linge humide l'apaisait. Il ferma les yeux. Une petite sieste avant le dîner lui ferait le plus grand bien. Il se réveillerait frais et dispos pour la phase suivante.

Mais alors qu'il s'assoupissait, une salve d'éclats de rire qu'accompagnait le martèlement des basses d'un morceau de rap le força à se rasseoir. Furieux, il traversa la pièce jusqu'à la fenêtre et écarta le store. Dans le loft d'en face, dépourvu de rideaux, un petit Asiatique était en train de photographier sous une lumière violente deux grandes anorexiques en robe longue, des Blanches. Les filles se mirent à danser comme des idiotes sur les vociférations abrutissantes de 50 Cent.

Il crut rêver. La dernière fois qu'il avait prêté attention à ce bâtiment, c'était encore un entrepôt où un type énorme, cul-de-jatte, du nom de Manny, stockait des chariots à hot dogs. Et voilà que c'était devenu un studio pour photos de mode à la con ? Décidément, ce quartier filait un mauvais coton…

Pendant la première guerre d'Irak, il avait été incorporé dans une unité de reconnaissance des Marines. On leur avait donné un lance-roquettes expérimental, un SMAW. Le SMAW utilisait une munition d'un genre nouveau, de type thermobarique. Répandant un nuage de carburant dans l'air quelques microsecondes avant son explosion, la roquette ne se contentait pas de détruire la structure d'un bâtiment, elle provoquait la combustion instantanée de l'oxygène dans toute la zone d'impact.

Il aurait tout donné pour avoir cette arme sous la main en ce moment même. Il se revit en train de tirer une de ces méga-roquettes, et son index le chatouillait déjà. Il s'imagina visant, cette fois, l'immeuble d'en face. La boule de feu, l'onde de choc éventrant les étages supérieurs.

Des armes, cela dit, il en avait d'autres, et en quantité. Une demi-douzaine de pistolets, un pistolet-mitrailleur Mac-9, un fusil à pompe tactique à canon scié, un fusil d'assaut AR-15 équipé d'un lance-grenades M203, ainsi que divers silencieux. Derrière, en petites piles bien alignées, il y avait toutes les boîtes de munitions correspondantes. Et, sous son établi, une caisse en carton renfermait des grenades à fragmentation, fumigènes et aveuglantes – une demi-douzaine de chaque –, telle une boîte géante garnie d'œufs mortels.

Non. Vouloir éliminer tous les crétins qui lui cassaient les pieds revenait à pisser sur un volcan en éruption. Il devait s'en tenir au Plan et ne tuer que ceux qui comptaient.

Il pénétra dans le bureau qu'il s'était aménagé, s'installa dans son fauteuil rétro Pottery Barn, alluma la lampe de banquier à abat-jour vert. Face à lui, le mur était tapissé de plans du métro et des rues, de photos de halls d'entrée. Au centre, sous cadre, trônait une affiche de *Top Gun* représentant Tom Cruise, en partie recouverte d'autres portraits de Marc Aurèle, de Henry David Thoreau et de Travis Bickle de *Taxi Driver*. Sur le bureau, il y avait toute une collection de vieux carnets à couverture mouchetée, un ordinateur portable ainsi qu'un scanner de police relié à un magnétophone à bandes. Juste à côté, une lourde table lui servait d'établi.

C'était là qu'il avait posé son téléphone et son répondeur. Depuis un certain temps, il avait négligé de vérifier si on lui avait laissé des messages. Le voyant rouge clignotait. *Trente-six messages ? Non, impossible.*

Puis il se souvint de ce qu'il aurait dû faire, en principe, au cours de la matinée. *Ah, oui*, il comprenait, maintenant. Ce rendez-vous lui avait semblé de la plus haute importance lorsqu'il l'avait pris, mais après la révélation qu'il venait de vivre, il ne présentait plus le moindre intérêt à ses yeux.

Ce constat le mit de bonne humeur. Il effaça en souriant tous les messages sans même les écouter, et retourna dans sa chambre. Il glissa un CD de relaxation dans le lecteur.

Le roulement du ressac et le piaillement lointain des mouettes couvraient à présent le rap de l'immeuble d'en face. Le Professeur s'allongea de nouveau sur le banc de musculation, souleva d'un geste puissant la lourde barre puis, doucement, la rabaissa jusqu'à son torse.

23

Peu après 22 heures, le Professeur s'éveilla, tenaillé par la faim. Il alla dans la cuisine, alluma le four et sortit du réfrigérateur un paquet brun.

Vingt minutes plus tard, de petites côtes d'agneau grésillaient sur leur lit de sauce au porto et au romarin. Il toucha la viande du bout du doigt et constata, ravi, qu'elle était tendre à souhait. Nous y sommes presque, songea-t-il. Égouttant les pommes frites, il les parfuma à l'huile de truffe en quelques coups de vaporisateur.

Puis il déposa le plat fumant sur la nappe en lin de la table du coin repas. Il ouvrit la bouteille de Mouton Rothschild 1995, achetée quatre cent cinquante dollars, avec un joyeux *pop*, jeta le bouchon par-dessus son épaule et se servit un bon verre.

L'agneau se révéla délicieusement fondant dès la première bouchée, qu'il accompagna d'une gorgée du grandiose pauillac. Tanins serrés, nez floral, arômes de cassis et finale évoquant la réglisse. Ce vin aurait sans doute mérité de vieillir encore quelques mois pour atteindre la perfection absolue, mais le Professeur n'avait pas la patience d'attendre si longtemps.

Il ferma les yeux en savourant les frites au parmesan et à l'huile de truffe, la succulente viande et le divin bordeaux. Il avait pratiqué quasiment tous les grands restaurants new-yorkais et parisiens, mais avait rarement aussi bien dîné que ce soir. Ou bien était-ce parce qu'il avait eu une journée particulièrement remplie ? Quelle importance du reste ? Il avait atteint le nirvana de la gastronomie. Ce repas était une incontestable réussite.

Il fit durer le festin, mais vint un moment où, hélas, ce fut fini. Il vida le fond de la bouteille dans son verre ballon et passa au séjour, plongé dans l'obscurité. Se jetant sur le canapé, il saisit la télécommande et alluma l'écran mural, un plasma Sony de soixante pouces.

L'image apparut, d'une incroyable netteté. Roz Abrams, l'une des présentatrices de CNN, parlait à toute vitesse. New York devait faire face à une épidémie de grippe, annonçait-elle aux téléspectateurs. *Sans blague. Comme si ça l'intéressait.*

Il dut supporter encore plusieurs minutes d'inanités et de pubs avant qu'elle ne revienne sur l'événement de la journée.

Un autre danger menaçait la ville : on recherchait un ou plusieurs tueurs.

Ah, bon, ma petite Rozzy ? Sans déconner. Tu ne trouves pas que ça, au moins, c'est de l'info ?

Il se pencha en avant pour écouter attentivement le reportage. Deux personnes avaient été abattues, mais la police ignorait encore si les meurtres étaient liés, ou s'il y avait un rapport avec l'agression dont avait été victime une jeune femme, poussée devant une rame de métro. Les enquêteurs craignaient que ces crimes ne soient l'œuvre de terroristes.

Le Professeur se renfonça dans le canapé, ravi. Il pouvait se détendre. La police et la presse s'interrogeaient toujours, conformément à ses attentes.

Aucune allusion, en revanche, au manifeste qu'il avait adressé au *New York Times*. Il se demanda si la police, manigançant quelque chose, avait décidé de ne pas communiquer cette information. À moins que les journaux n'aient pas encore fait le rapprochement avec ce qui s'était passé aujourd'hui. C'était sans importance. Ils comprendraient bientôt.

Puis, Roz Abrams recommença à énumérer des banalités insignifiantes qui ne pouvaient intéresser que les troupeaux de veaux défilant dans les rues. Il éteignit le téléviseur, se leva et emporta son verre dans la chambre d'ami. La lumière vive d'une lampe halogène inonda la pièce.

Une forme humaine gisait sur le lit, comme si quelqu'un y dormait. Elle était recouverte d'un drap.

Le Professeur le souleva lentement.

— C'est parti, mon pote.

Du sang séché barbouillait les traits du mort. Sa tempe droite était percée d'un petit trou. De l'autre côté, en ressortant, la balle avait fait bien plus de dégâts.

— Je trinque au moment où ils comprendront, fit le Professeur, levant son verre de nectar rubis au-dessus du cadavre. Et à demain, où nous passerons à onze !

24

Il était 6 h 30, et pas un bruit ne résonnait dans les travées désertes de l'église du Saint-Nom, aux vitraux encore sombres. En cet instant, sans doute n'y avait-il pas dans l'Upper West Side, ni même dans tout Manhattan, de lieu plus solennel.

Et pour le père Seamus Bennett, accroupi sous l'autel, invisible, c'était bien là le problème.

Il ne se livrait pas à des dévotions d'un genre nouveau, certes non. Il était à l'affût. Depuis deux semaines, quelqu'un pillait le tronc des pauvres, à l'entrée de l'église, et Seamus comptait bien prendre le coupable la main dans le sac.

Il écarta la nappe et balaya la nef avec ses jumelles. D'ici quelques heures, une belle lumière embraserait les verrières multicolores mais, pour le moment, il faisait si sombre qu'il distinguait à peine le portail de l'église. Il faisait le guet depuis près d'une heure, et n'avait encore rien remarqué.

Il devinait qu'il avait affaire à quelqu'un d'intelligent. Un voleur qui laissait toujours un peu d'argent dans le tronc, s'imaginant sans doute que les prélèvements passaient inaperçus, mais Seamus savait très bien que les larcins se poursuivaient, car les dons journaliers avaient diminué de plus de moitié. Tout indiquait aussi que le coupable était passé maître dans l'art de la dissimulation, qu'il était sans doute capable, à la faveur de la pénombre régnant dans l'église, d'entrer et de ressortir au nez et à la barbe de Seamus. Celui-ci, pourtant, se refusait à allumer la lumière. D'ordinaire, le matin, l'église n'était pas éclairée, et un changement risquait d'éventer le piège.

Il abaissa ses – c'était quoi, déjà, l'argot des flics pour désigner les jumelles ? Ah, oui –, ses « yeux », et dévissa sa thermos pour se servir un peu de café. Il devait pouvoir s'organiser mieux que cela. La prochaine fois, il apporterait un ventilateur, car il étouffait dans sa minuscule cachette. Et un coussin, car à force d'être assis en tailleur sur le sol de marbre, il avait les jambes et les fesses ankylosées. Un coéquipier aussi, ça aurait été bien, pour se planquer à tour de rôle. Pourquoi pas un des diacres…

Tout ça, c'était la faute de son petit-fils, qui n'avait rien fait pour l'aider. Mike n'avait pas accepté d'envoyer une équipe du NYPD analyser la scène de crime, et refusé de demander au FBI d'établir un profil du suspect. Par-dessus le marché, ça l'avait même fait rire. Était-ce trop demander pour la gloire de Dieu ?

Seamus but une gorgée de café fumant et bougonna :

— Dire qu'il y en a qui pensent qu'avoir un flic dans la famille, ça peut servir…

La sonnerie de son téléphone le fit sursauter, et il se cogna la tête contre le plateau de l'autel en voulant décrocher.

Qui était-ce ? Mike. Quand on parle du loup…

124

— J'ai besoin de toi, *monsignor*. Chez moi. Tout de suite. S'il te plaît, et merci d'avance.

— Oh, je vois, commença Seamus. Quand j'ai eu besoin d'un petit coup de main, tu m'as répondu : « Désolé, mon Père. » Mais maintenant que c'est toi qui as besoin de moi...

Mike avait déjà raccroché.

Seamus referma sèchement son téléphone en maugréant.

— Tu crois que tu peux t'en tirer en étant poli, mais le vieux prêtre lit dans ton cœur perfide.

Il sortit à quatre pattes de sous l'autel et se releva en frottant ses reins endoloris.

— *Monsignor*, est-ce vous ? lança une voix.

Seamus pivota vers la silhouette qui se tenait près des cierges, devant la sacristie. C'était Burt, le bedeau, qui paraissait tout surpris.

— Ne dis pas n'importe quoi, Burt, rétorqua Seamus. Ne vois-tu pas que je suis le frère jumeau maléfique du père Bennett ?

25

On sait que la journée promet d'être pénible lorsqu'au saut du lit on est déjà débordé. Sitôt debout, je fis en catastrophe le tour de l'appartement pour recenser les victimes. Pleurs et gémissements affluaient de partout. De toute évidence, l'état de la famille avait empiré. Nous n'étions plus dans une clinique, mais dans un hôpital de campagne pris sous le feu des mortiers ennemis.

Quelques instants plus tard, je préparais du bouillon de poule et j'avais mis au réfrigérateur des desserts à la gélatine. En attendant que tout cela soit prêt, je courais d'un enfant à l'autre, des pièces de linge humides dans une main, un thermomètre digital dans l'autre, tout en trimballant Shawna sur mes épaules. Je prenais la température des petits, j'hydratais ceux qui brûlaient et transpiraient, j'essayais de réchauffer ceux qui frissonnaient. Dans le lot, peut-être y en avait-il un ou deux qui se sentaient assez en forme pour aller à l'école, mais j'étais trop occupé pour les y conduire. Ce matin, les valides demeureraient livrés à eux-mêmes.

N'ayant dormi – ce qui était, d'ailleurs, un bien grand mot – que quelques heures, j'ignorais si j'allais tenir longtemps à ce rythme-là. Je m'étais donc résigné à appeler Seamus en renfort. Il n'allait sans doute pas apprécier que je le dérange à une heure aussi matinale, mais en une petite vingtaine de minutes, la gestion de l'épidémie familiale m'avait fait oublier toutes les bonnes manières. D'ailleurs, à chaque champ de bataille son prêtre, non ?

— Papa ? (Me voyant entrer dans sa chambre, Jane s'empara d'un cahier sur sa table de chevet.) Dis-moi ce que tu penses de ça : « La contagion gagnait du terrain, inexorablement. Qu'avait donc fait Michael, chef de la famille Bennett, pour qu'une telle infortune s'abatte sur son innocente progéniture ? »

Et moi qui avais déjà mal à la tête… Jane, onze ans, était notre écrivain en herbe, et elle avait décidé de profiter de son temps libre pour rédiger une saga fouillée du clan Bennett. Il me semblait percevoir dans son style l'égale influence de la littérature gothique et d'un sentiment de culpabilité pour le moins précoce.

— C'est très bien, Jane, lui répondis-je en fermant les yeux alors que Trent, à l'autre bout du couloir, éternuait avant de s'essuyer les mains sur ce pauvre Socky. Mais pourquoi ne pas ajouter quelque chose du genre : « C'est alors que le père, soudain inspiré, eut l'idée d'un traitement de la dernière chance, qui allait se révéler radical – une distribution générale de fessées, administrées d'une main vigoureuse ! »

Jane ne parut pas convaincue.

— Désolée, papa, mais ce n'est pas très crédible. (Elle humecta son index et feuilleta son cahier.) J'avais aussi quelques questions à te poser, des détails historiques. Pour commencer, parlons de grand-père

Seamus. Je croyais que les prêtres n'avaient pas le droit de se marier. Est-ce qu'il y a eu un scandale croustillant ?

— Non ! hurlai-je. Il n'y a pas eu de scandale croustillant. Grand-père Seamus a été ordonné sur le tard, après la mort de grand-mère Eileen. Il avait fondé sa famille *avant*. Tu comprends ?

— Tu es sûr que c'est permis ? demanda-t-elle d'un ton soupçonneux.

— J'en suis absolument certain.

Et je battis en retraite avant qu'une autre idée ne lui traverse l'esprit. *Jéééé-sus !* comme disent les vieux Irlandais. Il ne manquait plus que ça. Encore une journaliste qui essayait de me coincer.

26

En regagnant la cuisine, je découvris Mary Catherine en train d'éteindre le feu sous le bouillon qui s'apprêtait à déborder. Et, en apercevant ce qu'il y avait derrière elle, sur la table, je restai cloué sur place.

Les gens se demandent parfois pourquoi les New-Yorkais s'obstinent à vivre dans une ville où la délinquance est aussi importante et les impôts sont aussi élevés. Eh bien, l'un de leurs arguments les plus convaincants se trouvait là, sous mes yeux. *Des bagels, de vrais bagels.* Mary Catherine était sortie en acheter une douzaine, et, à en juger par la vapeur qu'ils dégageaient à l'intérieur du sac en plastique, ils étaient encore chauds. À côté, sur un plateau en carton, trônaient deux grands gobelets de café.

Je restais méfiant. J'avais renoncé à l'idée de prendre un petit déjeuner cinq minutes après m'être réveillé, et vu mon état de détresse, tout cela pouvait parfaitement n'être qu'un mirage.

— Du renfort ? dis-je.

— Et des vivres.

Elle me tendit un café et trouva la force de sourire mais, en mordant dans mon bagel au pavot beurré à souhait, je remarquai les poches sous ses yeux. Elle avait l'air aussi pâle, aussi épuisée que je devais moi-même l'être.

Pourquoi était-elle toujours ici ? Depuis son arrivée, j'avais dû me poser mille fois cette question. Je savais que plusieurs de mes voisins bien plus riches que moi, impressionnés par l'incroyable professionnalisme avec lequel elle gérait toute ma troupe, lui avaient quasiment proposé un chèque en blanc pour s'attacher ses services. Les nounous valaient de l'or, à Manhattan. Il n'était pas rare qu'elles bénéficient de notes de frais, d'un véhicule de fonction, qu'on les invite à passer l'été en Europe. Et la plupart des rejetons de ces familles huppées étaient enfants uniques, de surcroît. J'aurais fort bien compris que Mary Catherine profite de l'aubaine et nous quitte. Vu le maigre salaire que je lui versais, s'occuper d'une maisonnée de onze personnes tenait du sacerdoce, et elle avait déjà suffisamment donné.

S'estimait-elle liée par une sorte d'obligation morale ? Je savais qu'elle était venue nous aider à la requête de ma belle-famille, quand Maeve était mourante. Mais mon épouse avait quitté ce monde, et Mary Catherine était âgée de, quoi, vingt-six, vingt-sept ans ?

Je cherchais une manière de lui dire que je me faisais du souci pour elle quand mes blessés légers déferlèrent dans la cuisine et l'entourèrent en lançant une ovation affectueuse. Mes enfants étaient peut-être malades, mais pas idiots ; ils appréciaient d'être confiés à une personne qui, elle, savait ce qu'elle faisait. Aussi, quand Shawna descendit enfin de mes épaules pour se coller comme une tique à la jambe de sa nounou, je n'en pris nullement ombrage.

Lorsque Mary Catherine commença à jouer et à plaisanter avec les petits, un détail me laissa perplexe. Même si la fatigue marquait ses traits, ses joues avaient repris des couleurs et une détermination nouvelle brillait dans ses yeux bleus. J'en restai muet, quelque peu abasourdi. Elle paraissait heureuse, dans son élément.

Je me sentis une nouvelle fois submergé, mais cette fois par un sentiment d'admiration. Comment pouvait-on être aussi merveilleux ?

Ce bref instant d'exaltation prit fin lorsque Seamus, mon grand-père, débarqua, s'écriant à la cantonade : « Je viens de parler au bedeau. Le voleur a encore pillé le tronc ! Il n'y a donc plus rien de sacré, dans ce bas monde ? »

— Absolument rien, répondis-je d'un air faussement grave. Maintenant, prends-toi vite un bagel, puis attrape une serpillière et nettoie le sol dans la salle de bains des petits, *monsignor*.

L'arrivée du renfort me permit de prendre une douche *et* de me raser. En sortant, je m'accordai un autre bagel et faillis percuter ma voisine, Camille Underhill, qui attendait l'ascenseur sur le palier.

Notre vaste et, somme toute, très luxueux appartement avait été légué à Maeve par l'ancien propriétaire, un homme fortuné dont elle était l'infirmière personnelle. Mme Underhill, rédactrice en chef du magazine *W*, avait tout fait pour nous empêcher d'occuper les lieux. Je ne m'étonnais donc pas de n'avoir encore jamais été invité à l'une de ses fameuses « soirées de la page 6 ».

Son snobisme ne l'avait toutefois pas empêchée de venir frapper à ma porte à 3 heures du matin, deux ans plus tôt, parce qu'elle avait cru voir un rôdeur sur l'échelle de secours. Allez comprendre !

— Bonjour, Camille, grommelai-je entre deux bouchées.

L'élégante feignit de ne pas m'avoir entendu, et se contenta de rappeler l'ascenseur.

J'avais envie de lui balancer : « Vous n'avez pas aperçu de rôdeur, récemment ? » mais j'avais déjà assez de soucis. Mieux valait éviter de déclencher une guérilla dans l'immeuble.

Je ramassai le *New York Times* sur mon paillasson, afin de ne pas avoir à partager l'ascenseur avec elle. Mon stratagème fonctionna à merveille. Quand la cabine arriva, elle s'y engouffra aussitôt.

La première page du cahier consacré aux informations locales était froissée, et quelqu'un avait entouré d'un grand cercle l'article principal intitulé « Vague de meurtres à Manhattan ». Seamus, mon si serviable grand-père, avait griffonné au stylo noir, dans la marge : *À ta place, je m'inquiéterais.*

Merci, *monsignor*. En attendant le retour de l'ascenseur, je lus le papier en diagonale.

Arrivé à mi-page, j'en perdis mon bagel. L'auteur de l'article précisait qu'une « source proche de l'enquête » avait confirmé que l'agression du métro était directement liée aux deux meurtres par balles, et que le tueur s'était servi d'armes et de déguisement différents « pour compliquer la tâche de la police ».

Je n'eus pas besoin de regarder la signature pour comprendre que ma journaliste préférée, Cathy Calvin, avait une nouvelle fois sévi, de sa plume empoisonnée.

Non seulement elle cherchait à créer la panique, mais il avait fallu qu'elle m'implique, encore et toujours. « Une source proche de l'enquête », cela revenait à écrire mon nom en lettres capitales rouges. En outre, si je penchais effectivement pour l'hypothèse qu'elle évoquait, jamais je ne lui avais fait ce genre de confidences.

Qui, par conséquent, lui avait raconté ça ? Y avait-il eu une fuite dans nos services ? Quelqu'un était-il capable de lire dans les esprits ?

L'ascenseur se présenta. En pénétrant dans la cabine, je dus agiter mon journal pour dissiper les effluves de Chanel N° 5 que ma voisine avait laissés dans son sillage. Génial ! Je n'ai pas encore mis les pieds dehors, et je suis déjà neutralisé.

Ce mercredi s'annonçait grandiose, décidément.

Le fracas du métro aérien me réveilla plus sûrement que mon deuxième café quand vint le moment de récupérer ma Chevrolet devant les bureaux de la brigade criminelle du nord de Manhattan, à l'angle de la 133e et de Broadway. Les mécanos de la police étaient parvenus à la remettre en état de marche mais, pour une raison que je ne m'expliquais pas, ils avaient jugé bon de laisser en place, côté passager, l'appuie-tête déchiqueté quelques mois plus tôt par une décharge de chevrotines lors d'une agression.

Je décidai d'apprécier le simple fait qu'elle veuille bien démarrer.

J'étais en train de quitter mon emplacement quand mon téléphone sonna. L'appel émanait du cabinet du préfet, ce qui était plutôt bon signe. J'avais déjà reçu un e-mail me demandant de participer à une réunion au quartier général à 9 h 30. Daly, semblait-il, voulait qu'auparavant je le briefe au sujet de notre tueur. Je commençais à me sentir de nouveau utile.

Je m'attendais à entendre une secrétaire me demander de ne pas quitter, mais c'était le préfet lui-même en ligne. Super !

— Bennett, c'est vous ?

— Oui, monsieur. Que puis-je faire pour vous ?

— Ce que vous pourriez faire pour moi ? (Il hurlait.) Pour commencer, vous pourriez peut-être fermer votre grande gueule jusqu'à nouvel ordre, surtout devant les journalistes du *Times*. Même moi, je ne m'adresse jamais à la presse sans la permission du maire. Encore une initiative de ce genre et vous allez vous retrouver à faire des rondes à pied au fin fond de Staten Island. Vous m'avez compris ?

J'étais écœuré. Je vous en prie, monsieur le préfet, assez d'amabilités. Dites-moi le fond de votre pensée.

J'aurais voulu me défendre, mais Daly avait l'air si énervé que cela n'aurait sans doute fait qu'aggraver ma situation.

— Cela ne se reproduira plus, monsieur le préfet, murmurai-je.

Il me fallut manœuvrer je ne sais combien de fois pour sortir du parking, puis je pris la direction du sud de Manhattan. Ça roulait mal, très mal.

Dix minutes plus tard, alors que je venais à peine de dépasser le carrefour de la 82e et de la 5e Avenue, le téléphone sonna de nouveau.

— Monsieur Bennett ?

Cette fois, il s'agissait d'une voix de femme, que je ne reconnus pas. Sans doute une autre journaliste cherchant à obtenir les dernières informations disponibles sur l'enquête. Ce qui était parfaitement compréhensible. À lire le portrait que Cathy Calvin avait tracé de moi, j'étais devenu le meilleur allié de la presse et son nouveau consultant en matière d'affaires criminelles.

— Que voulez-vous ? aboyai-je.

Il y eut un silence, aussi bref que glacial.

— Je suis la sœur Sheilah, la principale de l'école du Saint-Nom.

Oh, non...

— Ma sœur, je suis vraiment désolé. Je vous prenais pour…

— C'est sans importance, monsieur Bennett, m'interrompit-elle d'un ton si mesuré qu'il me parut plus méprisant encore que celui du préfet. Hier, vous nous avez envoyé deux enfants qui se sont révélés malades. Puis-je vous rafraîchir la mémoire et vous rappeler qu'en page 11 du *Manuel des parents d'élèves*, il est précisé, je cite : « Les enfants malades doivent rester chez eux. » À Saint-Nom, nous nous efforçons de juguler les effets de l'épidémie de grippe qui touche toute la ville, et nous ne tolérerons pas que l'on bafoue nos mesures préventives.

Il ne me restait plus qu'à farfouiller une fois de plus dans mon sac à excuses. J'en avais une bonne : mes enfants avaient l'air en parfaite santé au moment où nous les avions envoyés à l'école. Hélas, le mauvais sort que semblait m'avoir jeté mon interlocutrice empêcha ces mots de sortir de ma bouche. J'avais moi-même l'impression de me retrouver sur un banc d'école.

— Bien, ma sœur. Cela ne se reproduira plus.

Les voitures avançaient toujours pare-chocs contre pare-chocs. Trois rues plus loin, nouveau coup de fil. Cette fois-ci, c'était le divisionnaire McGinnis.

Pourquoi est-ce que je me coltine ce truc à la con ? me dis-je en collant le téléphone contre mon oreille.

Je m'attendais à une volée de bois vert et ne fus pas déçu. McGinnis était hors de lui.

— Dites, Bennett, je viens d'avoir Daly. Vous voulez me faire virer, ou quoi ? Au lieu d'échanger des câlins avec les journalistes du *Times*, dans notre intérêt à tous les deux, faites donc ce pour quoi on vous paie. Notamment, essayer de deviner où se trouve ce tueur en série ! Votre attitude je-m'en-foutiste à l'égard de cette enquête me tape au plus haut point sur les nerfs. Tout comme la manière dont vous gérez cette catastrophe, monsieur l'expert. Je comprends mieux, maintenant, les mouvements de colère après le passage de Katrina.

Là, c'en était trop. J'avais atteint ma limite de deux capitulations en une matinée, et ne supportais plus d'entendre insulter les sauveteurs du CRU avec lesquels j'avais travaillé, des hommes et des femmes réellement prêts à se sacrifier pour la bonne cause. McGinnis s'était-il déjà rendu sur une zone de crash juste après l'accident ? Avait-il déjà travaillé dans une morgue de campagne ? S'était-il déjà trouvé confronté à la misère humaine à grande échelle, jour après jour ?

Coupant la route à un bus des Liberty Lines, je pilai au beau milieu de la 5ᵉ Avenue. Derrière moi, une onde de protestation dut parcourir jusqu'à Harlem le flot des véhicules englués dans les embouteillages, mais ça m'était égal.

— Hé, ça me donne une idée, divisionnaire ! répondis-je en hurlant aussi fort que lui. À partir de maintenant, je change officiellement de nom. Je vais m'appeler Mike « je-m'en-fous » Bennett. Si ça ne vous plaît pas et que vous voulez ma démission, vous l'avez. Ou peut-être devriez-vous me sanctionner pour faute grave. Câlins avec préméditation.

J'eus droit à un autre silence glacial, puis à un : « Ne me tentez pas, Bennett. »

Et il raccrocha.

J'étais écarlate, et sentais mon crâne sur le point d'exploser. Me passer un savon était une chose, mais sous-entendre que j'étais capable de compromettre une enquête pour les beaux yeux d'une journaliste s'apparentait à un coup bas. N'étaient-ce pas eux qui avaient fait appel à moi ? Dire que je m'étais senti si fier d'avoir été personnellement choisi, que je redoutais tant de décevoir l'équipe… Cette équipe qui, aujourd'hui, me cognait dessus… Quel idiot !

Le fils de Guillaume Tell avait été personnellement choisi, lui aussi. Juste avant qu'on pose la pomme sur sa tête.

Autour de moi, tout le monde klaxonnait à qui mieux mieux.

— Ouais, ouais, ça va !

Et on s'étonnait, après, que les habitants de cette ville pètent les plombs ! En redémarrant, pour ne pas être en reste, je me joignis au concert strident.

29

Dans une salle de réunion, au onzième étage du One Police Plaza, j'eus pour la première fois l'occasion de me retrouver face à l'inspectrice Beth Peters, devant la machine à café. La quarantaine, menue, pas très grande, elle ressemblait davantage à une présentatrice télé qu'à une fliquette. Cordiale mais volontiers caustique, elle avait le sourire facile. Cette fois encore, j'eus le sentiment que nous allions bien nous entendre.

Nous n'avions cependant pas le temps de faire la causette. Nous étions là pour participer à la première réunion de la cellule d'urgence mise en place par le divisionnaire McGinnis suite aux meurtres ayant ensanglanté Manhattan. Après mon échange téléphonique avec l'inspecteur divisionnaire, j'étais presque étonné d'avoir été convié.

Nous étions près d'une vingtaine. Surtout des collègues du NYPD, mais aussi quelques agents du FBI et des civils. Beth et moi réussîmes à trouver des places au fond de la petite salle juste au moment où le premier intervenant s'apprêtait à prendre la parole, Paul Hanbury, un jeune psychocriminologue noir titulaire d'une chaire à Columbia.

140

— La minutie dont fait preuve cet homme m'incite à penser qu'il ne peut s'agir d'un schizophrène paranoïaque. S'il entendait des voix, on l'aurait sans doute déjà arrêté. Il semble toutefois qu'on puisse parler de délire. Et compte tenu du fait qu'il change de vêtements, qu'il se serve de deux armes différentes, on ne peut exclure l'hypothèse d'avoir affaire à une personnalité multiple. À ce stade, je ne peux qu'émettre des suppositions quant à ses mobiles, mais cet individu correspond au modèle du reclus misanthrope ; c'est peut-être quelqu'un qui a subi un traumatisme très jeune et cherche à se venger en réalisant des fantasmes de meurtres.

Puis ce fut le tour de Tom Lamb, profileur du FBI qui dépendait du 26, Federal Plaza. Un type assez mince, à l'air tourmenté.

— Nous sommes presque sûrs qu'il s'agit d'un homme, probablement âgé d'une trentaine d'années. Je ne sais pas, en revanche, si je vous suivrai sur la piste du reclus. Approcher ses victimes de près ne lui pose visiblement aucun problème. Le fait qu'il utilise deux armes de calibres différents me porte à croire qu'il a été dans l'armée ou que c'est un passionné d'armes. Je pencherais pour la seconde option ; peut-être devrions-nous nous intéresser aux suspects habituels, en passant au peigne fin le lectorat des revues spécialisées…

— Selon vous, se pourrait-il qu'il y ait non pas un, mais plusieurs tueurs ? lui demanda Beth Peters. Des individus opérant en binôme, comme les malfrats de Washington, qui tiraient depuis une voiture spécialement aménagée ?

L'agent fédéral se tint le menton, pensif.

— C'est une idée intéressante. Il faut bien avouer que le tueur a un comportement atypique, mais comme le disait Paul, pour l'instant, nous ne pouvons qu'émettre des hypothèses.

Je me levai. Les regards se tournèrent vers moi.

— Dans ce cas, dis-je, pourquoi ne pas aller un peu moins vite en besogne et envisager la possibilité d'un lien entre le tueur et ses victimes ? Ce gars-là fait preuve d'un grand sang-froid. La plupart du temps, on a affaire à des individus vindicatifs, perturbés, partis en vrille. Ce n'est visiblement pas son cas.

Paul Hanbury reprit la parole.

— Les tueurs de masse passent souvent des années à mettre au point leurs crimes, inspecteur. C'est ce qui les réconforte lorsqu'ils se sentent brimés ou blessés. Le fameux : « Un jour, je reviendrai et j'obtiendrai le respect que je mérite. » Cette accumulation de frustration peut avoir des résultats détonants.

— Je suis d'accord avec vous, concédai-je en regardant McGinnis. Il n'empêche que je ne suis pas convaincu qu'il s'agisse d'un tueur en série classique. Ne devrait-il pas avoir contacté la presse, à l'heure qu'il est ?

— Vous voulez dire qu'il ne fait peut-être que *jouer* les forcenés ? me demanda Beth.

— Si c'est juste un rôle de composition, lança l'inspecteur Lavery, assis en face de moi, j'aimerais le nommer moi-même aux Oscars.

— Ce que je veux dire, repris-je, c'est que si ce type a un projet précis, ça peut au moins nous donner un axe de travail. Quelle alternative nous reste-t-il, sinon ?

142

Quadriller Manhattan et espérer qu'il y aura un flic dans les parages la prochaine fois qu'il disjonctera ?

Cette fois, ce fut McGinnis qui se leva, l'œil mauvais.

— C'est exactement de cette manière que nous allons procéder, Bennett. Cela s'appelle être proactif. Veuillez expliquer votre plan, agent Lamb.

Je me rassis. L'agent du FBI recommandait le déploiement de patrouilles renforcées, et notamment d'unités de la brigade antiterroriste, en certains points stratégiques fréquentés par une clientèle aisée – le Rockefeller Center, le Harvard Club, le New York Athletic Club, le Lincoln Center, Carnegie Hall et Tiffany's.

Comme si Tiffany's n'avait pas déjà une quantité suffisante de vigiles et de caméras de surveillance ! Et rien pour le MoMA ni pour la moitié des restaurants référencés dans le guide Zagat ? On était à New York, et il n'y avait pas assez de policiers pour surveiller tous les établissements de luxe.

— Permettez-moi aussi de vous rappeler que ces informations sont strictement confidentielles, conclut McGinnis.

Son regard glacial revint se fixer sur moi.

Je levai les yeux au ciel, caressant de nouveau l'idée de me défendre, avant d'y renoncer. À quoi bon ? Je repris simplement du café, bus une gorgée aussi brûlante qu'amère, et allai admirer le panorama. La vue sur le pont de Brooklyn était époustouflante.

Peut-être qu'aujourd'hui, pour me rendre service, le tueur irait semer la terreur dans un autre district de New York.

30

Lorsque le Professeur tourna à l'angle de la 8ᵉ Avenue pour emprunter la 42ᵉ Rue, le soleil était si éblouissant qu'il cligna des yeux derrière ses lunettes noires Diesel.

Pour son nouveau numéro de caméléon, il portait un blouson Piero Tucci en agneau retourné sur un T-shirt vieilli balafré de graffitis, un jean Morphine Génération et des boots en galuchat Lucchese. Une tenue d'apparence décontractée qui, pour un œil averti, valait tout de même quelques milliers de dollars. Il ne s'était pas rasé, et sa barbe de trois jours, très tendance, lui donnait un côté rock star ou acteur en vogue.

Il se dirigeait vers Times Square d'un bon pas, se frayant un chemin au milieu d'une foule de pauvres stressés qui ne se doutaient de rien, et il avait envie d'éclater de rire. Agir comme il le faisait, au grand jour… C'était tellement insensé, tellement gonflé, qu'il avait l'impression de planer comme sous l'emprise de la plus extraordinaire des drogues.

Pouvoir enfin cracher le venin de toute une vie ! Depuis qu'il était petit, on avait essayé de lui vendre ce grand mensonge : tout était génial, et vivre était un privilège sacré. Le pire, c'était sa mère, si pénible, si emmerdante, qui n'arrêtait pas de lui répéter que « le monde est un cadeau de Dieu », « la vie est précieuse », « pense à tout ce que tu as pour être heureux ». Il l'aimait, bien sûr, mais se demandait parfois si, un jour, elle allait cesser de radoter.

Cela faisait à présent trois ans qu'elle avait disparu, avec sa philosophie de supermarché. Vers la fin, quand elle était sur son lit de mort, il avait dû se retenir d'arracher les perfusions qui l'enlaçaient comme des lianes dans une forêt pluviale de plastique, et de lui demander, si la vie était un cadeau si précieux, comment se faisait-il que Dieu reprenne toujours ce qu'il donnait ?

Il s'était abstenu, bien évidemment. Malgré ses défauts, elle restait sa mère. Elle s'était sacrifiée pour lui. La moindre des choses, c'était de la laisser mourir avec ses illusions.

Plus rien, en revanche, ne l'obligeait à jouer la comédie. Il fallait se rendre à l'évidence : dans ce foutoir moderne, délirant et décadent qu'on appelait société, il était parfaitement légitime de se montrer cynique et asocial. L'humanité était devenue une erreur absurde à laquelle le Professeur refusait d'être associé.

Aujourd'hui, par exemple. Mercredi, le jour des matinées pour les comédies musicales de Broadway. Autour de lui, des hordes de crétins poireautaient. Venus de leurs bourgades et de leurs banlieues, à peine descendus de leurs cars, ils se bousculaient pour payer cent dollars le droit d'aller regarder d'autres crétins, déguisés comme pour Halloween, brailler des chansons d'amour nunuches. De l'art, ça ? Ce que la vie avait de mieux à offrir ?

Et cela ne concernait pas que les péquenots et les banlieusards, loin de là. Au coin de la rue, sur la 40ᵉ, il avait vu les journalistes et photographes du *New York Times*, réputés si branchés, si bien renseignés, se masser à l'entrée de leur nouvelle tour pour aller trimer, comme tous les jours, au ministère de la Vérité. *Suivez bien la ligne du parti démocrate, camarades !* aurait-il voulu leur crier. *Vive Big Brother, et à gauche toute !*

Il ralentit en arrivant devant le musée de cire de Madame Tussaud. Les touristes se pressaient devant la façade du bâtiment, ornée d'un Spiderman grandeur nature. Il les regarda, écœuré. Il traversait le pays des morts.

— Cinquante dollars pour une Rolex ? s'écria dans la foule un type à l'accent du Sud. Je suis preneur !

À trois mètres de lui, un jeune efflanqué au crâne rasé s'apprêtait à tendre la somme requise au vendeur africain – sûrement francophone –, assis derrière une table pliante couverte de breloques.

Le Professeur sourit. Dans son unité, il avait eu beaucoup de gars du Sud. De braves mecs originaires de petites villes, qui croyaient encore à des valeurs simples comme le patriotisme, les bonnes manières et accomplir son boulot d'homme.

Il n'avait pas prévu de s'arrêter, mais lorsqu'il remarqua le bouledogue des US Marines tatoué sur l'avant-bras du jeune homme, ce fut plus fort que lui.

— Oh, là, tu crois vraiment que tu vas obtenir une Rolex pour cinquante dollars ?

Le Marine le regarda, la bouche ouverte, un peu méfiant, mais ravi de recevoir un conseil d'un type qui, visiblement, connaissait le terrain.

Le Professeur fit glisser de son poignet sa propre Rolex Explorer, et la tendit au jeune homme en échange de la contrefaçon.

— Tu sens le poids ? C'est une vraie. Celle-là… (Il balança la fausse contre le torse du camelot)… c'est une merde.

L'Africain, un costaud, voulut se lever, furieux, mais le regard du Professeur l'en dissuada.

Un sourire penaud fendit le visage du jeune Sudiste.

— Ce qu'on peut être con. Ça fait deux semaines que je suis rentré d'Irak. J'y ai passé un an, et j'ai toujours rien appris.

Il tendit la Rolex au Professeur, mais celui-ci, au lieu de la reprendre, se contenta de la fixer. Il l'avait achetée quand il avait vingt-huit ans.

Finalement, je n'en ai rien à foutre, songea-t-il. Je ne l'emporterai pas dans ma tombe.

— Elle est à toi. Ne t'inquiète pas, ce n'est pas un piège.

— Euhhh, hésita le jeune homme. Bon, eh bien, je vous remercie, monsieur, mais je ne peux pas…

— Écoute, le tondu, j'étais ici quand ils ont dégommé les tours jumelles. S'il n'y avait pas que des lavettes, à New York, on te rendrait hommage, on ferait la fête à tous les soldats qui, comme toi, risquent leur peau au Moyen-Orient, parce que les héros de l'Amérique, c'est vous. Au nom de cette vieille ville pourrie, je te dois bien ça.

147

Voilà que je joue les généreux, maintenant, que je me prends pour un boy-scout...

Il fut tenté de renverser l'étal de montres sur les genoux de l'arnaqueur, qui le fusillait du regard, mais le moment était mal choisi. Peut-être reviendrait-il faire un tour dans le coin. Il poursuivit son chemin.

31

Vingt minutes plus tard, après avoir payé cent soixante-quinze dollars un beau bouquet de fleurs jaunes et roses, le Professeur pénétra dans l'immense hall d'accueil de l'hôtel Platinum Star, sur la 6ᵉ Avenue.

Il faillit s'agenouiller devant les gigantesques dalles de marbre étincelant qui recouvraient le sol comme les murs, hauts d'une dizaine de mètres. Une tapisserie d'inspiration Renaissance ornait le plafond, et des lustres de cristal gigantesques brillaient de mille feux. Les moulures donnaient l'impression d'être en or. *Grandiose*, reconnut le Professeur.

Oui, de temps en temps, ces imbéciles étaient tout de même capables de faire du bon travail.

Il se précipita vers la réception, l'air faussement nerveux, et déposa sa composition florale sur le guichet de marbre, juste devant la jolie petite employée brune. Il vit qu'elle était impressionnée.

— Je vous en prie, ne me dites pas que j'arrive trop tard, la supplia-t-il, les mains nouées. Ces roses sont pour Martine Broussard. Elle n'a pas déjà quitté l'hôtel, rassurez-moi ?

Son numéro de soupirant inquiet fit sourire la jeune femme, qui pianota sur son clavier.

— Vous avez de la chance. Mme Broussard est encore ici.

Le visage du Professeur s'illumina de soulagement.

— Dieu merci !

Puis il demanda, d'un ton sérieux :

— Pensez-vous qu'elle va les aimer ? Que j'en ai trop fait ? Je ne voudrais pas sembler aux abois.

— Elle les aimera, croyez-moi, lui répondit l'employée. Elles sont magnifiques.

Le Professeur se mordilla nerveusement l'ongle.

— Nous nous sommes rencontrés il y a deux jours à peine, et je sais que ça peut paraître bizarre, mais ce matin je me suis réveillé avec la certitude que si je la laissais partir sans lui confier mes sentiments à son égard, je ne me le pardonnerais jamais. Je voudrais lui réserver la surprise. Où pourrais-je l'attendre en étant sûr de ne pas la manquer ?

Le sourire de la jeune femme s'épanouit. Elle était entrée dans son jeu, ravie de participer à la naissance d'une idylle.

— Les banquettes, près de l'ascenseur, chuchota-t-elle en les lui désignant du doigt. Bonne chance !

Le Professeur alla s'asseoir, le bouquet sur les genoux. Sa main glissa sous sa veste. Il avait coincé les deux holsters sous sa ceinture, dans le dos. Il opta pour le Colt .22 et le dégaina.

Moins de cinq minutes s'écoulèrent. Un tintement de carillon annonça l'arrivée de l'ascenseur, et l'une des portes s'ouvrit. Le Professeur se leva quand cinq hôtesses de l'air sortirent de la cabine. Une broche Air

150

France ornait le foulard de soie bleu noué autour de leur cou. On aurait pu les prendre pour des mannequins, voire des actrices. De celles jouant dans les films pour lesquels les hôtels faisaient payer un supplément.

En les voyant, grisé par les images de ce qu'il s'apprêtait à faire, il eut l'impression d'avoir avalé de l'hélium.

Martine Broussard menait le groupe. Très grande, d'une beauté presque provocante, avec une longue chevelure blonde qui flottait derrière elle tel un voile de satin, le port altier, elle se déhanchait sur le sol de marbre comme si elle participait à un défilé de lingerie.

Le Professeur se leva, puis se précipita à sa rencontre en brandissant devant lui le bouquet de fleurs.

— Martine ! Tenez, c'est pour vous anniversaire ! lui dit-il dans un français approximatif.

La blonde sculpturale s'arrêta, décontenancée.

— Mon anniversaire ? Qu'est-ce que vous me racontez ? C'est dans trois mois. (Elle regarda le Professeur.) Je vous connais, monsieur ?

Une lueur lutine brilla pourtant dans ses yeux. Comme la réceptionniste, elle appréciait le spectacle s'offrant à elle.

Le Professeur retenait sa respiration. Sa main enfonça discrètement le pistolet à l'intérieur du bouquet. Soudain, tout lui parut plus silencieux, plus lent, incroyablement paisible. S'était-il jamais senti aussi serein, aussi libre ? Il se faisait l'impression d'un fœtus en apesanteur dans le ventre de sa mère.

Lorsqu'il pressa la détente, il y eut comme une explosion de pétales de roses. La balle frappa la jeune femme sous l'œil gauche. Le visage ruisselant de sang, l'hôtesse s'écroula sur le sol sans même un frémissement.

— J'ai dit « anniversaire » ? grommela le Professeur. Je suis vraiment désolé, je voulais dire « enterrement ».

Et il tira encore deux fois, visant la somptueuse poitrine.

Les autres navigantes prirent la fuite en hurlant. Le Professeur jeta les fleurs sur le cadavre de Martine, rengaina son .22 et se dirigea vers la sortie.

32

Le portier posté devant l'entrée de l'hôtel lui tint la porte au passage. Manifestement, l'écho des coups de feu n'était pas parvenu jusqu'à ses oreilles, mais il marqua un temps d'arrêt en voyant les Françaises prises de panique.

— Appelez les flics, vite ! lui dit le Professeur. Il y a un fou, avec un flingue !

Laissant le portier filer à l'intérieur, il s'éloigna d'un pas rapide, mais sans précipitation, pour ne pas attirer l'attention. En passant devant la fontaine, il sortit son Treo de son jean et ouvrit le fichier contenant la liste.

Une légère pression du pouce, et « hôtesse Air France » disparut.

Puis, soudain, il entendit derrière lui des coups de freins, des claquements de portières, et le crachotement caractéristique des radios de police.

Ne te retourne pas. Continue d'avancer. Mêle-toi aux passants.

Il était impossible que les flics aient déjà son signalement.

— C'est lui ! cria quelqu'un.

Le Professeur se retourna brièvement.

De l'autre côté de la fontaine, le portier de l'hôtel le désignait. Les deux flics en uniforme du NYPD qui sortaient de leur véhicule dégainèrent leurs armes.

Aïe. Il s'était dit que le portier, comme les autres, serait trop abasourdi pour réagir aussi vite. Bon, rien n'était perdu. Il lui restait le plan B : la bouche de métro de la station du Rockefeller Center, au bout de la rue. Il prit ses jambes à son cou.

Tout à coup, déferlant de partout, des dizaines de véhicules de police convergèrent dans sa direction, bloquant les accès. Devant lui, un fourgon lourd de l'Emergency Service Unit se rabattit sur la droite et monta sur le trottoir. Un homme du SWAT en sauta, mit un genou à terre, et épaula son M16.

Ça se gâtait. Les flics surgissaient de toutes parts, comme par enchantement, et le Professeur comprit tout à coup que c'était à cause du 11-Septembre. Il ne s'était pas rendu compte que, depuis les attentats, la police avait considérablement renforcé ses dispositifs d'intervention.

Mobilisant toutes ses forces, il réussit à gagner la bouche de métro et n'eut d'autre choix que de plonger littéralement dans l'escalier, la tête la première.

Par chance, au lieu de s'écraser sur les marches cimentées, il percuta un couple d'un certain âge, qui montait. Dans son élan, il les renversa l'un et l'autre et, comme sur un toboggan humain, glissa jusqu'au pied de l'escalier. Il se releva, piétina les corps qui se débattaient de manière pathétique en poussant des cris de douleur, et reprit sa course. Passé l'angle, il sauta par-dessus le tourniquet et courut sur le quai.

Cette station de métro, l'une des plus vastes de tout le réseau, évoquait des catacombes modernes. Elle comptait quatre voies, deux doubles quais et plus de quatorze sorties. En outre, de nombreux couloirs permettaient d'accéder directement au centre commercial du Rockefeller Center, dont les allées jalonnées de magasins, dans un rayon de plusieurs centaines de mètres, constituaient un véritable labyrinthe souterrain.

Tout en continuant à courir, le Professeur sortit son T-shirt de son jean pour dissimuler les armes, puis arracha son blouson Tucci pour le jeter près d'une sortie. Laisser derrière lui un indice de ce genre ne l'inquiétait pas, car quelqu'un s'en emparerait dans la minute. Il dévala les marches d'un autre escalier quatre à quatre, puis fonça vers le ferraillement d'un train à l'approche.

Il atteignit la deuxième voiture juste au moment où les portes s'ouvraient, et bondit à l'intérieur. *Gagné !*

Soudain, des claquements de pas dans l'escalier qu'il venait d'emprunter attirèrent son attention.

— Arrêtez la rame ! hurlait un flic.

— Hé, le conducteur, arrêtez-vous ! intervinrent d'autres voix.

Bang, bang. Le conducteur, installé dans sa cabine, referma les portes comme si de rien n'était. Comment ne pas aimer cette fichue ville ? Tout le monde était barge, ici. Le train s'ébranla en grondant.

Le Professeur essuya ses paupières en sueur et jeta un coup d'œil aux passagers de la voiture à moitié vide. Chacun avait le nez dans son journal ou son bouquin. Ne jamais se mêler des affaires des autres. Ils avaient bien raison. Il se retourna et regarda à travers la vitre.

Au passage de la rame, les lampes du tunnel fusaient comme des constellations d'étoiles filantes bleutées.

Incroyable. Il était de nouveau libre. Rien ni personne ne pouvait l'arrêter ! C'était la main du destin qui le guidait. Il n'y avait pas d'autre explication.

À peine venait-il de se faire cette réflexion que la porte, au fond de la voiture, s'ouvrit avec fracas. Deux policiers des transports apparurent, essoufflés. Un type d'âge mûr, un Blanc, assez corpulent, et une Noire très jeune, sans doute recrutée depuis peu. Tous deux serraient la main sur la crosse de leur Glock, mais n'avaient pas dégainé.

— On ne bouge plus ! hurla le vieux pied-plat.

Il n'avait toujours pas sorti son arme. Qu'attendait-il ?

En moins d'une seconde, le Professeur, lui, dégaina simultanément ses deux pistolets. Le .22 dans la main droite, le .45 dans la gauche.

Les voyageurs, cette fois, prêtèrent attention à lui. Ils ouvraient de grands yeux, certains poussaient des cris. Ils s'aplatirent sur les banquettes ou se jetèrent au sol.

— Écoutez-moi ! hurla le Professeur. J'aime bien les flics, je vous assure. Je n'ai pas de contentieux avec vous, et je ne vous veux aucun mal. Laissez-moi partir, c'est tout ce que je demande.

La rame arrivait à la station de la 51e Rue et Lexington. Peut-être le conducteur venait-il de comprendre qu'il se passait quelque chose, car une soudaine embardée déséquilibra les deux policiers, qui réagirent en dégainant enfin.

— J'ai dit *non*, putain !

156

De la main gauche, celle qui tenait le .45, le Professeur tira à trois reprises sur le flic. Le genou, le bas-ventre, puis la tête. De l'autre, il vida le reste de son chargeur – soit quatre cartouches de .22 – sur la jeune femme, visant juste au-dessus du ceinturon Sam Browne pour éviter le foutu gilet en Kevlar…

Après les trois détonations du gros calibre, qui n'était pas équipé de silencieux, il avait l'impression d'avoir les tympans en feu, comme si un paquet de pétards avait explosé à l'intérieur de sa tête. En même temps, une bourrasque d'endorphines lui balayait le crâne. Il n'y avait rien de plus grisant au monde.

La rame s'arrêta en cahotant, les portes s'ouvrirent automatiquement. Un homme en complet voulut monter, mais en découvrant le spectacle à l'intérieur de la voiture, il prit la fuite.

Le Professeur s'apprêtait à faire de même quand un coup de feu claqua derrière lui, et un projectile lui rasa l'oreille gauche en sifflant. Il fit volte-face, éberlué.

C'était la femme flic. Alors qu'elle gisait au sol, l'estomac en passoire, elle essayait encore de le viser, mais tremblait tellement qu'elle ne parvenait pas à ajuster son tir. Quel courage, sous le feu ennemi !

— C'est magnifique, lui dit-il avec une totale sincérité. On devrait vous décerner une médaille. Je suis vraiment navré de devoir…

Il leva son .45 et le braqua sur le visage terrorisé.

— Vraiment navré, répéta-t-il en pressant la détente.

Je n'arrivais pas à y croire ! Dans quel monde vivions-nous ? Alors que la première réunion de notre groupe de travail s'achevait à peine, on nous informa que deux autres fusillades venaient de se produire à Manhattan, dans le Midtown. D'après les premiers rapports, une jeune femme et deux agents de la police des transports avaient été abattus par le même individu, près du Rockefeller Center.

Notre homme. Le doute, désormais, n'était plus permis.

Les rues étaient si encombrées que, malgré la sirène, il me fallut près de quarante minutes pour me rendre du QG à la scène de crime, à l'angle de la 51e et de Lexington.

Impossible de ne pas remarquer l'hélicoptère du NYPD qui survolait la tour Citicorp. Le staccato de ses rotors semblait rythmer les battements de mon cœur tandis que je me frayais un chemin dans la foule amassée à l'entrée de la 51e Rue, qui avait été interdite à la circulation.

Devant la bouche du métro, un sergent souleva le ruban jaune pour me laisser passer. À son visage grave, je compris que ça n'allait pas être beau à voir. Je descendis. L'escalier était étroit, l'air suffocant et, avec l'écho, le grésillement métallique des radios et le ululement des sirènes semblaient venir de toutes les directions à la fois.

Une rame était à l'arrêt dans le tunnel, et il y avait environ deux douzaines de flics sur le quai, devant l'une des voitures. Sur le sol taché de sang, j'aperçus des douilles, preuve que plusieurs coups de feu avaient été tirés.

Les policiers s'écartèrent pour laisser passer les ambulanciers qui sortaient de la voiture un chariot-brancard, et tout le monde s'empressa d'ôter sa casquette. À côté de moi, un gars de l'ESU taillé comme une armoire à glace se signa. Quand le chariot approcha, je suivis son exemple, sentant soudain comme un vide dans ma poitrine.

La victime était une jeune femme recrutée depuis peu. Je savais juste qu'elle s'appelait Tonya Griffith, et qu'elle était morte, désormais.

Interrogeant un de ses collègues pour avoir des nouvelles de son équipier, j'appris que le blessé avait été transporté à l'hôpital Bellevue.

— Vous croyez… ? fit le balèze de l'ESU.

Autrement dit : *Vous croyez qu'il va y rester ?*

Le flic des transports ne répondit pas. Ce qui signifiait : *Affirmatif.*

— L'enfoiré, marmonna l'autre, serrant violemment les poings. Putain d'enfoiré !

Je n'aurais pas dit mieux.

Depuis une heure, la situation avait basculé. Le tueur avait fait une – probablement deux – victimes dans nos rangs. L'enquête venait de prendre une tout autre dimension.

Désormais, j'en faisais une affaire personnelle.

34

Je suivis le brancard jusqu'à la rue. On déposa le corps de Tonya Griffith dans l'ambulance. Le conducteur referma brutalement les deux portes, monta, alluma la rampe de gyrophares avant de se raviser, de l'éteindre et de démarrer avec lenteur. Pour aller à la morgue, il n'y avait pas urgence.

Alors que je regardais le véhicule s'éloigner vers la tour Chrysler, je me dis que j'allais peut-être le prendre, ce job chez ABC. J'en avais assez, des fusillades, des meurtres. Enfin, pour l'heure.

L'inspecteur Terry Lavery émergea à son tour de l'escalier, le pas lourd.

— Mike, je viens de parler au capitaine du secteur. L'auteur des coups de feu a disparu. Les collègues ont tout ratissé dans le métro comme en surface, ils ont arrêté les bus et les taxis sur Lexington et sur la 51ᵉ, mais aucune trace du type.

Le flic de l'ESU avait tout dit. *Putain d'enfoiré.*

— Des témoins ?

— Environ une douzaine. Bon, ils ont tous essayé de se planquer quand ça a commencé à tirer, mais les descriptions concordent bien. Un homme assez grand, blanc, cheveux bruns, lunettes noires, jean et T-shirt imprimé. Il a utilisé deux armes, un .45 et un .22. Une dans chaque main, comme Jesse James.

Je n'en croyais pas mes oreilles. Un homme seul qui descend simultanément deux agents armés et entraînés, avec deux armes différentes ? Ce genre de choses n'arrivait que dans les westerns spaghettis ou les films de John Woo. Même avec une seule arme, dégainer, viser et tirer en situation de combat exigeait énormément de dextérité et d'entraînement.

— Ou ce type est un ancien des forces spéciales, dis-je, ou il a une veine de pendu. Prions pour que la seconde hypothèse soit la bonne.

— Oh, attends, c'est pas tout. Il a aussi crié qu'il aimait bien les flics, juste avant d'ouvrir le feu. Il a essayé de les prévenir, il a même dit à Tonya Griffith qu'il s'excusait.

Parce qu'il aimait les flics, par-dessus le marché ?

— Quand on a des amis comme ça, fis-je à mi-voix, on n'a pas besoin d'ennemis. Bon, récupérez tous les enregistrements des caméras de surveillance de la station et du quartier, moi, je file sur l'autre scène de crime.

J'étais arrivé au coin de la rue lorsque je vis un vendeur de hot dogs, un vieux Jamaïcain, me faire des signes de l'autre côté du ruban. Je changeai de cap et me dirigeai vers lui, pensant qu'il avait peut-être des renseignements à me donner. Mais il s'avéra qu'il distribuait juste des bouteilles d'eau et de soda, gratuitement, aux policiers et sauveteurs présents sur les lieux.

— Ma fille est urgentiste dans le Bronx, m'expliqua-t-il avec un sourire communicatif. C'est le moins que je puisse faire pour tous les gens bien comme vous.

Il refusa que je paie, mais finit par accepter une carte de l'Association des Bénévoles de la Police. Elle lui permettrait peut-être d'échapper à une contravention.

Maintenant, restait à retrouver ma voiture, comme d'habitude. Et je me fis alors la réflexion que, curieusement, chaque fois que j'étais prêt à jeter l'éponge, quelque chose venait soudain me rappeler pourquoi j'avais choisi ce métier.

35

L'hôtel Platinum Star ne se trouvait qu'à cinq rues de là, côté ouest, sur la 6ᵉ Avenue. En chemin, j'entrepris d'établir une synthèse de mes premières impressions.

La constante la plus évidente était qu'après chaque meurtre le tueur disparaissait, puis resurgissait, vêtu différemment, pour commettre un autre crime. Il devait avoir une planque dans les parages. Un appartement ? Une chambre d'hôtel ?

Et il y avait ses déclarations. Selon les témoins, il avait donc crié qu'il aimait bien les flics. Peut-être ne s'agissait-il que d'une fanfaronnade, mais vu le sang-froid et la méthode dont ce type faisait preuve, j'avais le sentiment qu'il pesait ses mots. S'il avait abattu les deux agents, c'était parce qu'il s'était cru contraint de le faire, pour pouvoir prendre la fuite.

Ce qui signifiait qu'il ne se bornait pas à tuer au hasard – il choisissait ses victimes. Et, pour la troisième fois, il avait frappé dans un établissement de luxe.

Voilà qui renforçait mon hypothèse initiale. Cet homme s'était fixé un programme, et ce programme avait un rapport avec la fortune.

Par ailleurs, contrairement à la plupart des tueurs en série, il n'opérait pas en secret. Il sévissait en plein jour, à visage découvert. Essayait-il de faire passer un message ? Les types de ce genre s'efforçaient en général de prouver qu'ils étaient plus intelligents que les policiers. Ils voulaient nous défier, nous faire savoir qu'ils pouvaient tuer en toute impunité, sans jamais être capturés. Alors pourquoi cet homme n'avait-il toujours pas pris contact avec nous ou avec la presse ?

Ma réflexion en était à ce stade lorsque je me garai devant l'hôtel.

Sur place, il y avait bien une centaine de collègues. Le périmètre de la scène de crime, en dents de scie, couvrait un rayon de deux blocs autour du Platinum Star. À l'extérieur, les gens qui travaillaient dans les bureaux du quartier, en état de choc, semblaient se préparer au pire. Je préférais encore l'ambiance des scènes classiques, avec leur lot de curieux et de voyeurs.

Oui, les gens commençaient à avoir peur. On pouvait les comprendre. Même pour une ville comme New York, cette vague de crimes avait de quoi inquiéter.

L'inspectrice Beth Peters était près de la réception. Vive et décontractée, comme à son habitude, mais silencieuse.

Elle me conduisit jusqu'aux ascenseurs. Nos pas résonnaient sur le marbre blanc.

Un drap recouvrait le corps. Je m'accroupis et le soulevai.

La jeune femme qui gisait là était toujours belle, le visage nimbé d'une brassée de cheveux blonds. Il fallait faire abstraction des petits trous noirs sur sa figure

165

et sa poitrine, et de la flaque de sang poisseux qui s'était formée autour d'elle.

Sur son sein, gisait un bouquet de fleurs. Les pétales répandus au sol, alentour, évoquaient les offrandes d'un sacrifice humain.

Aussitôt, tel un message apparaissant sur un écran d'ordinateur, je revis la note retrouvée au Club 21.

Ton sang est ma peinture.

Ta chair est mon argile.

— Est-ce que ça vous parle, Mike ? me demanda Beth. Parce que moi, je ne saisis pas tout.

Je remis le drap en place.

— Je crois bien qu'il veut nous dire : « Attrapez-moi. »

Nous nous étions repliés dans un coin de la réception.

— Elle s'appelait Martine Broussard, m'éclaira Beth Peters. Une navigante d'Air France qui devait prendre le vol de 14 heures pour Paris, aujourd'hui. Ce matin, vers 11 heures, un type débarque à l'hôtel avec un bouquet de fleurs. Grand, les cheveux noirs. La fille de la réception lui dit qu'il peut attendre sur la banquette, près de l'ascenseur. Quand Martine sort, il tire à bout portant avec une arme dissimulée au milieu des roses. Une fois dans la tête, deux fois dans la poitrine. Un vrai séducteur.

Un long soupir de lassitude m'échappa.

— Mais j'ai de bonnes nouvelles, poursuivit-elle. Venez !

Elle m'entraîna dans le vaste local se trouvant derrière la réception et me présenta le responsable de la sécurité de l'établissement, Brian Navil, ancien agent du FBI aux cheveux blancs. Il me serra la main, l'air passablement nerveux. Après ce qui venait de se produire, il devait se demander s'il n'allait pas bientôt être promu ex-responsable de la sécurité.

— Je crois avoir trouvé quelque chose qui pourrait vous être utile, dit-il en nous faisant signe de l'accompagner jusqu'à son bureau. Du moins, je l'espère.

Sur l'écran de son ordinateur portable apparurent les images des différentes caméras de surveillance. Il cliqua sur la fenêtre de la réception pour l'agrandir, zooma et appuya sur pause.

L'image était relativement nette. Un individu vêtu d'un beau blouson de peau, portant des lunettes noires, un bouquet dans les mains, semblait bavarder avec la réceptionniste. Il souriait.

Beth et moi échangeâmes des regards satisfaits. Enfin une piste concrète ! La photo n'était pas géniale, à cause des lunettes, mais nous avions déjà vu pire. Brian Navil en avait imprimé toute une liasse, prête à être distribuée.

— Où est l'employée de la réception ? demandai-je. Je dois l'interroger.

Elle s'appelait Angie Hamilton. C'était une jolie petite brune d'environ vingt-cinq ans. Quand Beth la fit venir, elle paraissait encore très secouée.

— Bonjour, Angie. Je suis l'inspecteur Bennett. Je sais que c'est dur, pour vous, en ce moment, mais il faut que vous nous en disiez le plus possible sur l'homme qui a abattu Mme Broussard. Vous lui avez parlé, n'est-ce pas ?

— Il a demandé si Martine Broussard était déjà partie. Il m'a dit qu'ils venaient de se rencontrer et qu'il lui apportait des fleurs parce que… parce que…

Elle commençait à pleurer. Beth la prit par l'épaule, lui murmura quelques mots de réconfort et sortit de sa poche un mouchoir en papier. Angie sécha ses larmes et reprit, en hoquetant.

— Il… il a dit que, s'il ne lui faisait pas part de ses sentiments, il s'en voudrait éternellement. J'ai trouvé ça si romantique.

Coup double, songeai-je en interceptant le regard de Beth, qui hocha la tête. Le tireur avait demandé à voir tout spécialement Martine Broussard. Il connaissait la victime. Pour la première fois, nous avions la certitude que notre homme n'avait pas choisi sa cible au hasard. Et les probabilités d'un lien entre ce crime et les autres augmentaient considérablement.

Cette nouvelle avancée nous ouvrait une piste des plus intéressantes.

— Comment se comportait-il, Angie ? Avait-il l'air fébrile ? Sûr de lui ?

— Sûr de lui, non. Un peu nerveux, mais gentil… plutôt craquant, en fait. C'était d'autant plus terrible. Je lui ai dit d'aller l'attendre sur la banquette pour qu'il ne la manque pas quand elle sortirait de l'ascenseur, mais… mais elle est morte à cause de moi.

Elle fondit de nouveau en larmes et se plia en deux, secouée par de violents sanglots. Cette fois, je me joignis à Beth pour la rassurer.

— Vous n'avez rien fait de mal, Angie. Vous avez juste voulu rendre service. Le seul qui ait mal agi, c'est ce malade qui tue des innocents sur son passage.

37

Les premiers policiers présents sur les lieux du crime avaient emmené les collègues de la victime au commissariat de Midtown North. Les hôtesses d'Air France étaient au bord de l'hystérie, dans un tel état d'affolement que les enquêteurs n'avaient obtenu, pour l'instant, que des réponses en français. Comme la plupart des flics, ils ne maîtrisaient qu'une seule phrase de la langue de Voltaire : *Voulez-vous coucher avec moi ce soir ?* Ils avaient réclamé un interprète, mais celui-ci n'était pas encore arrivé.

Heureusement, j'étais un flic un peu atypique.

En entrant dans la salle d'interrogatoire, à l'étage, je fis en sorte d'expliquer aux navigantes d'Air France que j'avais besoin de leur aide pour retrouver le tueur. Du moins était-ce mon intention, car l'époque où je me débrouillais bien en français était assez lointaine, et je n'avais pas pratiqué depuis longtemps. Peut-être avaient-elles entendu quelque chose du genre : « Avez-vous vu le blaireau de ma sœur ? »

Quoi qu'il en soit, les cinq beautés se levèrent d'un bond et m'accueillirent avec enthousiasme. C'était la première fois que je participais à une séance d'embrassades avec cinq Françaises aux allures de mannequins, mais je parvins à surmonter l'épreuve, avec une pensée pour le chargé d'orientation de Régis High qui, lui, m'avait fortement conseillé d'apprendre l'espagnol parce que c'était plus utile.

En voyant la photo du tueur extraite des images de vidéosurveillance, l'une des hôtesses, Gabrielle Monchecourt, ouvrit de grands yeux et se mit à parler à toute vitesse. Après lui avoir demandé d'aller moins vite, je réussis à décrypter son témoignage.

Il lui semblait l'avoir déjà vu, cet homme ! Sans en être absolument certaine, elle pensait l'avoir croisé dans une soirée organisée par British Airways à Amsterdam, un an plus tôt. Une soirée à laquelle participaient de nombreux pilotes appartenant à une douzaine de compagnies différentes.

Une nouvelle avancée, et de taille ! Un pilote ! Voilà qui confortait une fois de plus la théorie que j'avais émise dès le début. Une théorie dont je n'avais d'ailleurs jamais douté, ou presque.

Je n'en revenais pas. Ma diplomatie et mon français rudimentaire s'étaient révélés payants. Vive Régis !

Nous disposions enfin d'une piste solide.

Dans le couloir, je sortis mon téléphone pour informer le divisionnaire McGinnis.

— Beau boulot, Mike, me répondit-il.

Avais-je bien entendu ?

La suite me surprit presque autant. Il m'avait débloqué des bureaux à l'École de police sur la

20e Rue, et avait détaché dix enquêteurs, désormais chargés de m'épauler.

Je repris le volant, direction mes nouveaux quartiers, sans cesser de m'interroger sur les raisons de ce brusque revirement d'attitude.

38

Les bras chargés de provisions, le Professeur referma d'un coup de pied la porte déjà à moitié défoncée de son appartement de Hell's Kitchen. Il déposa ses sacs sur le comptoir de la cuisine, ses armes sur le dessus du réfrigérateur puis, sans prendre le temps de souffler, noua un tablier autour de ses reins. Comme la veille, il mourait de faim.

Après midi, il ne restait plus grand-chose sur les étals du petit marché de Union Square, mais il avait tout de même réussi à mettre la main sur des endives de Belgique et des cèpes qui lui serviraient à préparer son filet en croûte. Chez Balducci, sur la 8e Avenue, il avait en effet trouvé du bœuf de Kobe.

En vrai gourmet, il composait toujours ses menus en fonction de la fraîcheur des produits disponibles au marché.

Il commença par hacher et faire revenir les champignons, puis prépara sa pâte feuilletée, mais ne put résister longtemps à la tentation de regarder les infos. S'étant lavé les mains, il passa dans le séjour et alluma la télévision. Les premières images montraient un hélicoptère en vol stationnaire et un million de flics. Tous les journalistes y allaient de leur micro-trottoir, et la rue avait peur.

Il respira à fond et se remémora la fusillade avec les policiers du métro. Malgré son entraînement et la justesse de son instinct, il s'en était fallu de peu pour qu'il soit abattu sur place. Or il s'en était sorti indemne, ce qui prouvait qu'il suivait la bonne voie, la seule. Ce baptême du feu n'avait fait que renforcer sa détermination et son engagement.

De retour en cuisine, il posa une sauteuse en fonte sur le piano de cuisson Viking et régla le feu au maximum. Quand le fond de l'ustensile commença à fumer, il versa quelques gouttes d'huile d'olive, puis déposa avec délicatesse le filet de bœuf de Kobe, qui se mit à grésiller joyeusement.

Ce parfum de viande juste saisie lui rappela le soir où il avait fait la connaissance de son beau-père, au grill Peter Luger, à Brooklyn. Il avait dix ans, ses parents venaient de se séparer, il était allé vivre avec sa maman, et elle voulait lui présenter son nouvel ami.

Sa mère, une très belle femme, était secrétaire chez Goldman Sachs, la banque d'affaires, et l'homme qu'elle fréquentait se trouvait être son patron, Ronald Meyer, un spécialiste du LBO – le financement d'acquisitions par emprunt –, si riche et si vieux que ça en frisait le ridicule. Le vieillard court sur pattes, au faciès de batracien, avait maladroitement essayé de faire copain-copain avec lui. Le Professeur se revoyait assis dans ce restaurant, face au financier gâteux responsable de l'éclatement de sa famille, pris de l'envie presque irrésistible de lui enfoncer son couteau à viande dans la narine droite, qu'il avait velue.

174

Peu après, sa mère était devenue la « femme trophée » de Ronald Meyer et le Professeur avait emménagé avec elle dans un immense appartement de la 5ᵉ Avenue. Du jour au lendemain, comme dans un conte de fées, il avait changé d'univers et découvert le monde de l'art, de l'opéra, des *country clubs*, des domestiques et des voyages en Europe.

Son ressentiment initial s'était apparemment bien vite estompé. Avec une écœurante facilité, sans la moindre retenue, le Professeur s'était abandonné au luxe de sa nouvelle vie d'enfant riche comme un mouton frappé de stupeur.

Aujourd'hui, il se rendait compte qu'en fait ce ressentiment n'avait jamais disparu. Il n'avait fait que croître, jour après jour, comme une gangrène, en attendant d'être libéré.

Il retourna le filet de bœuf pour saisir l'autre côté puis, quelques minutes plus tard, l'enroba de pâte feuilletée et mit le tout au four. Il ouvrit alors une bouteille de Mas de Daumas Gassac 1978 mise de côté pour une grande occasion, se servit un verre généreux et fit tournoyer le vin face à la fenêtre, côté ouest, pour l'admirer dans la belle lumière du soir.

En songeant à Ronny, son acariâtre beau-père, il avait à la fois envie de sourire et de grincer des dents. Il y avait tout ce que Meyer lui avait payé, les vêtements et les voitures, les vacances, les études dans les grandes écoles.

Mais aussi le jour de la remise des diplômes à Princeton. Cette accolade si gênante. Ce répugnant « je suis tellement fier de toi, mon fils » marmonné par les lèvres violacées du nonagénaire. Aujourd'hui encore, il frissonnait à la simple idée d'avoir un lien avec l'horrible vieillard roux et squelettique que sa mère avait épousé pour être à l'abri du besoin.

— J'aurais dû te tuer quand j'en avais l'occasion, vieille merde, soupira-t-il. J'aurais dû te tuer le jour où tu m'as dit bonjour.

39

Je décidai de me rendre à l'hôpital Bellevue. Peut-être l'agent de la police des transports parviendrait-il à me dire quelques mots…

Pendant le trajet, je me fis la réflexion que je n'avais pas encore remarqué, jusqu'à présent, à quel point les habitants de Gotham City étaient devenus sensibles, depuis les attentats du 11-Septembre, à tout ce qui concernait leur sécurité. Chat échaudé craint l'eau froide…

Les touristes agglutinés sous les auvents des hôtels de Central Park South scrutaient la rue d'un œil méfiant. Une foule au bord de l'hystérie guettait les dernières informations sur l'écran géant des studios CBS, en face du Plaza. Le personnel des bureaux avait envahi les trottoirs de Lexington Avenue. Au pied des tours de verre, avec une nervosité presque palpable, chacun parlait au téléphone ou pianotait sur son Black-berry, comme en attente d'un ordre d'évacuation. Et, à la gare de Grand Central, l'exode des banlieusards semblait avoir commencé plus tôt que d'habitude.

Je me demandais si tout cela était lié. Le tueur cherchait peut-être à créer un climat de terreur.

Si tel était le cas, il devait se frotter les mains, car pour l'instant son plan fonctionnait à merveille.

En voyant toutes les voitures de police qui bloquaient déjà l'entrée des urgences de Bellevue, je décidai d'aller garer ma Chevy de fonction près d'un quai de chargement, derrière le bâtiment, et entrai par l'arrière.

Ed Korzenik, le policier chevronné qui avait reçu trois balles, était toujours sur le billard. Par miracle, le projectile l'ayant touché à la tête n'avait fait qu'effleurer le crâne. Ce qui posait problème, c'était celui qui s'était logé dans sa vessie. Du .45 à pointe creuse.

Ed avait une grande famille, et ses proches étaient venus en nombre – sa femme, sa mère, ses frères et ses sœurs. Les voyant dans la salle d'attente, accablés de douleur, je sentis soudain l'impérieux besoin de prendre des nouvelles des miens.

Ce fut Brian qui décrocha. Bien entendu, il ignorait tout de mon programme du jour, et n'avait pas même entendu parler des récents événements, ce dont je me félicitais. La discussion tourna autour du sport, des Yankees, des derniers échos du centre d'entraînement des Jets. Dire qu'il allait sur ses treize ans ! D'ici peu, il n'y aurait plus que des ados à la maison…

En raccrochant, j'avais le sourire aux lèvres. Je venais de vivre les vingt meilleures minutes de la journée, et de loin.

Ma conversation terminée, il ne me restait plus qu'à faire ce que j'avais décidé le matin même : passer voir Cathy Calvin au *New York Times*. Une petite discussion, pas forcément amicale, s'imposait. J'avais besoin de savoir deux ou trois choses. Et, notamment, ce qu'il lui avait pris de balancer de pures hypothèses en sous-entendant que j'étais sa source ?

En arrivant dans la 42ᵉ Rue, après avoir perdu un temps fou dans les embouteillages, je me souvins que le *Times* avait déménagé. Pour aller où ? Ah, oui, la nouvelle tour ultramoderne de la 40ᵉ.

Dans le hall étincelant, j'annonçai au type de la sécurité que j'étais venu voir Calvin. Il chercha son nom sur une liste avant de me répondre qu'elle était au 21ᵉ étage.

— Attendez une seconde, ajouta-t-il en me voyant filer vers l'ascenseur. Je dois vous donner un badge.

J'exhibai la plaque dorée, fixée à ma cravate.

— J'ai apporté le mien.

Jamais je ne m'étais enfoncé aussi loin en territoire ennemi. Le long des couloirs du 21ᵉ étage, mon insigne me valut des regards tantôt choqués, tantôt nerveux, voire méprisants. Je découvris Calvin dans un box, en train de pianoter avec fureur sur son clavier.

— Encore des mensonges pour la dernière édition ?

Elle pivota sur son fauteuil, prise au dépourvu.

— Oh, Mike ! Bonjour, ça va ?

Elle me gratifia d'un grand sourire, ne m'empêchant pas de la cueillir à froid.

— Inutile de me raconter que j'ai le look *GQ*. Dites-moi juste pourquoi vous essayez de me faire virer. Vous m'en voulez parce que je n'ai pas craché le morceau ?

Son sourire disparut.

— Je n'essaie pas… de vous faire virer.

— Peu m'importe que vous inventiez une source anonyme, ça vous regarde. Mais quand vous laissez entendre que cette source n'est autre que moi, là, ça me regarde.

— Comment osez-vous m'accuser d'avoir inventé quoi que ce soit ?

Il fallait lui concéder cela : elle savait qu'il n'y avait pas de meilleure défense que l'attaque.

— Ah, parce que selon vous, c'est *moi* qui ai parlé de ce tueur ? Quand était-ce, au juste ? Peut-être auriez-vous un enregistrement ou des notes pour me rafraîchir la mémoire ?

— Dieu, ce que vous êtes prétentieux, rétorqua-t-elle d'un ton cinglant. Vous est-il déjà arrivé d'envisager, ne serait-ce qu'une fois, qu'il existe peut-être d'autres sources que vous dans le monde ?

— Qui, alors ? Qui d'autre pourrait vous avoir raconté qu'il n'y avait qu'un seul et même tueur, et qu'il changeait régulièrement de tenue pour brouiller les pistes de la police ?

Le doute apparut soudain sur son visage.

— Écoutez, j'ignore si je peux vous parler de ça, me répondit-elle en se levant. Il faut que j'aie le feu vert de…

Sans brutalité, je la forçai d'une main ferme à se rasseoir.

— Moi, voyez-vous, je suis en train d'essayer de capturer un tueur. Vous feriez bien de me dire ce que vous savez. Tout, et tout de suite.

Calvin se mordit la lèvre, ferma les yeux.

— C'était lui.

— Lui ? Qu'est-ce que ça veut dire ? (J'attrapai les accoudoirs de son fauteuil et la regardai droit dans les yeux.) Parlez, Catherine. Ma patience a atteint ses limites, depuis quelques jours.

Je vis, non sans satisfaction, qu'elle était vraiment secouée.

— Le tueur, murmura-t-elle.

Je la fixai, incrédule, comme si j'avais pris un coup de poing en pleine figure.

— Il m'a envoyé un e-mail, hier, expliqua-t-elle. Il disait vouloir faire une mise au point, pour qu'il n'y ait pas de malentendu. Je pensais avoir affaire à un illuminé comme il y en a tant, sauf qu'il a commencé à tout décrire. Quoi, quand, où, et même pourquoi.

Il fallait que je bride ma colère, le temps d'obtenir quelques informations.

— Dites-moi le pourquoi.

Je savais déjà le quoi, le quand et le où.

— Il a poussé la fille devant la rame de métro puis tué l'employé de chez Ralph Lauren et le maître d'hôtel du Club 21 parce qu'il a, je cite, « décidé d'apprendre les bonnes manières à ce monde en perdition ». Il ajoute dans son message que les gens bien, les gens normaux n'ont pas à s'en faire, mais que les jours des connards sont comptés.

— Et le *New York Times* ne transmet rien à la police ? explosai-je. Ne me dites pas que vous êtes débiles à ce point-là !

— Calmez-vous, Mike. Mes rédacteurs en chef ont passé la journée à se réunir pour savoir s'il fallait vous communiquer les infos. Aux dernières nouvelles, il était question de tout vous lâcher. Et puis, tenez, ça aidera à faire passer la pilule. (Elle prit une feuille sur son bureau et me la tendit.) C'est son « manifeste », comme il dit. Il souhaite qu'on le publie.

Je lui arrachai le document des mains.

41

LE PROBLÈME

D'aucuns affirment que le problème de notre époque, c'est le matérialisme. Je ne partage pas cet avis. Posséder des biens, avoir de l'argent ; être beau ou apprécier ce qui l'est n'est pas mal en soi.

Mais faire étalage de ses biens, de sa fortune, de sa beauté, voilà qui est déplorable.

Elle est là, la maladie de notre époque.

J'aime profondément notre société, notre pays. C'est la première fois, dans l'histoire de l'humanité, qu'une nation voue son existence à la lutte pour la liberté, mais cette liberté requiert une dignité qui passe par le respect de soi et le respect d'autrui.

Or, sur ce plan-là, nous avons considérablement régressé. La plupart d'entre nous savent, en leur for intérieur, qu'ils se comportent mal. Et cependant, puisque les sanctions sont rares, jour après jour, nous persistons à commettre des incivilités.

Voilà pourquoi j'ai décidé de fournir à mes concitoyens, dès aujourd'hui, la motivation qui leur fait défaut.

Désormais, le manque de savoir-vivre sera puni de mort.

Je peux être n'importe qui. La personne qui se trouve juste à côté de vous, dans un train, lorsque vous montez le volume de votre iPod ; la personne derrière vous, au restaurant, quand vous sortez votre téléphone.

Réfléchissez bien avant de commettre un geste que vous savez pertinemment répréhensible.

Je vous ai à l'œil.

Cordialement,

Le Professeur

Je relus trois fois le document avant de poser la feuille.

Ma réaction ne se fit pas attendre. Pour commencer, je décidai de donner à Cathy Calvin une leçon dont elle se souviendrait toute sa vie. Je détachai les menottes que je portais à la ceinture et lui tirai les bras dans le dos.

— Que faites-vous ? s'écria-t-elle, d'un ton affolé, cette fois.

— Exactement ce à quoi vous pensez. On vous lira vos droits au poste.

Ses couinements de protestation se poursuivirent. Au moment où je refermai la seconde menotte sur son fin poignet, une escouade de types d'âge mûr, blancs, en bras de chemise et nœud papillon, déferla dans la salle.

— Je suis le rédacteur en chef des pages New York, me lança l'un d'eux. Pourriez-vous me dire ce qui se passe ?

— Je suis flic de New York, et j'arrête cette personne pour obstruction à la justice.

Un autre, plus jeune, sans doute tout droit sorti de sa grande école, se planta devant moi.

— Vous n'avez pas le droit. Avez-vous entendu parler du 1er amendement ?

— Malheureusement, oui. Pas en bien, d'ailleurs. Et vous, vous avez entendu parler du fourgon cellulaire ? Parce que c'est là que vous allez vous retrouver si vous ne me laissez pas passer. D'ailleurs, après tout, vous pourriez tous venir terminer votre réunion éditoriale au central. Ça ne vous tente pas ?

Scandalisés, furieux, mais réalistes, ils reculèrent. Je franchis la haie humaine en poussant Calvin devant moi.

— Bouclez-la, lui intimai-je, et n'essayez pas de vous débattre, ou je vous colle en plus une résistance à agent.

Elle eut au moins l'intelligence de comprendre qu'il ne fallait plus m'énerver. Elle renifla, me regarda de ses grands yeux larmoyants, mais cessa de protester.

En nous voyant, le vigile du hall se leva d'un bond, interloqué.

— Je l'ai trouvée, dis-je. Merci.

Une fois à l'extérieur, je plaquai Calvin sur le capot de ma Chevy avant de m'éloigner pour passer quelques coups de téléphone sans qu'elle m'entende. Je ne faisais que me renseigner sur l'état de l'enquête, mais voulais lui laisser croire que j'étais en train de régler les détails de sa garde à vue.

Ensuite, seulement, je lui enlevai à contrecœur ses menottes.

— Pour vous, tout ça ressemble à un jeu, mais ce n'en est pas un. Le choix que vous avez fait, en pensant à votre carrière, a probablement coûté la vie à quelques personnes. J'espère que vous aurez de l'avancement. Et que vous pourrez continuer à vous regarder dans une glace.

En démarrant, je pris le temps de jeter un coup d'œil dans le rétroviseur. Calvin était toujours là, au bord du trottoir, le visage dans les mains.

42

Mon nouveau bureau n'était rien d'autre, en fait, qu'un ancien vestiaire situé au deuxième étage de l'École de police, mais je n'allais pas me plaindre. Sitôt le seuil de la porte franchi, je repérai deux éléments essentiels : une table pliante et une prise de téléphone. Il y avait même une touche de déco au mur – une photo du Professeur capturée par une caméra de surveillance à l'hôtel. Quelqu'un avait tracé sur son visage une croix et un cercle figurant le réticule d'une lunette de visée.

Nous étions opérationnels.

Après avoir appelé McGinnis pour l'informer des dernières avancées de l'enquête, je rassemblai mon équipe, constatant avec plaisir que Beth Peters en faisait partie. À ma demande, elle fit des copies du manifeste du Professeur pour les distribuer.

— Nous devons mettre les compagnies aériennes dans le coup, Beth. Envoyez-leur la photo des caméras de surveillance et faites en sorte qu'elles nous transmettent le trombinoscope des pilotes, pour que Mlle Monchecourt puisse le consulter. Concentrez-vous sur les compagnies internationales, en particulier sur British

Airways. Appelez Tom Lamb au Federal Plaza si vous voulez que le FBI vous donne un coup de pouce. Et essayons de retrouver le fleuriste qui a vendu le bouquet à notre tueur.

— Oui, oui, monsieur le patron, répondit-elle en battant des paupières pour me faire rire.

Je me tournai vers mon équipe.

— Maintenant que nous sommes entre flics, peut-être les choses vont-elles commencer à bouger.

J'entrepris de répartir les tâches, exercice déroutant car je n'avais pas l'habitude de donner des ordres, mais tous acceptèrent de jouer le jeu avec, me sembla-t-il, un certain enthousiasme. Des gens qui faisaient effectivement ce que je leur demandais, voilà qui donnait à réfléchir… Je devais à tout prix importer ce concept chez moi.

La photo du suspect en poche, des enquêteurs du 19ᵉ retournèrent chez Ralph Lauren et au Club 21 pour quadriller une nouvelle fois le secteur et pour interroger tous les employés présents, y compris ceux qui ne travaillaient pas le jour des meurtres. Peut-être le Professeur s'était-il déjà rendu dans ces deux endroits, peut-être quelqu'un réussirait-il à mettre un nom sur son visage.

Hélas, ils finiraient par me rappeler pour m'annoncer qu'ils rentraient bredouilles. Les deux adresses avaient bien leur lot d'employés mécontents et de clients hargneux, mais aucun ne correspondait à la description du tueur.

En attendant, je contactai l'expertise balistique pour savoir si le médecin légiste avait transmis les balles ayant causé la mort de l'agent Tonya Griffith.

— Oui, on les a eues, me répondit Terry Miller, le chef du labo. Les ogives de .22 se sont déformées, mais j'ai tout de même réussi à retrouver les cinq rainures, les cinq champs et la torsion à gauche laissés par le canon. J'ai retrouvé les mêmes marques sur la balle qui a tué le maître d'hôtel du Club 21. Je pourrais les reconnaître les yeux fermés, maintenant.

Nous venions de marquer un point important. Ces preuves nous permettraient de gagner du temps le jour où nous mettrions la main sur le tueur.

Chaque fois que j'avais un instant de répit, je relisais le manifeste que Cathy Calvin m'avait donné. Le manque de savoir-vivre était désormais puni de mort ? Et moi qui trouvais les bonnes sœurs sévères, au lycée… Ce type s'arrogeait le titre de Professeur, mais il avait plutôt le profil d'un justicier.

Qu'est-ce qui avait déclenché le passage à l'acte ? Le fait qu'il existe des gens plus riches que lui ? Non. Il n'avait pas choisi ses victimes au hasard. Il avait déjà dû être en contact avec elles pour que son indignation se traduise de manière aussi violente. Il devait lui-même avoir de l'argent.

Je n'arrêtais pas d'étudier la photo. Notre homme n'avait absolument pas l'air d'un marginal, d'un reclus, d'un déséquilibré. Rien à voir avec des tueurs comme David Berkowitz, les lycéens de Columbine ou l'étudiant de Virginia Tech. Il souriait, paraissait sûr de lui. Solidement bâti, il était bel homme.

J'en étais réduit à gratter ma barbe naissante.

Que se passait-il dans la tête de ce type ?

43

Il était environ 18 heures. On venait de réinstaller un ordinateur flambant neuf et tous mes enquêteurs étaient sur le terrain. J'étais seul quand on frappa à la porte.

Ô surprise. Cathy Calvin, si mal à l'aise qu'elle s'en tordait les mains.

— Vous avez dû mener une sacrée enquête pour me retrouver jusqu'ici. Vous m'impressionnez.

— Mike, arrêtez, s'il vous plaît. Je suis venue… je ne dirais même pas pour m'excuser, je suis consciente du fait que cela ne servirait à rien.

Je m'apprêtais à lui répondre qu'elle avait raison, mais elle semblait sincère. Un détail me frappa : elle avait renoncé à son habituel tailleur de combat, très businesswoman, au profit d'une petite robe d'été. Elle y gagnait en douceur, en féminité, en beauté, pour tout dire.

— Ce n'est pas parce que je ne vous ai pas bouclée que c'est terminé. Vos rédacteurs en chef vont nous avoir sur le dos.

— Ils le méritent. Non qu'ils soient les seuls responsables, je sais très bien que j'ai eu tort, mais… (Elle pénétra dans la pièce sans tout à fait refermer la porte derrière elle, et son parfum flotta jusqu'à moi dans la chaleur ambiante.) Ce boulot fait perdre la tête à n'importe qui. Il y a une concurrence inimaginable, et je suis devenue ignoble. Quand j'ai commencé à réfléchir à ce que j'avais commis, je me suis liquéfiée.

Elle se rapprocha, tout doucement. Elle voulait de toute évidence que je la réconforte, et j'admets avoir caressé l'idée de la prendre dans mes bras et de la laisser nicher son visage contre ma poitrine.

La tentation fut néanmoins facile à écarter.

— Moi non plus, Cathy, je ne suis pas devenu plus sympa depuis que je suis flic, mais il faut savoir jusqu'où on peut aller. Ça fait partie des règles du jeu. Je crois que, le jour où je ne le saurai plus, je rendrai ma plaque.

Mon ton n'était guère plus cordial que mes paroles. Elle cessa d'avancer.

— Je vous laisse ça, murmura-t-elle. Un cadeau de réconciliation.

Elle sortit une enveloppe de son sac, la laissa tomber sur la table, et recula jusqu'à la porte.

— Détestez-moi si vous voulez, Mike. Je veux juste que vous sachiez que je ne suis pas comme ça. Absolument pas.

Et elle disparut.

Bien sûr qu'elle n'est pas comme ça, me dis-je. Jusqu'au jour où elle recommencera, parce que ça l'arrangera.

L'enveloppe renfermait une copie du mail que le Professeur lui avait envoyé.

Au bas de la page, il avait indiqué le pseudo de la messagerie instantanée Yahoo grâce auquel on pouvait le contacter : PROFES1.

Mon premier réflexe fut de marmonner un juron à l'adresse de Cathy Calvin. Pourquoi avoir tant attendu avant de me communiquer une telle information ? Un cadeau de réconciliation, tu parles. Puis je me rassis. Comment tirer le meilleur parti de ce pseudo ?

Remonter jusqu'à son propriétaire était difficile et compliqué. Pour réquisitionner l'assistance du fournisseur d'accès, nous devions obtenir une commission rogatoire, et les messages pouvaient très bien être envoyés depuis une bibliothèque publique ou une université.

Or le temps nous était compté. Je décidai de tenter autre chose. Il ne me fallut que quelques minutes pour m'inscrire sur Yahoo et créer mon propre pseudo.

Puis j'envoyai un message au Professeur.

MIKE10 : J'ai reçu le manifeste.

Au bout d'un laps de temps très bref, j'eus la stupéfaction de lire une réponse.

PROFES1 : Qu'en as-tu pensé ?

C'était lui !

MIKE10 : Très intéressant. Peut-on se rencontrer ?
PROFES1 : Tu es flic, hein ?

Je songeai un instant à mentir, puis me ravisai. Prendre ce type pour un idiot ne nous mènerait nulle part.

MIKE10 : Oui, je suis inspecteur au NYPD.

PROFES1 : Je ne voulais pas tuer ces flics, Mike. J'aime bien les flics. Ils sont parmi les derniers, dans ce monde, à croire encore au bien et au mal. Mais il fallait que je puisse m'enfuir. Ce que je suis en train de faire est encore + important que la vie de 2 personnes, même si c'étaient des gens bien.

MIKE10 : Je peux peut-être t'aider à transmettre ton message.

PROFES1 : Je n'ai pas besoin d'aide, Mike. Rien de tel que la mort et le meurtre pour capter l'attention des gens. Tout le monde tend l'oreille, désormais !

44

Penché sur mon clavier, tendu comme jamais, je tentai une autre approche.

MIKE10 : Peut-être qu'en parlant avec quelqu'un, tu pourrais régler ton problème différemment.

PROFES1 : N'essaie pas de m'entraîner sur ce terrain. Je n'ai pas de problèmes, je les résous. Les gens s'imaginent qu'ils peuvent continuer à se foutre de la gueule des autres en toute impunité. Pourquoi ? Parce qu'ils ont de l'argent. L'argent, c'est un bout de papier avec un chiffre écrit dessus. Ça ne vous dispense pas de vos responsabilités en tant qu'être humain.

MIKE10 : Le vendeur, le maître d'hôtel, l'hôtesse de l'air n'avaient pas d'argent. Il y a quelque chose d'autre, chez eux, qui devait te gêner. Je voudrais vraiment te comprendre, alors dis-moi, s'il te plaît, pourquoi tu les as assassinés.

PROFES1 : Assassinés ?

MIKE10 : C'est bien toi qui as tiré sur ces personnes ?

PROFES1 : Bien sûr, mais je récuse le terme. « Assassiner » sous-entend que les bêtes que j'ai supprimées étaient des êtres humains. Leurs familles devraient me remercier d'avoir libéré ces misérables limaces de l'ignoble esclavage qu'était leur existence.

Ah, nous progressions.

MIKE10 : Es-tu en train d'accomplir l'œuvre de Dieu ?
PROFES1 : C'est ce que je me dis parfois. Je ne prétends pas savoir de quelle manière Dieu intervient en ce monde, mais ce pourrait être à travers moi. Pourquoi pas ?

Professeur ? La seule discipline que ce malade pouvait enseigner, c'était l'art de devenir barge…

MIKE10 : Je ne peux pas croire que Dieu veuille que tu tues des gens.
PROFES1 : Ses voies sont impénétrables.
MIKE10 : Que vas-tu faire maintenant ?
PROFES1 : Tu aimerais bien le savoir, hein ? Je vais donc te répéter ce que j'ai dit aux autres flics : écarte-toi de mon chemin. Je sais que tu te crois obligé de me capturer, mais je réétudierais sérieusement la question si j'étais toi, Bennett. Car si toi ou qui que ce soit d'autre s'interpose entre moi et ma mission, je jure devant Dieu tout-puissant que vous êtes morts.

Il connaissait mon identité ! L'article du *Times* avait dû l'aiguiller. Pourquoi Cathy Calvin n'avait-elle pas indiqué mon adresse personnelle, pendant qu'elle y était ?

MIKE10 : Je crois que je vais courir ce risque.

PROFES1 : Ton raisonnement est dangereux, Bennett. C'est aussi ce que se sont dit tes deux collègues du métro. Juste avant que je ne les supprime. Quand paraîtra mon manifeste ?

Je me passai la main dans les cheveux, comme pour forcer mon cerveau affolé à réfléchir plus vite. Visiblement, propager son message était, pour lui, de la plus haute importance. Cet élément pouvait jouer en notre faveur dans la négociation, ou nous aider à le faire sortir de son terrier.

MIKE10 : Nous ne pouvons pas autoriser sa publication. Du moins, pas tant que nous n'aurons rien en échange.

PROFES1 : Disons que je te laisserai la vie sauve. C'est ma dernière offre.

J'avais assez bien réussi, jusqu'à présent, à refréner ma colère, mais là, c'en était trop. J'en avais soupé, de ce tas de merde, de ce tueur de flics arrogant. Incapable de me contenir plus longtemps, je laissai ma fureur exploser sur le Net.

MIKE10 : Dans ce cas, au lieu de faire la une, ton manifeste débile ira directement dans ma corbeille à papier. Pigé, espèce d'illuminé ?

PROFES1 : Tu viens d'envoyer un autre citoyen à la mort, le flic. Je tuerai deux personnes par jour tant que ce message ne sera pas diffusé. Tu n'imagines pas à qui tu t'attaques. Le monde entier recevra mon message, même si je dois l'écrire avec ton sang. À + mon pote !

Je me retournai pour regarder au mur la photo du Professeur, transformée en cible, et fis mine de presser une détente invisible.

— Tu ne perds rien pour attendre, PROFES1.

TROISIÈME PARTIE

Leçons de vie

45

Dans le silence et la pénombre de son séjour, le Professeur jeta son téléphone portable à l'autre bout du canapé et but la dernière gorgée de Mas de Daumas.

Il sourit en sentant dans son estomac une douce explosion de chaleur, puis alluma le téléviseur et zappa. La fusillade de l'hôtel et celle du métro faisaient la une de New York 1, mais aussi celle des grandes chaînes nationales.

Dans la rue, les visages étaient graves, les gens semblaient en proie à la paranoïa. Le Professeur se régalait. Le plaisir qu'il prenait à les narguer lui faisait l'effet d'une drogue. Il se mit à rire en voyant un flic à l'air soucieux répondre aux questions d'une journaliste. Était-ce MIKE10 ? Le con qui avait si maladroitement voulu le persuader de tout arrêter ?

Pris d'une soudaine crise de fou rire, il se tint les côtes.

— C'est encore mieux qu'à Disney World le jour de la Fête nationale, marmonna-t-il en s'essuyant l'œil.

Il éteignit la télé et inclina son fauteuil relax, en songeant à la Française qu'il avait tuée. Plus belle encore qu'une top-modèle, plus galbée, moins artificielle, d'une grande classe, elle dégageait une sexualité, une féminité qui irradiaient.

Et maintenant, elle était morte, aussi morte que les types des Pyramides, aussi morte que la face cachée de la Lune. Morte et disparue à jamais pour les siècles des siècles, amen.

Bien fait pour elle. Elle et tous les autres qui se figuraient pouvoir consacrer leur vie à leur look et à leur compte en banque. L'orgueil mène à la chute. Ou plutôt, dans ce cas précis, au coup de feu.

Il ferma les yeux, se remémorant l'expression employée par le flic lors de leur échange. *Espèce d'illuminé ?* N'était-ce pas un tantinet méchant ?

Après tout, les illuminés des uns étaient les vengeurs des autres, seuls aptes à dispenser une justice prompte, totale et définitive.

46

Les infos de 23 heures étaient entièrement consacrées aux fusillades de la journée. Journalistes et présentateurs semblaient très critiques à l'égard du NYPD. ABC diffusait en direct un micro-trottoir : la police faisait-elle le nécessaire ?

Un contribuable maigre comme un clou, qui attendait son bus, baissa les deux pouces en ricanant :

— Les flics sont nuls. Ma fille de quatre ans serait capable de l'attraper, ce mec.

— Qu'est-ce qu'on attend ? grommelai-je devant mon poste. Qu'on fasse venir cette gosse !

Je fis une boule de l'emballage de mon sandwich pour la lancer sur le crétin qui jacassait toujours, puis tournai la tête et me frottai les yeux à m'en faire mal.

J'avais déjà transmis le manifeste du Professeur et notre échange par messagerie instantanée à l'agent Tom Lamb, pour voir si les experts du FBI pouvaient en tirer quelque chose de nouveau, mais on ne m'avait toujours pas rappelé. Gabrielle Monchecourt, la collègue et amie de Martine Broussard, était prête à examiner les photos des équipages. Nous espérions qu'elle réussirait à reconnaître le pilote croisé lors d'une soirée, mais les trombinoscopes se faisaient attendre, et elle devait embarquer pour Paris le lendemain matin.

Si notre tueur tenait parole, une nouvelle journée d'horreur s'annonçait. Le temps était un facteur essentiel, ainsi que nous l'avait souvent rappelé sœur Dominique, ma prof de primaire.

L'heure était venue de passer du stade proactif, pour parler comme mes supérieurs, au stade offensif. Après avoir demandé à deux gars de Midtown de passer prendre Mlle Monchecourt et de la conduire à l'aéroport Kennedy, j'entrepris d'appeler les cadres des compagnies aériennes chargés de la sécurité interne. Je les avais déjà eus mille fois au téléphone, mais ce coup-ci, je leur fis comprendre que si les trombinoscopes n'étaient pas là à l'arrivée de la navigante française, le NYPD en déduirait que le tueur bénéficiait d'une complicité au sein de leur personnel et que les avions des compagnies concernées seraient interdits d'atterrissage et de décollage tant que la situation n'aurait pas été clarifiée. Ce qui prendrait probablement plusieurs jours.

Là, le message fut reçu cinq sur cinq. À minuit, mes gars m'appelèrent de Kennedy pour me dire que notre témoin était en train de passer les photos en revue.

Il fallait que je me repose un peu, sans quoi j'allais tomber raide. J'annonçai à la cantonade que je resterais joignable sur mon portable, puis filai chez moi pour voir comment se portaient mes petits malades.

Le retour en voiture fut rapide, cette fois. En arrivant, je découvris Seamus dans la salle à manger, en train de se servir une rasade de Jameson dans un gobelet en plastique imprimé.

— Honte à toi, *monsignor*. Il y a des verres pour les grands dans le placard, au-dessus du frigo. Et pendant que tu y es, sers-m'en un aussi.

— Très drôle. Comme si c'était pour moi ! Le pauvre Ricky a si mal à la gorge que j'ai préféré lui administrer un petit remède de Galway, comme on dit. Une goutte de Jameson avec une larme de lait et un peu de sucre, ça guérit tout.

Je n'en croyais pas mes oreilles.

— Tu es tombé des marches de l'autel, ou quoi ? Ton petit remède de Galway va nous conduire tout droit devant le juge aux affaires familiales. C'est incroyable que je sois obligé de dire ça à voix haute : ne donne pas de whisky aux enfants !

— Oh, bon, d'accord ! (Blessé dans sa dignité, il attrapa son manteau.) Si tu préfères ta méthode ridicule… Dis à Ricky de souffrir en homme. Seamus est parti.

Je finis à contrecœur par renoncer à mon verre, et rangeai la bouteille d'alcool, avant d'appeler mes hommes à Kennedy. L'hôtesse d'Air France avait scruté une à une les photos des pilotes de Delta Airlines et d'Aer Lingus, sans reconnaître qui que ce soit.

British Airways traînait un peu les pieds. Le registre des pilotes était disponible, certes, mais ces messieurs attendaient toujours le feu vert du directeur général, en vacances quelque part dans les Alpes italiennes.

— Bien entendu, fis-je. Tout le monde préfère l'ambiance dolce vita, aujourd'hui. Saint-Moritz, c'est tellement *has been*. Dites-lui que, quand la prochaine victime se fera descendre, on lui fera monter des photos de la scène de crime dans sa suite en même temps que son expresso du matin.

Une fois que j'eus raccroché, je pris la décision ferme et irrévocable de ne plus ressortir et de dormir sous mon toit. Direction la salle de bains. J'allais m'offrir une bonne douche. En tirant le rideau, je faillis avoir une crise cardiaque.

Shawna, ma fille de cinq ans, dormait dans la baignoire.

— Mais qu'est-ce que tu fais là, ma pâquerette ? lui demandai-je en la prenant dans mes bras. Un oreiller, ça n'est pas fait pour jouer dans le bain.

— Je voulais pas tout salir, papa, sinon après t'es obligé de nettoyer, me répondit-elle d'une voix frêle.

Elle frissonnait déjà quand je la remis au lit en veillant à bien la border. La question qui me taraudait depuis un an me revint à l'esprit. Qu'aurait fait Maeve dans cette situation ? J'allai chercher une lampe de poche dans le débarras et revins dans la chambre de Shawna pour lui lire à mi-voix un de ses livres préférés, jusqu'à ce qu'elle s'endorme.

Je m'éclipsai et, une fois dans le couloir, murmurai à voix basse.

— Alors, Maeve, trouves-tu que je m'en sors bien ? Ne t'en fais pas, tu peux mentir, tu sais.

En me rendant dans la cuisine, après la douche, je tombai sur Mary Catherine, en train de sortir des draps du sèche-linge.

— Mary, il est 1 heure du matin !

— Ça ne peut pas attendre.

Elle essayait tant bien que mal de se montrer aussi vive que d'ordinaire, mais sa fatigue transparaissait.

Je l'aidai à plier les draps, puis elle jeta un coup d'œil sur son fameux « registre des malades ».

— Pour l'instant, tout le monde a l'air dans un état relativement stable. Dieu soit loué, il semble qu'ils aient tous fini de vomir, mais maintenant le microbe se balade dans leurs poumons et leurs voies nasales. Je pense que d'ici demain midi, on manquera de mouchoirs en papier.

— Je m'en occupe.

Dans la matinée, j'enverrais Seamus remplir le monospace au Costco, dans le New Jersey, une grande surface hard-discount où nous achetions tous nos produits d'entretien. Il fallait voir la tête de notre portier quand nous débarquions avec nos sacs si peu chic…

Quand nous en eûmes fini avec le linge, je pris le panier des mains de Mary Catherine.

— Vous devriez aller vous coucher, maintenant.

Hélas, je ne pus la convaincre de partir. Elle insistait pour dormir dans l'un des fauteuils du salon, au cas où l'un des enfants aurait besoin d'elle. Trop épuisé pour discuter, j'ôtai ma veste et m'affalai sans plus de cérémonie dans un autre fauteuil, face à elle. Après tout, j'étais déjà habillé pour la journée. Cathy Calvin n'apprécierait peut-être pas le look « inspecteur froissé », mais il fallait que je sois prêt à décoller dès qu'il y aurait du nouveau.

J'avais mal partout. J'étais si fatigué que malgré le stress, l'adrénaline et toutes les interrogations de l'enquête, mes paupières s'abaissèrent comme des volets de plomb.

— Je savais bien que je toucherais le jackpot en venant aux USA, lança Mary Catherine au bout d'une minute. Tous ces petits avantages en nature… Là, par exemple, je sens comme une odeur. Est-ce du vomi d'enfant, ou est-ce que Yankee Candie vient de sortir une nouvelle bougie parfumée ?

— Ni l'un ni l'autre, jeune dame, répondis-je en souriant, les yeux toujours fermés. C'est le vivifiant arôme de mes chaussettes de sport que j'ai oublié de mettre dans la machine à laver. Je vous l'ai déjà dit : vous auriez dû partir quand vous en aviez l'occasion. Bonne nuit.

Le Professeur s'éveilla en sursaut. Il se redressa brutalement, haletant, le cœur battant à tout rompre.

Lui qui, d'ordinaire, dormait toujours bien, était désormais en proie à des insomnies. Dès qu'il s'assoupissait, l'expression du flic, « manifeste débile », résonnait comme un coup de gong à l'intérieur de son crâne.

Pour se rassurer, il se répéta avec conviction que Bennett cherchait simplement à le déstabiliser. Pourtant, le doute persistait à s'insinuer en lui, à alimenter son angoisse, à l'empêcher de trouver le repos. Et si son message n'avait pas été suffisamment clair ? Sa tête bourdonnait tellement qu'il n'arrivait plus à se concentrer. Il regarda le cadran de son radio-réveil. 1 heure du matin. Comment allait-il pouvoir faire ce qu'il avait à faire s'il passait la nuit à gamberger ?

Il secoua son oreiller pour lui redonner du volume, ferma de nouveau les yeux, se tourna sur le côté, se retourna pour essayer de trouver une position plus confortable. Cinq minutes durant, il se concentra sur sa respiration. Peine perdue.

Ce fichu flic avait réussi à lui inoculer le doute.

Il s'assit, finit par se lever. Il fallait qu'il trouve un moyen de brûler cette énergie négative.

Par la fenêtre du séjour, qui donnait au sud, il apercevait l'Empire State Building festonné de lumières rouges. De l'autre côté de la rue, dans le studio de l'agence de mannequins, une soirée battait son plein. Tout le monde avait l'air de bien s'amuser, ce qui l'énervait plus encore.

Et si j'allais me promener ? se dit-il. Une petite balade dans le quartier…

Rhabillé, il était en train d'ouvrir la porte lorsqu'il s'aperçut qu'il avait oublié quelque chose. Ses armes ! C'est dire s'il était préoccupé…

Dans son bureau, il rechargea ses deux Colt, puis vissa un silencieux au bout de chaque canon. Des réducteurs de son à chicanes, en inox, signés Brügger & Thomet. Fabrication suisse, le top du top. Il sangla les armes autour de sa taille et enfila un manteau.

Le monde de la rue est dangereux, songea-t-il en descendant l'escalier d'un pas rapide.

On ne sait jamais sur qui on peut tomber…

49

Le célèbre photographe de mode Pierre Lagueux descendait quant à lui l'escalier de secours de l'agence West Side Models. Il se sentait joyeux, pétillant comme une bulle.

Pas n'importe quelle bulle, au demeurant. Sous l'effet d'une pilule de MDMA de premier choix, plus connue sous le nom d'ecstasy, il se prenait pour une *très chic* bulle de Champagne Cristal Roederer.

Tout marchait si bien, pour lui, qu'il trouvait presque cela injuste. Vingt-sept ans à peine, et déjà riche. Beau, français et très, très doué pour la photo. Pour lui, le plus dur, finalement, c'était de se lever le matin.

Il avait l'œil, disait-on. On, c'est-à-dire les gens qui comptaient dans le monde de la mode. En dépit de son jeune âge, on chuchotait qu'il faisait partie des icônes de son temps. On le comparait à un Ritts, un Newton, un Mapplethorpe. Désolé, jeunes gens, poussez-vous, le nouvel *enfant terrible* a débarqué.

Et, surtout, il y avait toutes ces fêtes. La soirée ne faisait que commencer, et elle avait déjà tout d'un rêve fabuleux. Combien seraient-elles à s'offrir encore à lui ? Il les imaginait, se succédant à l'infini en file indienne, une file aussi longue, élégante et sombre que la collection de costumes de couturiers qui occupait le dressing grand comme un gymnase de son loft de Broome Street.

Autour de lui, le monde susurrait : *oui*.

Il posa le pied sur le trottoir. La nuit était jeune, comme les filles qui le faisaient craquer. Comme la dernière recrue de l'agence Ford, la blonde nordique à peine majeure dont il venait de « faire la connaissance » dans l'escalier de secours. Il aurait pu tomber amoureux d'elle. Encore eût-il fallu qu'il se souvienne de son nom.

— Pierre ?

Il leva la tête, tendit le cou. Une barbe naissante lui ombrait le visage.

C'était elle, sa nouvelle beauté sans nom, taillée comme la figure de proue d'un vaisseau viking, qui le regardait depuis l'escalier métallique.

— Attrape ! lui cria-t-elle.

Quelque chose voleta jusqu'à lui, quelque chose de noir et de diaphane, et se posa sur ses mains tendues. C'était chaud, et cela ne pesait quasiment rien. Une plume d'ange ? Non, mieux. Un string. Quel cadeau d'adieu merveilleusement américain ! Les filles étaient déchaînées, ici !

Il lui envoya un baiser, retira la pochette de soie qui ornait la poitrine de sa veste en cachemire Yves Saint Laurent et la remplaça par le sous-vêtement. Puis il poursuivit son chemin jusqu'à la 10e Avenue pour y prendre un taxi qui le conduirait à la fête suivante.

Il avait parcouru une cinquantaine de mètres, côté est, quand il aperçut un homme sur le trottoir, seul, près du pont surplombant la voie ferrée.

Un autre fêtard, songea d'abord Pierre. Puis il remarqua son visage grave.

Il le fixa, sans se gêner. Toujours en quête de plans insolites, il aiguisait perpétuellement son regard. Sans doute était-ce la raison pour laquelle il deviendrait immortel. Cette silhouette, qui avait quelque chose de tragique dans le décor de cette rue sombre et totalement déserte, était l'essence même du *noir*, au sens artistique du terme. Elle sortait tout droit d'une toile d'Edward Hopper.

Et ce n'était pas tout. Cet homme avait un regard très particulier. Ses yeux brillaient d'une lueur surprenante, comme s'il brûlait d'impatience.

Plus de trente secondes s'écoulèrent avant que Pierre, littéralement captivé, ne remarque les deux pistolets que l'homme tenait à hauteur de cuisse. Deux pistolets équipés de silencieux.

Que se passe-t-il ?

L'esprit embrumé par la drogue, Pierre cherchait désespérément à comprendre. Il pensa tout d'abord à la fille dans l'escalier de secours. Était-ce un rival en colère ?

— Attendez ! s'écria-t-il, levant les mains en signe de soumission. Elle disait qu'elle n'avait pas de petit ami. Je vous en prie, *monsieur*, vous devez me croire. Ou peut-être êtes-vous son père ? Elle est jeune, oui, mais très femme et…

Le Professeur lui tira deux balles dans l'entrejambe avec le .22 et une dans la gorge avec le .45.

— Tu n'y es pas du tout, le Frenchie, lâcha-t-il en regardant le misérable hédoniste s'écrouler sur la chaussée, face contre terre.

Il s'accroupit près du corps, dégagea les cheveux qui balayaient le front, enleva avec ses dents le capuchon d'un gros feutre et commença à écrire.

50

Arrivé au pied de son immeuble, le Professeur eut la surprise de voir une silhouette féminine se lever d'un bond sur les marches du perron.

— J'ai fini par te retrouver, espèce d'enfoiré ! hurla la belle petite blonde.

Oh, putain ! se dit-il, pris de panique. Ça avait été son attachée de presse dans son ancienne vie, celle qu'il avait abandonnée sans crier gare en entamant sa mission, deux jours plus tôt.

— Wendy, répondit-il calmement. J'allais t'appeler.

— C'est très galant de ta part, écuma-t-elle, d'autant que je t'ai laissé trente-six messages ! On ne plante pas un talk-show comme « Today », merde ! Tu viens de foutre ta carrière en l'air ! Et, pire encore, la mienne avec !

Il jeta un regard nerveux autour de lui. Cette discussion en pleine rue ne lui plaisait pas du tout. On ne tarderait pas à découvrir le cadavre du Français, si ce n'était déjà fait.

Puis il se rendit compte que la jeune femme était complètement ivre. Elle avait les yeux injectés et son haleine empestait la bière. Une idée germa dans son esprit. *Parfait.*

— Je peux faire mieux que tout t'expliquer, Wendy, dit-il, arborant son sourire le plus ravageur. Je vais me racheter au centuple. J'ai reçu un mail qui va te faire halluciner.

— Te racheter ? Comment vas-tu t'y prendre, maintenant que tu as tout bousillé ? Tu as une idée du mal que je me suis donné pour que tu passes dans cette émission ? À ce niveau-là, il n'y a pas de séance de rattrapage. Pour moi, c'est fini !

— Je te parle de Hollywood, ma jolie. Je viens d'être contacté par le « Tonight Show ». Jay Leno veut absolument m'avoir. Ça va tout arranger, Wendy, je te le promets. Écoute, monte, je vais te préparer un petit déjeuner. Tu avais adoré, la dernière fois, non ? Des gaufres bien chaudes, ça te dirait ?

Elle se détourna pour ne pas se laisser amadouer, mais finit par lâcher prise. Une bouillie de mots sincères s'échappa de sa bouche.

— T'imagines pas à quel point tu m'as manqué... Après la nuit qu'on a passée ensemble, comme tu m'as pas rappelée, je...

— Tout se passera mieux, cette fois. Si tu es très gentille – ou devrais-je dire très méchante ? –, je te servirai même du sirop d'érable chaud.

Et son sourire de tueur s'agrandit encore.

La jeune femme finit par sourire à son tour. Elle sortit son petit boîtier pour arranger sa coiffure et retoucher son maquillage, puis prit la main du Professeur et l'accompagna jusqu'à son appartement.

216

Une fois à l'intérieur, il verrouilla la porte derrière lui.

— Par quoi commence-t-on ? Tu veux manger, ou tu veux voir mon mail ?

— Tu plaisantes ? répondit-elle en envoyant valser ses chaussures à talons. Je veux voir le mail ! Tout de suite !

— C'est là. Suis-moi.

Alors qu'elle franchissait le seuil de la chambre d'ami, son regard fut retenu par le corps étendu sur le lit. Elle fit deux pas de plus avant de se raidir et de se retourner pour le regarder, fixement, comme si elle venait soudain de retrouver sa lucidité.

— Oh, mon Dieu, souffla-t-elle. C'est quoi, ça ? Qu'est-ce qui se passe, ici ? Je ne comprends pas.

Sans autre forme de cérémonie, le Professeur lui tira une balle de .22 dans la nuque. Après quoi il la traîna jusque dans le placard de l'entrée, y jeta aussi ses escarpins Manolo Blahnick, et referma la porte.

— Disons que c'est une longue histoire, dit-il en s'essuyant les mains.

Lorsque enfin il s'affala sur son lit, les paupières lourdes comme des plaques de fonte, sa respiration retrouva progressivement son rythme apaisé.

Pas besoin de lait chaud, songea-t-il.

Et il glissa dans les bras de Morphée.

51

Les patients de la clinique Bennett étaient en proie à de telles quintes de toux que je mis un certain temps à entendre la sonnerie de mon téléphone. Dans un état second, je réussis à trouver l'appareil à l'aveuglette, remarquant qu'il était plus de 3 heures du matin. Avec un peu de chance, j'avais peut-être bénéficié d'une dizaine de minutes de sommeil effectif.

— Ouais, Mike, c'est Beth Peters. Désolée de vous réveiller, mais on vient de nous prévenir : un photographe de mode a été abattu en pleine rue, à Hell's Kitchen. Ça semble signé vous-savez-qui.

— Vivement le moment où je te l'expédierai en enfer, celui-là. Des témoins ?

— Je ne crois pas, mais d'après un collègue, il aurait laissé une sorte de message. Je n'ai pas tout saisi. Voulez-vous que j'y aille, ou...

— Non, restez là pour garder la boutique. Moi, j'habite moins loin. Donnez-moi l'adresse.

Juste après ma conversation avec Beth, j'appelai le divisionnaire McGinnis pour lui annoncer les dernières bonnes nouvelles. Aurais-je au moins la joie de le tirer du sommeil ? Hélas, non, je dus me contenter de parler à sa boîte vocale.

Incroyable, songeai-je en reposant le téléphone. Le tueur semblait être passé à la vitesse supérieure, réduisant l'intervalle entre les assassinats, ce qui nous laissait moins de temps pour réagir, alors qu'il nous en aurait fallu davantage…

— Ne me dites pas que vous devez y retourner, chuchota Mary Catherine, campant toujours dans le fauteuil d'en face.

— Cette ville ne dort jamais et, apparemment, son nouveau psychopathe non plus.

Je parvins à me lever tant bien que mal, finis par trouver mes clés à tâtons dans le noir, puis ouvris le coffre à combinaison pour récupérer mon Glock.

— Ça va aller ?

Question plutôt idiote. Que faire si Mary me répondait que non ?

— Nous, on s'en sortira très bien. C'est à vous d'être prudent.

— Croyez-moi, si je réussis à approcher ce type, je ne lui laisserai pas l'occasion de toucher à un seul de mes cheveux.

— Au volant, aussi. Je me fais du souci pour vous. À vous voir, on croirait que vous venez de sortir d'une crypte en rampant.

— Oh, merci pour le compliment ! Mais j'ai l'impression d'être dans un état pire que ça encore.

Ce que je ne tardai pas à prouver en me payant la porte d'entrée, juste avant de me souvenir qu'il fallait d'abord que je l'ouvre.

Une fois dans l'ascenseur, pourtant, je commençai à voir le bon côté des choses. Cette fois, au moins, notre homme avait eu le bon goût de frapper dans le West Side. En voiture, ce n'était qu'à quelques minutes de chez moi.

52

À mon arrivée, dans la 38e Rue, les techniciens de scène de crime étaient encore en train de geler les lieux.

— Beau boulot, fis-je à l'un d'eux. Le ruban a l'air nickel. Comment avez-vous mis la main sur un rouleau neuf ?

Traditionnellement, au moment où il débarque, l'enquêteur de la criminelle doit en faire des tonnes devant les experts et les flics en uniforme qui poireautent. J'avais beau être déphasé, j'étais ravi de jouer le jeu.

— Faut connaître les bonnes personnes, grogna un moustachu au physique de catcheur. Par ici, inspecteur !

Il souleva la bande plastique pour me faciliter le passage.

— Ah, voilà ce que j'appelle une scène de crime ! m'exclamai-je. On a des poubelles dans la rue. On a un individu trépassé. On a…

— On a un inspecteur qui fait le malin, lança Cathy Calvin, de l'autre côté du périmètre.

— Et des journalistes qui vous prennent en traîtres, renchéris-je sans me retourner.

Un Amtrak qui ne pouvait se rendre qu'à Hell's Kitchen fit retentir sa sirène juste avant de passer sous nos pieds, dans un énorme grondement. J'eus l'envie soudaine de sauter du pont pour me retrouver sur le toit d'une des voitures. J'avais toujours rêvé de jouer les passagers clandestins.

— Et il y a même l'ambiance sonore d'un film noir, ajoutai-je à l'adresse des techniciens en opinant d'un air satisfait. Vous savez ce qu'un studio hollywoodien aurait dépensé pour recréer un tel climat d'authenticité ? Vraiment, les gars, vous vous êtes surpassés. Honnêtement, je n'aurais pas espéré mieux.

Pendant le trajet, j'avais appris de la bouche de Beth Peters que la victime était un grand nom du monde de la mode, et j'avais commencé à me demander s'il existait un parallèle avec le meurtre de Gianni Versace. Et si le Professeur n'était pas un laissé-pour-compte, amené à côtoyer les gens riches et célèbres, ayant décidé de s'offrir son quart d'heure de gloire, au prix fort.

Surtout pour les autres.

Je m'accroupis afin d'examiner le cadavre, et fis aussitôt un bond en arrière, manquant de trébucher. J'étais totalement réveillé, à présent.

Sur le front de la victime, une inscription était tracée, au feutre : POUR TOI, MIKE. À + MON POTE !

Et tandis que je scrutais la rue, de part et d'autre, je me rendis compte que mes mains tremblaient. Elles auraient voulu dégainer mon Glock et tuer ce salopard. Pour les calmer, il me fallut serrer les poings.

Mon regard glissa de nouveau vers le jeune homme qui gisait sur le trottoir et je frémis en remarquant son entrejambe noir de sang.

Je m'en voulus, d'abord, d'avoir provoqué le Professeur puis, très vite, cessai de me flageller. Il aurait tué de toute manière. Il s'était simplement servi d'un pitoyable prétexte pour essayer de me culpabiliser.

J'avais hâte de me retrouver face à lui et de pouvoir enfin laisser exploser ma fureur.

À mon retour, en voyant ma tête, même Ralph, le portier, comprit qu'il valait mieux me laisser tranquille.

Une fois chez moi, je pris soin de vérifier que toutes les portes et fenêtres étaient bien fermées avant de trouver refuge dans ma chambre.

Pour me réveiller, dans la matinée, j'aurais sans doute besoin de sels, mais pour l'heure, je m'en fichais. Je n'avais pas l'intention de me brosser les dents. C'était tout juste si j'avais le courage de retirer mes chaussures. J'allais m'écrouler et dormir jusqu'à ce que quelqu'un ait suffisamment de force pour m'arracher à mon lit.

Je venais à peine de tirer sur moi ma chère couette quand j'entendis un petit rire.

Oh, non, mon Dieu, pitié, pas ça.

Tirée par une main invisible, la couette m'échappa. Allongée à côté de moi, parfaitement réveillée, Shawna me regardait avec un grand sourire.

— Tu n'es pas dans ton lit, ma chérie, l'implorai-je doucement. Tu n'es même pas dans la baignoire. Tu veux un poney, Shawna ? Papa t'achètera tout un troupeau de poneys si tu le laisses se reposer un peu.

Elle fit signe que non, de la tête, ayant déjà compris tout l'intérêt de ce nouveau jeu. Pour ma part, j'avais envie de pleurer. J'étais fichu, je le savais. Le problème avec les plus petits, dans une grande famille, c'est qu'une fois qu'ils ont décidé de ne plus vous lâcher, on se rend compte qu'il est encore plus simple de les occuper que d'attendre, jusqu'à en devenir fou, qu'ils trouvent d'eux-mêmes le moyen de se divertir. Ils le savent, d'instinct. Ils flairent la vacuité de vos menaces comme les chiens de l'ATF détectent les explosifs. Toute résistance est illusoire. On leur appartient.

J'étais en train de faire cet amer constat quand j'entendis d'autres gloussements étouffés, et sentis une créature de petite taille grimper au bout du lit. Sans même regarder, je compris que Chrissy était venue en renfort. Elle et Shawna s'entendaient comme larrons en foire.

Peu après, de minuscules mains écartèrent les deux plus gros orteils de mon pied droit.

— C'est pour voir si t'es sensible des doigts de pied ! s'écrièrent les filles, hilares.

N'en pouvant plus, je m'assis pour leur signifier qu'elles devaient retourner se coucher dans leurs lits, mais en voyant ces deux bouilles tellement réjouies, j'y renonçai. Et puis tant pis, après tout. Au moins, elles n'étaient pas en train de vomir.

D'ailleurs, comment avoir le dernier mot face à un rayon de lumière, face à un ange ?

— Ah, c'est comme ça ? Je vais voir si vous êtes sensibles, moi !

Et, mettant mes menaces à exécution, je tentai de leur infliger simultanément la fameuse prise vulcaine chère à Spock dans *Star Trek*. Il s'en fallut de peu que leurs cris de joie ne fassent exploser les lampes.

Quelques minutes plus tard, après avoir disposé peluches et coussins conformément à un rituel complexe, je parvins à coucher les filles sous la couette, à mes côtés.

— Raconte-nous une histoire, papa, fit Chrissy au moment où j'allais enfin plonger dans le sommeil.

— Bon, d'accord, ma puce, répondis-je, les yeux fermés. Il était une fois un vieil inspecteur de police, tout malheureux, qui vivait dans une chaussure…

54

— Bennett ? Vous êtes là ?

Quand la voix suraiguë me perça le tympan droit, ma première réaction fut de me relever aussi sec, cherchant machinalement mon arme de service. Puis, à ma grande surprise, je me rendis compte que j'étais dans ma chambre inondée de soleil, et non dans quelque glauque ruelle de cauchemar hantée par la mort. Mon téléphone portable, ouvert, se trouvait sur l'oreiller, juste à côté du creux qui avait conservé la marque de ma tête. L'une des filles avait dû décrocher avant de le déposer fort aimablement près de l'oreille de son papa endormi.

— Ouais ? marmonnai-je en saisissant l'appareil d'une main mal assurée.

— Réunion Plaza à 9 heures. Et quand je dis Plaza, je ne parle pas de l'hôtel.

Le divisionnaire McGinnis raccrocha tout aussi sèchement.

Dix minutes plus tard, douché et habillé, j'étais au volant de ma Chevy banalisée. Je mis le contact et récupérai mon rasoir électrique à piles dans la boîte à gants. Je me faisais l'impression d'un mort qui se retrouve au paradis. J'avais dû dormir près de cinq heures, d'un vrai et délicieux sommeil.

Je franchis gaillardement les portes du One Police Plaza avec une bonne poignée de secondes d'avance et pris l'ascenseur jusqu'au 11e pour rejoindre la salle trop exiguë où avait déjà eu lieu la première réunion de la cellule d'urgence. Les mêmes flics à l'air fatigué, énervé, étaient là. Je me servis un café, pris un beignet au chocolat et m'installai au milieu du groupe.

McGinnis débarqua pile à l'heure, brandissant au-dessus de sa tête la dernière livraison du *Post*. Sous la photo du Professeur extraite de l'enregistrement de la vidéosurveillance, on pouvait lire en lettres capitales : « AVEZ-VOUS VU CET HOMME ? »

— La réponse est oui, annonça-t-il en jetant le journal à l'autre bout de la table de conférence. Il y a une heure, une navigante d'Air France que nous avons mise à contribution a identifié notre tireur.

Des applaudissements spontanés éclatèrent dans toute la salle. Mon poing frappa celui de Beth Peters. *Dieu merci !* J'étais si euphorique que je décidai de ne pas relever ce *nous* un peu vague.

Nous avions suivi la bonne piste ! Maintenant, l'animal était dans notre ligne de mire.

— Le suspect s'appelle Thomas Gladstone, reprit McGinnis en distribuant à chacun un document dont il avait apporté une épaisse liasse. C'est un ancien pilote de British Airways, vivant à Locust Valley, Long Island.

Locust Valley ? N'était-ce pas ce coin où tout le monde portait un nom de grande famille, style Thurston J. Howell III ? Les pilotes gagnaient bien leur vie, certes, mais ils étaient encore loin de ce luxe-là. Était-ce ça qui expliquait le caractère prestigieux des cibles ? Peut-être Gladstone avait-il été pris de haut dans la boutique Ralph Lauren, au Club 21, ou quelque chose dans ce genre, et avait-il estimé qu'une simple absence de pourboire ne pouvait suffire à traduire son mécontentement.

— Nous avons aussi un incident déclencheur, ajouta le divisionnaire. Il s'avère que Gladstone devait effectuer un vol Londres-New York la semaine dernière, mais qu'ayant été contrôlé en état d'ébriété, il s'est vu licencier sur-le-champ. En outre, on vient de retrouver sa voiture sur le parking des abonnés de la gare de Locust Valley, jonchée de tickets.

Tout cela commençait à prendre forme. Dans la liste des motifs des auteurs de carnages, la perte d'un emploi figurait souvent en bonne place.

— On a déjà le mandat d'arrêt ? voulus-je savoir.

— On l'aura au moment de coffrer ce merdeux, répondit McGinnis. Les équipes d'intervention de l'ESU attendent en bas. Qui veut faire un petit tour dans les banlieues huppées de Long Island ?

J'étais déjà debout, tout comme mes collègues, un léger sourire aux lèvres. Je n'avais pas même touché à mon café, mais, bizarrement, je me sentais tout à fait ragaillardi.

55

Autour de la petite place du centre de Locust Valley, il n'y avait, semblait-il, que des magasins d'antiquités, des boutiques et des salons de beauté, avec des toits en ardoise. Nous avions choisi comme lieu de rassemblement, sur Forest Avenue, le parking d'un « carrossier-motoriste » qui, pour le pauvre béotien que j'étais, ressemblait étrangement à une simple station-service.

Les hommes du Bureau des opérations spéciales du comté de Nassau et même quelques policiers de la Brigade d'urgence du comté de Suffolk nous attendaient sur place. Lorsqu'il s'agit de traquer un tueur de flics, tous les services s'empressent de coopérer.

— Messieurs, bonjour.

Pour le briefing, je regroupai tout le monde autour de ma voiture.

L'équipe de Nassau avait déjà placé la propriété de Gladstone – deux hectares, tout de même – sous surveillance. Aucun signe d'activité. Personne n'était entré ni sorti. Un répondeur prenait les appels. J'appris que Gladstone avait une femme et deux filles, toutes deux étudiantes, mais que nous n'avions pas encore pu les localiser.

Tom Riley, le lieutenant des Opérations spéciales du comté, jeta sur le capot de ma Chevy des tirages photos numériques de la façade et de l'arrière de la maison. C'était une immense et belle demeure de style Tudor avec un patio couvert et une piscine. Le parc, avec ses érables japonais, ses chrysanthèmes et ses plantes ornementales, semblait tiré au cordeau. Une propriété pareille, domicile d'un tueur psychopathe ? Voilà qui était des plus insolites.

Tout en étudiant la configuration des lieux, nous discutions stratégie. Nous ne tenterions pas de négocier. Nous avions obtenu le mandat d'arrêt, nous allions entrer, mais comme Gladstone était bien armé, qu'il avait déjà abattu un flic et en avait gravement blessé un autre, il convenait de prendre les précautions nécessaires.

Il fut décidé qu'une équipe d'assaut passerait par la porte de devant tandis que les tireurs d'élite couvriraient les étroites fenêtres de la façade. Si Gladstone pointait le bout de son nez, on le descendait.

Étant donné qu'il s'agissait de mon enquête, je réclamai le privilège d'entrer juste après l'équipe d'assaut pour inspecter l'étage.

— Cette porte a l'air solide, observai-je. Qu'allez-vous utiliser ? Un bélier ?

Un jeune sergent de l'ESU, tout en muscles, brandit un fusil à pompe à canon scié dont il actionna la culasse.

— J'ai pris mon passe, ricana-t-il en mâchonnant son tabac.

Il avait l'air de bien s'amuser. Heureusement qu'il était de mon côté…

231

Pendant que chacun s'équipait, je sortis de ma poche une autre photo et la posai sur le capot. C'était un portrait de Tonya Griffith, la jeune recrue de la police des transports abattue par le tueur.

— Juste pour nous rappeler pourquoi nous nous sommes tous levés ce matin, messieurs. Allons faire sa fête à cette pourriture !

La maison de Gladstone se trouvait sur Lattingtown Ridge Court, trois rues plus loin. Un quartier très boisé. Les véhicules quittèrent le parking. Nous roulions à vitesse normale, tous feux éteints, sans sirènes.

En arrivant, je donnai le feu vert par radio. Deux fourgons de l'ESU foncèrent dans l'allée et traversèrent la pelouse. De chacun d'eux jaillirent une demi-douzaine de policiers bardés d'équipement tactique. En l'espace de quelques secondes, j'entendis deux détonations sèches – les gonds de la porte venaient de sauter, fracassés par les décharges de chevrotine.

Quand les hommes poussèrent la porte à coups d'épaule et s'engouffrèrent dans la maison en hurlant et en jetant des grenades aveuglantes, je sortis de ma voiture et courus derrière eux. Je gravis les marches de l'escalier à grandes enjambées, Glock au poing, le cœur palpitant comme une lampe stroboscopique.

— Police !

J'ouvris d'un coup de pied la première porte. Une salle de bains. Personne à l'intérieur… *Gling*, fit le rideau de douche quand je l'arrachai. Je ne découvris qu'un panier rempli de flacons de shampoing.

Et merde ! Je ressortis, couvrant les deux côtés du couloir de mon arme.

Où était donc passé Gladstone ?

Je courais si vite qu'à mon passage les cadres jalon-
nant les murs du couloir tremblaient. Sur les photos, il
n'y avait que des gens fort bien habillés et souriants.

— Police ! hurlai-je de nouveau. Tu es coincé,
Gladstone. C'est la police !

Une autre porte, au fond du couloir, était entrouverte. Mon index se crispa sur la détente du Glock. Un
coup d'épaule, et je fis irruption dans la pièce.

C'était une vaste suite parentale au plafond orné de
moulures. Je couvris d'abord les coins, puis mon
regard balaya le lit, et…

Le choc fut tel que ma tête fut secouée comme sous
l'effet d'un coup de poing. Je faillis en lâcher mon
arme, et parvins tout juste à la remettre dans son
holster. Puis, assailli par l'ignoble odeur cuivrée de
sang et de mort, je dus me couvrir le nez.

Nous arrivions trop tard.

Ce type…

— Oh, mon Dieu, murmura une voix derrière moi.

C'était Beth Peters, littéralement pétrifiée.

Ce type…

Je ressortis de la pièce et pris ma radio pour lancer un appel, d'une voix à peine audible :

— En haut. À l'étage.

— Vous l'avez ? cria McGinnis.

— Non. Pas lui…

Ce que nous avions, c'était une femme ligotée, à demi nue, gisant sur le lit dans des draps ensanglantés. La porte de la salle de bains attenante était ouverte, et j'apercevais un pied dépassant de la baignoire. Près des W.-C., une autre jeune femme, pour ne pas dire une jeune fille, était couchée sur le ventre dans une flaque de sang, mains et chevilles attachées à l'aide d'un cordon électrique.

Désemparé, je m'approchai des corps pour effectuer les premières constatations. Les deux jeunes femmes de la salle de bains, toutes deux entièrement nues, devaient avoir une vingtaine d'années à peine. La femme allongée sur le lit était plus âgée ; peut-être s'agissait-il de la mère, Erica Gladstone. Au sol, dans un coin de la pièce, je remarquai une photo de mariage. Je la pris pour la comparer avec le visage de la victime, mais celle-ci était si défigurée qu'il me fallut une bonne minute pour m'assurer qu'il s'agissait bien de la même personne.

Je ne pouvais y croire. Gladstone avait tué par balles son épouse et leurs deux filles. La chair de sa chair.

D'autres policiers m'avaient rejoint, et j'entendais leurs exclamations horrifiées, incrédules. Moi, je restais planté là, fixant la moquette et le lit noirs de sang.

C'était le pire de tous les crimes, une atrocité, une atteinte à l'humain. Dieu, que j'avais hâte de mettre la main sur cette ordure ! Ou plutôt, de l'avoir au bout de mon Glock !

57

Il était 11 h 30 lorsque le Professeur s'arrêta devant un magasin de matériel audiovisuel à l'angle de la 51e Rue et de la 7e Avenue. Dans la devanture, tous les écrans étaient réglés sur la chaîne d'informations en continu Fox News.

En haut de l'image défilait un titre déroulant : « Spécial tueur en série ». Celui du bas annonçait : « En direct de Locust Valley, Long Island. »

Hé, mais je le connais, *ce coin*, songea-t-il en souriant.

Les flics étaient en train de déferler sur la pelouse de sa propriété.

Incroyable. Les pieds-plats avaient marqué un point. Ils avaient réussi à remonter sa trace. Lui qui commençait à se demander s'ils y parviendraient jamais…

Toutefois, c'était sans grande importance. Il lui faudrait juste se montrer un petit peu plus prudent à compter de maintenant, mais cela ne l'empêcherait pas de mener l'intégralité de sa tâche à bien. La police jouait aux dames alors qu'il jouait aux échecs, au niveau d'un grand maître.

— Maman, maman ! Regarde, regarde ! Pokémon, Pikachu, Carapuce ! s'écria un petit garçon indien, le nez écrasé contre la vitrine, devant une console dernier cri.

Sa mère, en sari, lui donna une tape sur les fesses avant de l'arracher à ses contemplations.

En les regardant s'éloigner dans la 51e Rue, le Professeur se souvint de ce jour lointain où sa mère et lui étaient allés récupérer le reste de leurs affaires dans la maison où il avait passé son enfance, une baraque minable coincée entre d'autres baraques identiques. Son père, sur le seuil de la porte, buvait une bière au goulot, en retenant son jeune frère qui pleurait et voulait absolument accompagner leur mère.

— Non, mon petit bonhomme, lui serinait-il. Désormais, tu es le petit garçon de papa, n'oublie pas. Tu vas rester avec moi. Tout va bien.

Non, tout n'allait pas si bien, en vérité.

Le Professeur se revit assis dans la cabine du camion, sur la route. Au début, il avait eu honte en songeant que les voisins avaient dû tout voir, et puis il s'était rendu compte qu'ils n'étaient plus ses voisins. Après, en fait, il avait été heureux. Avant, il était obligé de partager sa chambre avec son crétin de petit frère, mais maintenant qu'il partait avec sa mère, il aurait une chambre à lui. Il avait décrété que son frère n'était qu'un bébé.

Le Professeur, les joues gonflées, soupira longuement.

Non, tout n'allait pas si bien, se répéta-t-il, essayant de penser à autre chose. Mais la situation s'améliorait et, dans un futur très proche, tout irait pour le mieux.

Il admira son reflet dans la vitre. Ce matin, il était rasé de près. Il portait un blazer Armani ajusté, une chemise de soie blanche au col largement ouvert et un jean moulant Dolce & Gabbana. Bref, il se la jouait Tom Ford : j'ai la classe, je porte ce qu'il y a de mieux, allez vous faire foutre et vive les amours tarifées.

Au diable les photos à la une du *Daily News* et du *Post* où, avec sa barbe de trois jours, il ressemblait à Unabomber, le fou aux colis piégés. Les seules personnes s'étant retournées sur son passage, ce matin, étaient des quarantenaires plutôt distinguées qui avaient l'air très disponibles et des mecs homos qui semblaient l'être plus encore.

Rien n'avait changé. Une fois de plus, il passerait tranquillement au travers des mailles du filet.

Il sortit son Treo, vérifia les données concernant sa prochaine cible, puis cala le pistolet qu'il avait glissé au creux de ses reins avant de se mêler à la foule des passants.

Il avait hâte de rencontrer son prochain client. Un homme qui allait enfin recevoir ce qu'il méritait, après avoir trop attendu…

D'un pas un peu plus guilleret, le Professeur suivit en direction de l'est le flot des citadins courant aux abris.

58

Il ne s'était pas écoulé une demi-heure depuis que nous avions investi la propriété de Gladstone, et, dans la rue, il y avait déjà plus de fourgons télé que de Range Rover. Derrière le périmètre de sécurité, je dénombrai au moins quatre types braquant leurs caméras d'épaule sur la maison comme des lance-missiles sol-air. J'avais envie de demander un soutien aérien. Nous étions assiégés.

Dès l'arrivée des techniciens de scène de crime du comté de Nassau, je me fis une joie de leur confier les lieux.

— Alors, c'est vrai ? fit l'un d'eux, éberlué. Un triplé dans le secteur le plus huppé de Long Island ? Je me disais bien que j'avais aperçu le chroniqueur judiciaire Dominick Dunne, près de la boîte aux lettres.

Au rez-de-chaussée, en petits groupes, les policiers fumaient, buvaient du café et plaisantaient comme des invités irrespectueux à la pire des soirées.

Me frayant un chemin, je jetai un coup d'œil aux photos encadrées qui ornaient les murs du salon. J'en décrochai trois qui pourraient peut-être nous aider à pister Gladstone. Il avait bien l'air d'un pilote : bel homme, ventre plat, regard d'acier. Une impression de puissance se traduisait jusque dans son sourire, le sourire de quelqu'un qui obtenait toujours ce qu'il voulait.

— Te voilà donc, espèce de salopard.

Je ne pus m'empêcher de regarder les autres photos. Fillettes lors d'un pique-nique, préados à la plage, jeunes filles recevant leur diplôme de fin d'études secondaires. Les filles Gladstone étaient belles, certes, mais d'une beauté ne pouvant rivaliser avec celle de la mère. Avec sa longue chevelure noire, ses yeux bleu pâle, ses pommettes hautes, Erica évoquait une reine de conte de fées.

Je finis par trouver le bureau derrière une double porte vitrée, à l'avant de la maison. Il y avait un fax, dont je me servis pour envoyer des photos au responsable des relations extérieures afin qu'il puisse les communiquer à la presse, puis je m'assis derrière le bureau – un meuble de collection –, et entrepris d'ouvrir les tiroirs.

Première découverte : des relevés bancaires monstrueux. Des séances de coiffeur à quatre cents dollars, des emplettes chez Bergdorf Goodman pour trois mille dollars. Le budget beauté de Mme Gladstone dépassait le coût de mes études supérieures. Être riche coûtait apparemment très cher.

Au bout de quelques minutes, j'avais enfin mis la main sur ce que je recherchais. De quoi établir un lien avec le Club 21 et la boutique Ralph Lauren.

Et, dans le dernier tiroir, je découvris ce que je pris d'abord pour une sorte de contrat. C'en était un, d'ailleurs. Un contrat de divorce.

Dans le mille. Un élément d'explication supplémentaire. Deux facteurs déterminants, dans les cas de folie meurtrière, revenaient fréquemment : le divorce et le licenciement. Gladstone avait connu les deux dans un laps de temps relativement court.

Ce dont j'avais le plus besoin, cela dit, c'était des indices susceptibles de m'indiquer où le tueur se cachait et où il frapperait la fois suivante. Je poursuivis donc mes recherches.

Vingt minutes plus tard, sur l'une des étagères, je trouvai un classeur renfermant des coupures de presse. Il s'agissait essentiellement d'extraits de rubriques mondaines de la presse locale. Erica assistant à des événements caritatifs, parfois en compagnie de son prince de mari, mais le plus souvent sans. L'article le plus récent était illustré d'une photo où elle apparaissait drapée de satin et de tulle, endiamantée, lors d'une soirée au profit de la lutte contre le sida organisée par Wall Street, à la Customs House de Manhattan.

Elle avait le dos nu, et un homme aux cheveux argentés lui tenait la taille. La légende précisait qu'il s'agissait de Gary Cargill.

Il ne me fallut pas une seconde pour faire le rapprochement avec le nom figurant en haut du contrat de divorce.

L'amour-propre de Gladstone avait encore pris un méchant coup. Depuis peu, sa femme sortait avec son avocat.

Soudain, ça s'imposa à mon esprit. Si j'étais aussi fou que notre homme et si j'avais dû avaler autant de couleuvres que lui, qui aurais-je envie de tuer ?

Lâchant le classeur, je me jetai sur le téléphone.

— Veuillez préciser la ville et la catégorie, me répondit le serveur vocal des renseignements avec un calme insupportable.

— Manhattan ! hurlai-je, au bord de l'hystérie. Un avocat répondant au nom de Cargill !

59

— Vous avez donc décidé que le moment était venu de vous séparer de votre épouse, déclara Gary Cargill, avocat vedette spécialiste des divorces, avec toute la gravité qu'exigeaient l'objet de la consultation et son coût – cinq cents dollars.

— Mais pas de mon fonds spéculatif, rétorqua M. Savage, dernier client en date de Me Cargill.

La tenue entièrement griffée de Savage tenait à la fois du chic et du désinvolte. Ce type donnait l'impression d'être blindé, ce devait être un vrai battant. Gary se demanda s'il ne l'avait pas déjà vu quelque part. Mais où ? Dans les pages du magazine *Fortune* ?

Ah, songea-t-il, fonds spéculatif. Les deux mots les plus doux qui existent aujourd'hui.

— C'est pour cela que je me suis adressé à vous, poursuivit Savage. Je me suis laissé dire que vous étiez le meilleur. Peu importe ce que ça me coûtera, tant que l'autre pute ne récupère pas un sou.

Lentement, l'air pensif, Gary se carra dans son fauteuil garni de cachemire. Son bureau agencé avec un soin méticuleux, lambrissé de chêne, évoquait la bibliothèque d'un manoir de la campagne anglaise, le panorama en plus. La façade entièrement vitrée offrait en effet une vue imprenable, sur quarante étages, des tours MetLife, Chrysler, et de l'Empire State Building.

— Je puis vous assurer que vous avez frappé à la bonne porte, dit-il.

Puis il se renfrogna quand le voyant rouge de son interphone se mit à clignoter. Il avait pourtant demandé à sa secrétaire intérimaire de respecter une règle sacro-sainte : ne jamais, au grand jamais, l'interrompre lorsqu'il recevait un client pour la première fois. Vu ce que ces gros poissons étaient prêts à débourser, il convenait de les traiter comme s'il n'y avait qu'eux. Cette imbécile n'avait donc pas compris qu'il était sur le point de harponner une baleine, là ?

Le Blackberry qu'il portait à la ceinture vibra sou-dain, le faisant sursauter une fois de plus. *Que se pas-sait-il ?* Contrarié, il jeta un coup d'œil sur l'écran.

L'intérimaire lui avait envoyé un message, inti-tulé 911. Le numéro des urgences.

— Je suis vraiment navré, monsieur Savage. J'avais pourtant demandé à ne pas être dérangé.

Il leva les yeux au ciel, une manière de code entre gens aisés et importants qui signifiait : « Pas facile, aujourd'hui, de trouver du personnel de qualité ! »

— Si vous voulez bien m'excuser une seconde.

Il prit connaissance du message.

Le NYPD vient d'appeler : Votre client est peut-être le tueur en série ! Sortez !

Il entendit un bruit curieux, comme un aboiement, un toussotement peut-être, et le Blackberry lui échappa brusquement des mains.

Gary essaya de se concentrer sur son client. M. Savage s'était levé, glissant dans sa ceinture un pistolet au canon très long. Puis il se retourna et souleva la table basse se trouvant derrière lui – une table en travertin qui devait peser une cinquantaine de kilos, mais qu'il parvint à projeter sans difficulté, en prenant son élan, par l'immense baie vitrée. Il y eut une explosion assourdissante et une pluie d'éclats de verre. Me Cargill se recroquevilla, tentant de se cacher derrière son bureau.

— Allons, Gary ! hurla l'homme pour couvrir le bruit du vent qui s'engouffrait à présent dans la pièce. Ne me dis pas que tu pensais t'en tirer aussi facilement !

Paralysé, l'avocat vit ses papiers s'envoler et tourbillonner au-dessus de Park Avenue.

— Noooooon !

Il tenta désespérément de fuir, mais ne put faire que quelques mètres avant que le Professeur ne lui fasse sauter les deux rotules avec son .22 muni d'un silencieux.

Jamais Gary n'aurait cru qu'on puisse souffrir autant. Titubant jusqu'à la fenêtre, il faillit tomber dans le vide, mais parvint d'un bras à se raccrocher au cadre métallique. Il resta suspendu là, eut le temps de voir le béton et les passants de l'avenue, cent vingt mètres plus bas.

Le Professeur s'approcha de lui.

— Attends, je vais te donner un coup de main. Euh, réflexion faite, non. Un coup de pied, plutôt.

Et, sans vergogne, du talon de son soulier Prada, il martela le menton de l'avocat tremblant.

— Nooooooon ! hurla Gary alors qu'il lâchait prise, plongeant dans le vide.

— Ça, tu l'as déjà dit, connard, ricana le Professeur.

Il regarda sa victime tournoyer quelques instants, dernières secondes d'une vie.

Quand Cargill s'écrasa enfin sur le parvis de la tour, cela fit un bruit qui ressemblait davantage à l'implosion d'un téléviseur qu'à l'impact d'un corps humain.

Le Professeur ouvrit brutalement la porte de la pièce. Dans le couloir, des gens couraient, pris de panique, tandis que d'autres, pétrifiés, frissonnaient derrière leurs bureaux comme des lapins pris au piège.

Il trottina jusqu'à l'escalier de service, l'arme collée à la cuisse, se demandant si quelqu'un serait assez stupide pour tenter de l'arrêter.

60

J'étais rentré à Manhattan à cent quarante à l'heure, et je n'en revenais toujours pas. Gladstone se trouvait dans le bureau de Cargill quand j'avais appelé ! À quelques secondes près, j'aurais pu empêcher le meurtre.

Je m'arrêtai en freinant à mort au pied de la tour de Park Avenue, qui n'abritait que des bureaux. À l'intérieur du périmètre, il y avait beaucoup de débris de verre et un avocat bel et bien mort.

— Il lui a d'abord tiré dans les rotules, m'expliqua Terry Lavery, et il a dû le balancer dans le vide après. Je ne suis pas un ardent défenseur des avocats, mais quand même, quelle horreur.

Je suivis son regard jusqu'au rectangle béant en haut de la façade de verre.

— A-t-on une idée de la façon dont il s'est enfui ?

— Il a pris l'escalier de service. On a retrouvé des vêtements sur place. Pour ce qui est des sorties, il avait le choix. Il y en a sept depuis le sous-sol, et quatre depuis le hall. Il a dû se changer et quitter la tour avant l'arrivée de la première voiture de police. Ce type a une chance incroyable. Ça peut durer longtemps ?

Beth Peters nous rejoignit.

— Vous êtes au courant ? Au cours de la dernière heure, des dizaines de personnes ont aperçu Gladstone. Du Queens à Staten Island. Une femme affirme même qu'il était devant elle dans la file d'attente, devant la Statue de la Liberté !

— Sur 1010 WINS, la radio d'info en continu, renchérit Lavery, j'ai entendu que beaucoup de boîtes de la 27e Rue, à Chelsea, avaient fermé parce que les gens ont trop peur de sortir. Sans parler de ce serveur de l'Union Square Cafe qui a poignardé un client suspect, à l'heure du déjeuner, le prenant pour le tueur.

La détresse se lisait sur le visage de Beth Peters.

— New York est sur les nerfs. Je n'avais pas vu ça depuis la mandature de Dinkins, au début des années 1990.

Mon téléphone sonna. Je vis s'afficher le numéro de McGinnis. Le temps d'inspirer à fond, et j'ouvris le clapet. Quelque chose me disait que ce que j'allais entendre ne me plairait pas.

J'avais raison.

61

Le Professeur regagna son quartier de Hell's Kitchen en pleine heure de pointe. En proie à un vague sentiment de pitié, il avait contemplé d'un œil compatissant les véhicules agglutinés à l'entrée du Lincoln Tunnel, dans un vacarme épouvantable.

C'était un spectacle presque insupportable. Ces visages bovins derrière leur pare-brise. Ces panneaux publicitaires rutilants qui se balançaient au-dessus des voitures presque à l'arrêt, comme des carottes narguant des mules piégées par leur stupidité. Les Honda et les Volkswagen dont les klaxons bêlaient sans force dans l'air pollué, tels des agneaux en route pour l'abattoir.

Pour un peu, on se croirait chez Dante, s'était-il dit avec une certaine tristesse. Ou, pire, dans un roman de Cormac McCarthy.

En se faufilant entre les pare-chocs et les calandres de 4 × 4 brûlantes, il s'était retenu de hurler : « Vous ne savez pas qu'on vous a conçus pour accomplir de grandes choses ? Vous ne savez pas qu'on vous a mis ici pour faire un peu plus que cela ? »

Il monta à son appartement, toujours vêtu du bleu de travail qu'il avait enfilé juste avant de prendre la fuite.

Un déguisement assez minable, certes, mais ample-
ment suffisant. Pour la police, surveiller tous les points
d'accès, tous les métros, tous les bus, tous les taxis
d'une ville de plusieurs millions d'habitants était vir-
tuellement impossible.

Il avait d'ailleurs entendu les flics arriver ; il avait
entendu les voitures s'arrêter dans un crissement de
pneus au pied de la tour, juste au moment où il quittait
l'escalier. Il lui avait alors suffi d'entrer dans la banque
contiguë au hall et d'en emprunter la sortie, donnant
dans une petite rue.

Il soupira. Même la facilité avec laquelle il s'était
échappé finissait par le rendre morose.

Une fois chez lui, à l'abri, il tira son fauteuil relax
jusqu'à la fenêtre et s'y installa confortablement. Il
avait beaucoup marché et il était fatigué, mais c'était
une bonne fatigue, la saine fatigue de l'homme qui a
bien travaillé.

Le soleil n'allait pas tarder à se coucher sur l'Hudson.
Ses derniers feux, nimbant d'or les immeubles et
entrepôts aux murs défraîchis, rallumèrent des bribes de
souvenirs dans la tête du Professeur.

Les grillages qu'il escaladait. La chaleur des dalles
de béton qui traversait ses tennis. Le base-ball de rue,
le basket. Son frère et lui jouant dans les installations
rouillées d'un terrain de jeu près de la plage de Roc-
kaway.

Des images de son ancienne vie, sa vraie vie, celle à
laquelle sa mère l'avait arraché le jour où elle l'avait
kidnappé pour l'emmener moisir sur la 5e Avenue.

La nature irréversible de son vécu le transperça
comme une aiguille chauffée à blanc. Impossible de

revenir en arrière, impossible de recommencer. Au bout du compte, sa vie, pleine à ras bord de toutes les conneries censées le rendre heureux, s'était révélée totalement inutile.

Il fondit en larmes.

Un moment passa, puis il s'essuya les yeux et se leva. Il avait encore du travail. Dans la salle de bains, il ouvrit le robinet de la baignoire, puis alla chercher le cadavre dans la chambre d'ami.

— Le dernier, lui chuchota-t-il affectueusement. C'est presque fini.

Et il le porta jusqu'à la baignoire, le visage éclairé d'un sourire chargé de tendresse et d'amour.

62

Une demi-heure plus tard, le Professeur alla dans la cuisine et sortit d'un placard une petite bouteille de whisky Canadian Club. Il l'emporta dans la salle à manger, la tenant des deux mains, d'une façon quasi cérémonieuse.

Le cadavre était à présent convenablement disposé sur la table. Il l'avait lavé, lui avait même shampooiné les cheveux, les passant au peigne pour ôter le sang et la matière cervicale, avant de l'habiller avec le plus grand soin. Costume bleu marine, cravate.

Le Professeur s'était changé, lui aussi. Il portait désormais un complet noir approprié pour un service funèbre. Il glissa la bouteille de whisky dans la poche intérieure de la veste du défunt.

— Ça me fait tant de peine, murmura-t-il en se penchant pour déposer un baiser sur le front livide.

De retour dans la cuisine, il prit ses deux pistolets et, en quelques gestes, les chargea et les glissa sous sa ceinture, chacun dans son étui. Les flics n'allaient pas tarder à débarquer.

De sous l'évier, il tira un jerricane en plastique plein, qu'il porta dans la salle à manger. Une puissante odeur d'essence, presque douceâtre, envahit l'appartement lorsqu'il arrosa le corps en traçant le signe de croix, du front à l'entrejambe, puis d'une épaule à l'autre.

— Au nom du Père, du Fils et du Saint-Esprit, déclama-t-il solennellement.

Il regarda une dernière fois le visage, ses yeux bleus si tristes, cette bouche figée dans un demi-rictus, puis se mit à sangloter en silence. Il recula jusqu'au seuil de la porte d'entrée, versant sur le parquet de généreuses giclées de carburant.

Un insigne des Marines ornait le Zippo qu'il sortit de sa poche. Il s'essuya les joues, soupira longuement et plaqua un instant contre son front le briquet de laiton pour sentir sa fraîcheur. Avait-il oublié quelque chose ?

D'un coup de pied, il expédia le jerricane vide dans la salle à manger, puis alluma le Zippo et le lança avec une désinvolture calculée, comme on jette une carte gagnante sur un monceau de jetons.

— Non, conclut-il, je n'ai rien oublié.

Un énorme *wouf* comme un souffle de basses, lui fouetta les cheveux, et une boule de feu fusa dans l'appartement. La pièce s'embrasa telle une boîte d'allumettes.

Fasciné, il perdit quelques secondes à contempler les rouleaux de fumée noire qui s'en échappaient.

Puis il referma la porte et la verrouilla avec soin.

Le portier du 117, 5ᵉ Avenue, arborait une livrée et un chapeau du même vert olive que l'auvent.

— Puis-je vous aider, monsieur ? me demanda-t-il quand je pénétrai dans le hall de l'immeuble.

Je lui montrai ma plaque.

— Inspecteur Bennett. Il faut que je voie M. ou Mme Blanchette.

Erica Gladstone, la femme retrouvée assassinée dans la maison de Locust Valley, appartenait à la fameuse famille Blanchette. Son père, Henry, dirigeait Blanchette Holdings, un fonds d'investissement ayant d'innombrables prises de contrôle à son actif, et dont les appétits faisaient trembler toutes les sociétés et même les fonds spéculatifs.

J'étais venu leur apprendre la mort d'Erica. Peut-être pourraient-ils me donner des renseignements susceptibles de nous aider.

On accédait directement à leur penthouse par un ascenseur aux boiseries ouvragées, éclairé par un lustre de cristal. Un majordome vint m'ouvrir. À sa droite, derrière une rangée de doubles portes vitrées, des fumerolles de vapeur s'élevaient au-dessus d'une piscine olympique à débordement qui s'inscrivait harmonieusement dans le paysage verdoyant de Central Park, vingt étages plus bas.

— M. et Mme Blanchette vont descendre dans un petit instant, inspecteur, m'annonça le majordome très stylé, avec une pointe d'accent anglais. Si vous voulez bien me suivre dans le séjour.

Il me conduisit dans une pièce aux murs tapissés de soie, aussi vaste et haute qu'un hangar. Meubles de créateurs, sculptures et toiles savamment éclairées : une véritable galerie d'art. Je restai bouche bée devant un Jackson Pollock de la taille d'un putting-green, puis mon regard croisa celui d'un énorme dragon chinois, en pierre, qu'il aurait été impossible de faire entrer dans l'ascenseur.

Même en faisant abstraction de la piscine, ce duplex était l'appartement le plus chic et le plus luxueux qu'il m'eût jamais été donné de voir. Et pourtant, je lisais régulièrement *Architectural Digest*. Enfin, chaque fois que je mettais les pieds chez Barnes & Noble, ma librairie favorite.

— Oui ? Inspecteur Bennett, c'est bien cela ? Henry Blanchette. Que puis-je pour vous ?

Je vis entrer un petit homme souriant, vêtu d'un short. Son T-shirt NEW YORK ROAD RUNNERS était trempé de sueur. Moi qui m'attendais à tomber sur un tueur façon Gordon Gekko dans *Wall Street*, j'avais l'impression d'être face à un comptable plutôt sympathique. Tant mieux.

— De quoi s'agit-il ? s'enquit sèchement la femme qui le suivait de près.

C'était une ravissante blonde platine d'une cinquantaine d'années. Sur sa robe d'intérieur en soie, couleur melon, elle avait laissé sa cape de maquillage. Son style et son attitude correspondaient davantage à l'image que je m'étais faite d'elle.

Il fallait que je respire à fond, que je me prépare psychologiquement. Pas facile d'annoncer à quelqu'un que son enfant est mort.

— Quelqu'un a tiré sur votre fille. Erica a été tuée. Elle est décédée sur le coup. Je suis vraiment désolé.

Henry ouvrit grand la bouche et les yeux, me regarda, désemparé, et recula en titubant jusqu'à heurter un fauteuil club recouvert de mohair – sans doute une pièce unique. Sa femme, quant à elle, s'affala sur une chaise d'époque.

— Et les petites ? s'enquit-il d'une voix réduite à un souffle. Je ne les ai pas vues depuis des années. Elles ont dû grandir. Sont-elles au courant ?

Il me fallut répondre.

— Jessica et Rebecca ont également été assassinées. Je ne sais que dire.

Son épouse étouffa un cri, les yeux baignés de larmes. Lui leva la main comme pour s'exprimer, avant de la rabaisser.

— Malheureusement, ce n'est pas tout, ajoutai-je avant de larguer la troisième et dernière bombe de mon arsenal de nouvelles accablantes, pour en finir au plus vite. Nous pensons que c'est votre gendre, Thomas Gladstone, qui les a tuées. Et, selon nous, il est aussi derrière la vague de meurtres qui frappe New York depuis quelques jours.

Mme Blanchette cessa soudain de pleurer, comme si elle venait de fermer un robinet. Sur son visage, je ne lisais plus que de la colère.

— Je te l'avais bien dit ! hurla-t-elle à l'adresse de son mari. Je t'avais dit que si elle épousait cette racaille, elle...

Elle s'effondra de nouveau, incapable de poursuivre.

Le milliardaire pencha la tête, les yeux fixés sur le tapis d'Orient, entre ses tennis, comme pour en déchiffrer le motif.

— Nous avons eu un différend, murmura-t-il.

On aurait dit qu'il monologuait.

64

— Ce n'est pas juste, Henry, gémit Mme Blanchette. Après tout ce que j'ai… Qu'avons-nous fait
pour mériter ça ?

J'avais du mal à en croire mes oreilles, mais les gens
ont parfois de curieuses façons d'affronter la douleur.

— Y a-t-il un endroit où votre gendre serait susceptible de se cacher ? Un autre appartement à New
York ? Une maison de vacances, peut-être ?

— Un autre appartement ? Avez-vous une idée de
ce que nous a coûté la maison de Locust Valley que
nous avons offerte à Erica ?

Pour elle, de toute évidence, cela dépassait l'imagi-
nation d'une personne de mon rang. Je me tournai vers
son mari.

— Quelle était la nature de ce différend ?

Mme Blanchette se leva de sa chaise comme un
boxeur au coup de cloche et me foudroya du regard.

— En quoi cela vous regarde-t-il ?

— Comme vous le voyez, inspecteur, mon épouse
est vraiment bouleversée, intervint M. Blanchette sans
quitter le tapis des yeux. Nous le sommes tous deux.

257

Pourriez-vous nous interroger ultérieurement ? Peut-être lorsque nous aurons eu un peu de temps pour…

— Naturellement, lui répondis-je en laissant ma carte sur une crédence. Si vous vous souvenez d'un détail qui pourrait nous être utile, si vous souhaitez davantage de renseignements, si je peux faire quelque chose, n'hésitez pas à m'appeler, entendu ?

En sortant de l'ascenseur, au rez-de-chaussée, j'aperçus le portier qui parlait en espagnol avec une femme de ménage. Il riait. J'avais l'impression qu'il la draguait.

Ils se turent lorsqu'ils me virent approcher, ma plaque à la main.

— Inspecteur Bennett, vous vous rappelez ? Puis-je vous poser quelques questions ? Il y en a pour une minute.

La bonne s'éclipsa, le portier haussa les épaules.

— Bien sûr. Je m'appelle Petie. Que puis-je faire pour vous ?

— Connaissez-vous Erica Gladstone ?

— Depuis son plus jeune âge.

— Que s'est-il passé entre elle et ses parents ?

Petie devint soudain aussi vert que sa tenue.

— Ah, je n'ai jamais rien entendu à ce sujet, *amigo*. C'est à eux qu'il faut poser la question, vous savez. Moi, je ne fais que bosser, ici.

Je posai une main amicale sur son épaule.

— Écoutez, je comprends la règle tacite qui veut qu'on ne parle pas des résidents. Détendez-vous. Je n'ai pas besoin de vous faire venir témoigner à la barre, j'ai besoin que vous m'aidiez à coincer le barjo qui se balade en tirant sur tout le monde, ces jours-ci. Nous pensons qu'il s'agit du mari d'Erica, Thomas Gladstone.

— *Chingao !* s'exclama le portier, ce que je traduisis par quelque chose du genre : *Non, je le crois pas !*

Il écarquilla les yeux, stupéfait.

— Oh, mon Dieu ! C'est vrai ?

— C'est bien vrai. Allez, Petie, il faut qu'on mette la main sur ce type.

— Ouais, bien sûr. Erica, bon, comment dire… C'était une fille difficile, vraiment difficile. Elle prenait de la drogue. Elle a fait plusieurs cures de désintoxication, et là, je vous parle de l'époque où elle n'avait pas encore seize ans. Quand elle rentrait de la fac, on avait ordre de ne pas la laisser monter s'il n'y avait personne à la maison.

Après, elle s'est un peu calmée. Elle a épousé un fils d'aristo qui travaillait dans la boîte de son père, elle a eu deux filles. Puis, brusquement, elle a divorcé pour se remarier avec un autre mec, le fameux Gladstone. C'était le pilote de l'avion d'affaires du père, à ce qu'on m'a raconté. Les parents ont pété les plombs, surtout la Châtelaine, comme on l'appelle. Elle a fait virer Gladstone, et elle a coupé les vivres à Erica. (Il hocha la tête.) Toucher à l'héroïne à treize ans, c'est une chose, mais si vous couchez avec le personnel, là, vous êtes mort.

— Est-ce que Gladstone et Erica sont déjà venus ici ?

À sa tête, je vis tout de suite qu'il n'était pas ravi de répondre à cette question. Il fixa le sol étincelant du hall, un échiquier de marbre, en opinant.

— Une fois, à Thanksgiving. Je ne sais pas, il y a peut-être trois ans. Ils ont débarqué en compagnie des filles, super bien habillés, avec des bouteilles de champagne, de grands sourires. J'ai cru qu'ils étaient invités, je les ai fait monter, mais cinq minutes plus tard, ils sont redescendus. Les filles étaient en pleurs. Après, la vieille sorcière a carrément essayé de me faire virer parce que je n'avais pas prévenu avant de les laisser entrer. Ouais, désolé. Je m'en veux d'avoir cru que vous auriez peut-être souhaité voir votre fille unique et vos petits-enfants le jour de Thanksgiving.

— Merci, Petie. Vous venez de m'apprendre ce que je voulais savoir.

C'était donc ici que Gladstone frapperait la prochaine fois, je le sentais. Il gardait les Blanchette, et surtout la mère, pour la fin. Il allait lui rendre la monnaie de sa pièce, et bien lui faire comprendre qu'il existait.

Non sans une certaine appréhension, car je craignais que ça ne me porte malheur, je me fis la réflexion que j'avais enfin réussi à prendre une longueur d'avance sur notre tueur.

Une fois dehors, je téléphonai à Beth.

— J'ai de bonnes nouvelles. Prévenez l'ESU et faites rappliquer tout le monde ici, au 117, 5e Avenue. On va monter une planque.

Tandis qu'il cherchait un taxi sur la 10ᵉ Avenue, le Professeur avisa un bar, devant lequel étaient garées plusieurs Harley. On entendait jusque dans la rue une triste chanson irlandaise, « The Streets of New York ». Encore accablé, après les « funérailles », il décida d'entrer.

Peut-être avait-il besoin de boire un verre.

La jeune femme officiant derrière le comptoir de pin balafré avait des bras de footballeur américain, et le visage criblé de piercings.

Le Professeur commanda une Bud et un petit verre de Canadian Club. Il salua d'un signe de tête un groupe de métallos fêtant un départ à la retraite dans le fond de la salle, à peine éclairé.

Lorsque son whisky arriva, il le vida d'un trait. *À la tienne, camarade.* Il refoula ses larmes.

Il en était à sa deuxième tournée quand le journal télévisé revint sur la vague de meurtres à New York. Il voulut demander à la barmaid de monter le son, puis se ravisa. Mieux valait ne pas attirer inutilement l'attention.

— Putains de flics, grommela soudain une voix à côté de lui.

Il se tourna et vit un métallo monstrueux, aux yeux presque aussi rouges que sa crinière de Viking.

— J'ai une idée, bande de pieds-plats, reprit le rouquin. Si vous vous sortiez un peu la tête du cul au lieu de passer votre temps à vous empiffrer de beignets, vous auriez vite fait de l'attraper, ce sale taré !

— Taré ? reprit le Professeur. Moi, je dirais plutôt couillu ! Il ne dégomme que des connards, des cadres pleins aux as. C'est une sorte de justicier, qui rend service à notre ville. Il n'y a pas de quoi en faire toute une histoire.

— Un justicier ? explosa le soudeur tatoué, le regard noir. T'es qui, toi, son attaché de presse ? Pauvre débile. Je vais te refaire le portrait, tu vas voir. Je déconne pas. Tu dois être aussi taré que lui.

— Bon Dieu, mais qu'est-ce qui me prend ? geignit le Professeur, tout à son chagrin, se plaquant les mains sur le visage. Je rentre d'un enterrement, enfin, d'une crémation, et je crois que je suis encore à côté de mes pompes. C'est vous qui avez raison. Je suis vraiment désolé. On ne devrait même pas plaisanter sur ce qui est en train de se passer, sur un sujet aussi terrible. Je vous offre un verre.

— Une crémation ? Dur…

Le colosse s'adoucit. D'un signe, le Professeur demanda à la Reine des Anneaux de remettre deux bières. Elle s'exécuta, et il posa l'une des deux bouteilles devant le soudeur avant de faire mine de trébucher, en faisant tomber son tabouret.

— Oh, non… Désolé, je crois que j'ai un peu trop bu.

— Ouais, tu devrais y aller mollo, mec.

Le métallo se baissa pour relever le siège.

Le Professeur en profita pour lui casser une première bouteille sur le crâne, et, quand l'homme s'écroula, il lui fracassa le visage avec la seconde. Sa victime, en sang, eut à peine le temps de pousser un gémissement. Il lui tira l'avant-bras sur la barre repose-pieds, et lui brisa les deux os d'un violent coup de pied. On entendit un claquement évoquant le choc de deux boules de billard.

Et moi qui voulais rester discret… se dit-il en reculant vers la porte.

— Répète après moi, Poil de carotte : pas taré, mais couillu ! lança-t-il du seuil.

66

Cinq minutes plus tard, la brigade de l'ESU était sur place. Accompagné de Steve Reno, je fis un repérage, à pied, de toutes les entrées et sorties de l'immeuble des Blanchette. Nous décidâmes de laisser en faction un policier déguisé en portier, tandis qu'un autre tiendrait le vestiaire du hall. Une équipe d'intervention ferait le guet dans un fourgon banalisé, de l'autre côté de la rue, près du parc.

Après m'être assuré à trois reprises que le piège était au point, je confiai les rênes de l'opération à Reno et décidai de m'accorder un moment de répit.

Le soleil se couchait sur le New Jersey quand je pus enfin garer ma voiture de service près de Riverside Park, juste derrière mon immeuble. Je suivis un sentier, traversai un terrain de base-ball à l'abandon et m'accroupis devant un tout jeune chêne, dans une clairière qui donnait sur l'Hudson. Ramassant quelques mégots de cigarettes et une bouteille d'eau vide au pied de l'arbre, je les jetai dans le sac que j'avais apporté, et m'assis par terre.

Ce petit arbre qui commençait à prendre du volume, c'était celui que les enfants et moi avions planté au lendemain de la mort de ma femme, Maeve. Elle avait en fait été inhumée au cimetière des Portes du Paradis, à Westchester, dans le nord de l'État, mais chaque fois que j'avais besoin de lui parler – autrement dit souvent –, je venais en général ici. La plupart du temps, je me contentais de rester assis. Au bout d'un moment, j'avais quasiment l'impression qu'elle était là, et que je ne la voyais pas parce qu'elle était juste derrière moi, comme lors des innombrables pique-niques que nous avions improvisés au même endroit avec notre smala multicolore.

En me retournant, j'aperçus deux des filles à la fenêtre de la cuisine. Fiona et Bridget, sans doute. Leur mère leur manquait certainement autant qu'à moi, elle qui aurait pu être là pour s'occuper de ses enfants, les réconforter, faire en sorte que tout redevienne normal.

Je leur adressai un petit signe, auquel elles répondirent.

— On s'accroche, ma chérie, dis-je au vent. Du bout des doigts, mais bon, on fait de notre mieux. Enfin, si ça peut te consoler, je t'aime.

À mon retour, Mary Catherine m'accueillit dans l'entrée de l'appartement. Quelque chose n'allait pas. Une lueur d'inquiétude vacillait dans ses yeux bleus à l'éclat d'ordinaire si stoïque.

— Qu'y a-t-il, Mary ?

— Seamus, murmura-t-elle d'un ton grave.

Je la suivis dans ma chambre. Mon grand-père était vautré sur le lit, les yeux fermés, plus pâle encore que d'habitude. L'espace d'une seconde, je crus qu'il était mort. Puis il se mit à tousser, d'une toux sèche et saccadée qui fit trembler sa frêle poitrine sous son col d'homme d'Église.

Oh, Seigneur, voilà qui ne présageait rien de bon. Il avait fini par attraper notre grippe. Ce qui, pour un octogénaire, était extrêmement dangereux. Je me rendis alors compte que j'avais été mal inspiré de le faire venir chez nous en ce moment. Quel idiot j'étais ! Un bref instant, l'angoisse me saisit. Et si je le perdais, lui aussi ?

Mais une petite voix diabolique me chuchota alors que je le perdrais de toute façon, l'un de ces jours. Forcément.

Il ne fallait plus penser à ça. Je courus à la cuisine, sortis la bouteille de Jameson du placard, versai deux doigts de whisky dans un grand verre en cristal, et ajoutai un peu de lait chaud et du sucre.

— Dieu te bénisse, mon petit, fit Seamus après avoir avalé deux minuscules gorgées. Maintenant, aide-moi à me relever, je dois retourner au presbytère.

— Essaie donc, grand-père. Je voudrais bien voir ça ! Tu restes couché et tu termines ton médicament, sinon j'appelle une ambulance.

J'étais encore debout près de Seamus quand Brian, mon fils aîné, entra dans la chambre.

Quoi encore ?

— Papa ! Mary Catherine ! Dans la cuisine ! Vite !

Je le suivis en courant. Il n'y avait plus de lumière dans la pièce. Il ne manquait plus que ça, une panne générale. Les installations électriques de ce maudit immeuble d'avant-guerre étaient en train de lâcher comme tout le reste, ce qui risquait de déclencher un incendie. Je humai l'air en quête d'une odeur de fumée, puis tentai de me rappeler à quel endroit j'avais rangé les fusibles.

— Surprise ! hurlèrent tous les enfants en chœur, et la lumière revint.

Sur l'îlot central, trônaient deux assiettes, et deux pizzas prêtes à être dégustées. Ils avaient même préparé une salade. Trent s'appliquait à servir du Coca, une serviette sur le bras, comme un petit sommelier.

— Une minute, les enfants, protestai-je tandis qu'on nous ordonnait de nous asseoir. Vous devriez être au lit. Et où est passée la vaisselle sale ?

— T'inquiète, papa, répondit Jane en m'avançant une chaise. On s'en occupe. On s'est dit que Mary Catherine et toi, vous aviez besoin de souffler un peu. Vous travaillez trop. Faudrait que vous appreniez à décompresser de temps en temps.

Lorsque nous eûmes fini, un café nous fut servi et on nous conduisit dans le séjour.

Et là, l'impensable se produisit. Une main brancha l'aspirateur. Des chaînes humaines se formèrent. Jouets et matériel de dessin quittèrent miraculeusement le sol pour rejoindre leur place habituelle. L'un de mes petits farceurs entonna « It's the Hard-Knock Life », la chanson de la comédie musicale *Annie*, en frottant une tache de vomi avec une feuille d'essuie-tout mouillée, et tous les autres l'imitèrent.

J'étais là, installé sur mon canapé défoncé, en train de boire un café trop sucré, et quelque chose en moi s'illumina. Même si Maeve n'était plus là, elle avait accompli un miracle. Elle avait pris ce qu'il y avait de meilleur en elle – son sens de l'humour, son amour de la vie, sa capacité à agir pour les autres –, et avait trouvé le moyen de l'insuffler à mes petits sacripants. Cette partie d'elle ne mourrait jamais, ne pourrait jamais nous être arrachée.

— Papa, arrête ! s'écria Juliana. On a fait ça pour que tu sois heureux.

— De quoi parles-tu ? répondis-je en essuyant mon visage baigné de larmes. Je suis ravi. C'est le produit pour le sol qui me pique les yeux, comme d'habitude.

68

Il était presque 20 heures lorsque je revins chez les Blanchette, sur la 5e Avenue, et me garai devant une bouche à incendie, côté Central Park. Avant de traverser, je toquai amicalement sur la carrosserie du fourgon dans lequel les gars de l'ESU planquaient.

Mon copain Petie, le portier, me salua à mon arrivée sous l'auvent. Il avait désormais un nouveau collègue, et je souris en voyant le visage de Steve Reno, lieutenant de l'unité tactique, sous son ridicule couvre-chef vert.

— Bonsoir, monsieur, me dit-il, portant une main gantée de blanc au rebord de son haut-de-forme. Puis-je vous proposer un malade mental ?

— J'aimerais bien qu'on me le trouve. Toujours aucun signe ?

— Pas pour l'instant, mais je me suis fait dix dollars de pourboire. Mike, saviez-vous que les Blanchette donnaient aujourd'hui même une soirée de bienfaisance pour réunir des fonds ? Vu que le seul plaisir de notre petit camarade est de supprimer de riches New-Yorkais, on croit rêver.

J'étais abasourdi.

— Vous plaisantez ? Une soirée de bienfaisance ?
C'est vrai, Petie ?

Il acquiesça.

— Elle est prévue depuis des mois.

Il était trop tard pour l'annuler.

Ça dépassait l'entendement.

— Vous pensez que je n'ai pas été assez clair quand
je leur ai dit : « Votre gendre psychopathe va venir
vous abattre ? »

Sans parler du fait qu'ils venaient d'apprendre que
leur fille et leurs deux petites-filles avaient été sauvage-
ment assassinées.

Je me dirigeai vers l'ascenseur.

Quand le majordome m'ouvrit la porte, j'aperçus
Mme Blanchette près de la piscine. Une domestique se
tenait à ses côtés, et un vieux Latino en combinaison de
travail, assis sur le rebord, s'apprêtait à glisser dans
l'eau.

— Que se passe-t-il ?

— Mme Blanchette a laissé tomber une boucle
d'oreille dans le grand bassin, m'expliqua le majordome, tandis que le gars de l'entretien s'immergeait.

— Pourquoi ne pas vider la piscine, tout simplement ?

— Parce qu'ils n'auraient pas le temps de la remplir avant l'arrivée des premiers invités, monsieur.
Mme Blanchette tient à ce qu'il y ait de petites bougies
sur l'eau à l'heure de l'apéritif.

— Évidemment. Les petites bougies. Où avais-je la
tête ?

Le majordome paraissait peiné. Je lui trouvais un air
étrange.

— Inspecteur, me glissa-t-il, peut-être devriez-vous parler à M. Blanchette. Je vais aller le chercher, si vous voulez bien.

J'opinai, perplexe. Tandis qu'il s'éloignait à grands pas, je m'approchai de la piscine pour tenter de raisonner la maîtresse des lieux.

— Madame ?

Elle fit volte-face comme un cobra à paillettes, et le contenu du grand verre à cocktail qu'elle tenait à la main aspergea la tenue de la domestique. À ses yeux et à son haleine, je compris qu'elle n'en était pas à son premier. Peut-être avait-elle besoin de boire et de s'activer pour traverser l'épreuve du chagrin.

— Allez m'en chercher un autre ! ordonna-t-elle, tendant sèchement son verre à la soubrette décontenancée.

Puis elle daigna s'intéresser à moi.

— Encore vous. Qu'y a-t-il, cette fois ?

— Je n'ai sans doute pas été suffisamment clair quand je vous ai informé du danger que votre époux et vous-même encouriez. Au moment où je vous parle, vous êtes dans le collimateur de votre gendre, enfin, de Thomas Gladstone. L'heure n'est pas aux mondanités. Je vais devoir vous demander de reporter votre soirée.

— La reporter ? s'indigna-t-elle. Cette soirée au bénéfice de l'association de lutte contre le sida Les Amis du Congo est en préparation depuis un an. Steven fait spécialement l'aller-retour depuis Los Angeles, et vous voyez de quel Steven je veux parler. Le président de Viacom et CBS a écourté ses vacances. Il est hors de question de reporter quoi que ce soit.

— Madame, des vies sont en jeu.

Au lieu de répondre, elle sortit brutalement un portable de son sac et passa un appel.

— Diandra ? Bonsoir, c'est Cynthia. Pourriez-vous me passer Morty ?

Morty ? Oh, pitié, non, pas le Morty auquel je pensais. C'était un nom que je ne voulais même pas entendre.

Elle se mit à l'écart pour poursuivre sa conversation. Le type de l'entretien, qui était remonté respirer un peu, la toisa de dos et marmonna un mot espagnol d'ordinaire peu employé en courtoise compagnie.

— Tu l'as dit, *amigo*, lui lançai-je.

Elle revint un instant plus tard, triomphante, et me tendit le téléphone sans un mot.

— Qui est-ce ? maugréa une voix d'homme.

— Inspecteur Mike Bennett.

— Écoutez-moi bien, Bennett. Ici, le maire, Mortimer Carison. Cette histoire d'annulation, et autres sornettes dans le genre, vous oubliez. Nous ne pouvons céder au terrorisme.

— Il ne s'agit pas vraiment de céder au terrorisme, monsieur le maire.

— C'est l'impression que nous donnerons. Qui plus est, mon épouse et moi assisterons à la soirée, donc fin de la discussion. Appelez le préfet et demandez-lui de renforcer la sécurité. Me suis-je bien fait comprendre ?

J'avais envie de lui répondre : « Vous avez raison, un déploiement policier bien visible va rendre notre piège beaucoup plus efficace. »

Quelques morts de plus, et alors ? L'important était de pouvoir danser autour de la piscine, avec le gratin.

Hélas, je dus garder ces réflexions pour moi.

— Comme il vous plaira, *votre honneur*.

En regagnant l'intérieur de l'appartement, je tombai sur le majordome accompagné de Henry Blanchette. Rarement j'avais vu quelqu'un afficher une telle détresse.

— Je suis sûr que vous trouvez le comportement de mon épouse quelque peu curieux, inspecteur.

— Mon rôle n'est pas de juger.

— Elle a beaucoup de mal à affronter le stress, soupira-t-il. Il y a eu des périodes, par le passé, où des événements bien moins graves que celui-ci l'ont fait basculer. Elle s'enferme dans le déni, boit, se gave de pilules, et devient ingérable. Mais elle va bientôt craquer et là, je l'emmènerai dans une clinique discrète où on la connaît bien. Alors, si vous voulez bien nous laisser un peu de temps…

— Je ferai de mon mieux, répondis-je, laconique.

En vérité, je le plaignais sincèrement. Non seulement cet homme devait faire face à sa propre douleur et au danger de la situation, mais il avait une folle sur les bras.

Dans la demi-heure suivante, je suivis les ordres du maire. J'appelai le divisionnaire McGinnis et, quelques minutes plus tard, une douzaine de policiers et d'enquêteurs en civil arrivèrent par l'ascenseur de service, en même temps que le traiteur.

Je réussis à convaincre le majordome de me communiquer la liste des invités, et en fournis la copie à deux hommes que je postai au seuil de l'appartement. Les vérifications seraient souvent inutiles, au demeurant, car tout le monde connaissait le visage des célébrités de Hollywood, Washington et Wall Street attendues ce soir. Plusieurs autres collègues se feraient passer pour des serveurs, et je chargeai même deux inspecteurs de surveiller la piscine extérieure. Avec un détraqué pareil, mieux valait penser à tout. Il pouvait tenter d'escalader la tour, façon Spiderman, ou essayer de se poser sur le toit en deltaplane.

Ensuite, une visite de sécurité s'imposait. Je passai à l'étage pour faire le tour du gigantesque duplex. L'appartement était si vaste que ma famille entière aurait pu y vivre confortablement, sans occuper toutes les pièces. Monsieur et madame disposaient l'un et l'autre d'une suite dont la salle de bains en marbre aurait paru cossue même aux yeux d'un empereur romain. Il y avait aussi une bibliothèque d'inspiration Renaissance, tout en blanc, avec un plafond à caissons magnifiquement ouvragé. À tout instant, je m'attendais à découvrir un monceau d'or et de pierres précieuses déversé sur quelque tapis persan comme un trésor de pirate.

En passant devant une chambre, j'entendis du bruit. Il y avait quelqu'un à l'intérieur. Il s'agissait sans doute d'une des innombrables bonnes, mais mieux valait en avoir le cœur net. Je dégainai mon Glock et le tins à hauteur de cuisse.

Glissant un regard par la porte entrouverte, j'eus la surprise d'apercevoir Mme Blanchette. Assise sur un petit lit à baldaquin, elle pleurait. Son mari s'approcha d'elle, par-derrière, et la prit dans ses bras, les joues sillonnées de larmes. Elle se balança d'avant en arrière en gémissant, tirebouchonnant avec désespoir un coin du couvre-lit de ses poings crispés, pendant qu'il lui chuchotait quelque chose à l'oreille.

Au moment de rengainer mon arme, je compris que c'était la chambre de leur fille et m'en voulus d'avoir tant critiqué la maîtresse des lieux. En dépit des apparences et de son caractère abrasif, cette femme était en train de vivre l'enfer. Un supplice que je ne connaissais que trop bien.

Je battis en retraite aussi discrètement que possible. Au bout du palier, je vis une photo d'Erica en compagnie d'un homme qui devait être son premier mari. Ils se promenaient avec leurs filles sur une plage de sable d'un blanc presque aveuglant, au bord d'une mer turquoise, et tout ce petit monde riait, les cheveux fouettés par la brise.

En contemplant cette image, je me pris à songer à toutes les photos de Maeve et des enfants que j'avais à la maison. Tous ces instants de bonheur, figés et capturés à jamais. N'était-ce pas cela, l'essence de la vie ? Ces souvenirs qui, jamais, ne pourraient nous être arrachés. Ces moments de partage avec la famille, avec tous ceux que l'on aimait.

70

J'avais établi mon poste de commandement dans le coin le plus reculé et le moins fréquenté de l'office, qui ressemblait aux cuisines d'un grand hôtel. Je ne tenais surtout pas à me trouver près de l'entrée du duplex, pour me faire remonter les bretelles une fois de plus, quand le maire débarquerait.

Nous avions dû renforcer la sécurité en un temps record. Par chance, les employés du traiteur haut de gamme auquel les Blanchette s'étaient adressés avaient déjà eu l'occasion de faire leurs preuves lors de réceptions aux Nations unies ou de banquets destinés à la récolte de fonds pour des candidats à la présidence. Le FBI s'était donc renseigné, et nous communiqua les éléments voulus sans trop de difficultés.

Les invités, en revanche, se révélèrent bien plus pénibles. Certains piquèrent une véritable crise en apprenant que la fouille des sacs était obligatoire à l'entrée de l'appartement. Un compromis finit par être trouvé, mais il fallut attendre, pour cela, que la cour d'assises de Manhattan veuille bien nous dépêcher d'urgence un détecteur de métal, sur ordre du grand ami de Mme Blanchette, M. le maire.

Le chef cuisinier, une Cajun du nom de Maw-Maw Joséphine, apporta la seule note vraiment sympathique de la soirée. Lorsqu'elle apprit que l'un des inspecteurs de Midtown était venu proposer son aide bénévole à La Nouvelle-Orléans juste après le passage de l'ouragan Katrina, ce fut gumbo, crevettes et pain de maïs à volonté pour tous les policiers présents.

La première heure se déroula dans un calme presque inquiétant, alors que les invités les plus importants arrivaient pour participer au dîner privé précédant la soirée proprement dite. J'étais soulagé, bien entendu, de voir que tout se passait bien, mais cela ne m'empêchait pas d'espérer que Gladstone tente quelque chose, ce qui nous aurait permis de le clouer sur place. Son côté imprévisible me taraudait l'estomac comme un foret chauffé à blanc. Où était-ce le jambalaya sérieusement épicé de Maw-Maw ?

Je venais pour la énième fois de contacter par radio les collègues de l'ESU, qui s'ennuyaient à mourir dans leur fourgon, de l'autre côté de la rue, quand Beth Peters m'appela sur mon portable. Elle paraissait fébrile.

— Vous n'allez pas me croire.

— Quoi ? On l'a eu ?

— Venez voir, sur la 38ᵉ Ouest, près de la 11ᵉ Avenue, et vous me direz. Enfin, peut-être.

Qu'entendait-elle par là ? La 38ᵉ Rue Ouest ? C'était le coin où le photographe français s'était fait descendre.

— Soyez gentille, Beth, pas de devinettes. Que se passe-t-il ?

— Très honnêtement, Mike, je n'ai aucune certitude. J'ai juste besoin de vous ici. L'endroit est facile à repérer, c'est l'immeuble avec tous les camions de pompiers devant. Et les chevaux, aussi.

Les chevaux ?

Le dernier étage de l'immeuble fumait encore lorsque ma Chevy mordit le trottoir et s'arrêta juste derrière un véhicule de secours des pompiers.

Beth Peters vint à ma rencontre. Je descendis de voiture, éberlué par le spectacle que j'avais sous les yeux.

— Je vous l'avais dit : c'est difficile à croire.

Elle n'avait pas menti. Des chevaux à l'air affolé, tout un troupeau, erraient sur le trottoir, au-delà du périmètre de sécurité. Nous suivîmes un soldat du feu à l'intérieur du bâtiment ; juste à côté, nous expliqua-t-il, il y avait une écurie pour les chevaux des calèches de Central Park.

Des chevaux, pourquoi pas, après tout, au point où nous en étions ? Il y avait déjà un hors-la-loi, des coups de feu. Il ne me manquait plus qu'un chapeau blanc. Peut-être pouvais-je emprunter celui du Cow-boy nu, le saltimbanque givré qui faisait la manche à Times Square.

Les murs du dernier étage étaient plus noirs encore que les crevettes cajuns que je venais de manger. Au seuil d'une des pièces ravagées par le feu, Beth échangea quelques mots avec des techniciens de scène de crime, puis me tendit un masque anti-poussière avant de me conduire vers une forme réduite en cendres, au centre de l'espace dévasté.

À la vue du corps calciné, je sentis comme un poing se serrer dans mon ventre. Les traits livrés aux flammes avaient littéralement fondu pour ne laisser qu'un rictus digne d'un film d'horreur.

— J'ai fait faire des photos des dents, me dit Beth, et on a demandé au dentiste de Thomas Gladstone, à Locust Valley, de nous envoyer ses radios par mail. D'après le légiste, il y a des chances pour que tout concorde.

Les chevaux, ce n'était rien à côté de ça. Ma surprise fut telle que j'en restai bouche bée.

— Vous êtes en train de me dire que c'est Gladstone ?

— Lui-même.

Je sais qu'on doit le respect aux morts, mais j'aurais eu du mal à nier ma satisfaction. L'affaire qui m'ulcérait avait enfin trouvé sa conclusion. J'avais le sourire et un long soupir de soulagement m'échappa.

— Tiens donc… Alors, comme ça, il s'est supprimé ? Il est littéralement parti en fumée. Je suis content que ce soit fini.

Mais Beth secoua la tête. J'avais parlé trop tôt.

Elle s'accroupit près du cadavre et, de son doigt ganté, indiqua un petit trou circulaire dans la tempe. Puis elle me montra le trou plus important, irrégulier, de l'autre côté du crâne, là où le projectile était ressorti.

— Se tirer une balle dans la tête, c'est facile, mais se tirer une balle et s'immoler après, c'est beaucoup plus coton.

280

— Il a peut-être fait l'inverse, tentai-je désespérément. Il a d'abord mis le feu, et ensuite, *boum*.

— Dans ce cas, où est passée l'arme ? Même si elle
a été brûlée, il doit en rester des traces, et les techniciens n'ont rien trouvé. Qui plus est, d'après Cleary, il
y a une larve de mouche incrustée dans l'avant-bras
gauche du cadavre. Ce qui signifie que l'homme est
mort depuis deux, voire trois jours. Autrement dit…

— Gladstone n'aurait pas pu commettre tous ces
meurtres, conclus-je à sa place.

Je me frottai les yeux à m'en faire mal.

— Navrée, Mike, mais ce n'est pas notre tueur.

Je réprimai un juron. Si ce n'était pas Thomas
Gladstone, de qui s'agissait-il ?

— Et ce n'est pas tout, ajouta-t-elle en se relevant
pour m'entraîner vers un placard à demi calciné.

Je découvris en grimaçant une frêle jeune femme
blonde recroquevillée à l'intérieur. Le feu l'avait quasiment épargnée, mais elle n'en était pas moins morte,
abattue d'une balle dans la nuque.

— On a retrouvé son sac à main. Elle s'appelle
Wendy Stub. Vingt-six ans. D'après sa carte de visite,
elle est attachée de presse chez Stoa Holdings, une
boîte de relations publiques très réputée dont les
bureaux se trouvent sur Park Avenue.

Une attachée de presse ? Quel était le lien avec
l'affaire ?

En écoutant les sapeurs-pompiers défoncer les murs
des autres pièces, je me fis la réflexion qu'on recrutait
peut-être encore, chez eux. Un changement de carrière, à mon âge, pouvait être salutaire. Ou peut-être
que l'écurie d'à côté avait besoin de quelqu'un pour

chuchoter à l'oreille des chevaux et aider ces pauvres créatures à surmonter leur traumatisme.

Beth m'observait d'un œil interrogateur.

— Que fait-on maintenant ?

— Et c'est à moi que vous posez la question ?

72

Manhattan vivait encore les affres de l'heure de pointe quand le taxi s'arrêta juste derrière la voiture de police garée devant l'hôtel Pierre. Le Professeur eut un pincement d'appréhension, mais Vinny, le portier, vint avec promptitude lui ouvrir la portière, comme en temps normal. Les flics ne venaient pas dans les endroits de ce genre pour embarquer les gens, mais pour les protéger. En descendant, le Professeur prit toutefois soin de détourner le visage et de garder la main sur la crosse de son .45.

— Enfin de retour, monsieur Meyer ! Alors, ce voyage ? Vous étiez à Paris, c'est bien ça ?

Oui, il avait dit à tout le monde, au Pierre, qu'il allait à Paris. En fait, il était allé bien plus loin. Dans d'autres dimensions. Et, à présent, il était revenu chez lui. Il vivait ici, en fait, depuis trois ans.

— C'était génial, Vinny. Surtout la cuisine.

Le Professeur sourit. Il l'aimait bien, ce Vinny, depuis le jour où il avait décidé d'emménager dans cet hôtel, l'un des plus célèbres au monde. Sa mère venait de décéder, faisant de lui l'unique héritier de la fortune de Ronald Meyer, soit quelque vingt-quatre millions de dollars. Il avait aussitôt pris l'engagement de claquer jusqu'au dernier cent l'argent de son beau-père. Il lui devait bien ça, à ce crétin. Et il avait conservé l'appartement de Hell's Kitchen pour en faire son centre opérationnel.

— Pourquoi cette voiture de police ? fit-il mine de s'étonner.

— Oh, c'est vrai, vous n'êtes sûrement pas au courant, mais il y a un fou furieux qui tire sur les gens, un peu partout, depuis quelques jours. Il a tué une hôtesse de l'air dans un hôtel de la 6e Avenue, et un maître d'hôtel au Club 21. Tous les journaux en parlent. On pense que c'est un type riche qui a pété les plombs, alors ils mettent des flics partout où il y a des riches. Et comme dans le coin, c'est pas ce qui manque… Mon cousin, Mario, qui est sergent de police dans le Village, il me dit que c'est le délire, chez les non-gradés, parce qu'ils se font une fortune en heures sup'. Dans quel monde on vit, hein ?

— Comme vous dites, Vinny, répondit le Professeur en lâchant son arme.

— Hé, vous avez des infos sur la chaîne Cuisine ? Moi, j'en peux déjà plus, de cet Emeril Lagasse et de ses simagrées de grand chef.

— Patience, Vinny. Tout vient à point à qui sait attendre.

— Si vous le dites, monsieur Meyer. Quoi de neuf, sinon ? Tiens, vous n'avez pas de bagages ?

— Ils se sont un peu emmêlé les pinceaux, à Kennedy. Ça ne sera pas la première fois. On va me les livrer un peu plus tard, paraît-il. Pour l'instant, tout ce dont j'ai besoin, c'est d'un bon verre.

— Je pourrais en dire autant, monsieur Meyer… Buvez un coup à ma santé.

Dans le hall du Pierre, Michael, le concierge, fit écho aux salutations du portier.

— Monsieur Meyer, bonjour. Content de vous revoir.

Le Professeur appréciait le concierge presque autant que Vinny. Michael, petit gabarit blond et précautionneux à la voix douce et discrète, réussissait à se montrer d'une extrême serviabilité sans paraître servile, ce qui tenait de l'exploit. C'était véritablement une personne de qualité.

Sans plus de formalités, Michael passa derrière le guichet de la réception pour prendre le courrier du Professeur dans son casier.

— Oh, avant que j'oublie, monsieur. La maison Barneys a appelé il y a une heure. Ils vous attendent pour votre dernier essayage.

Le Professeur sentit soudain un frisson glisser le long de sa colonne vertébrale comme un serpent de glace. Son costume était prêt.

Celui dans lequel il mourrait.

En l'espèce, il s'agissait bien d'un dernier essayage.

— Parfait. Merci, Michael.

Il passa brièvement en revue le courrier, et s'arrêta lorsqu'il tomba sur la grande enveloppe renfermant le carton d'invitation. Elle avait été expédiée par M. et Mme Blanchette. Le Professeur hocha la tête, satisfait. Une connaissance de son ancienne vie l'avait fait inscrire sur la liste des convives, mais les Blanchette ne savaient absolument pas qui était M. Meyer.

— Michael ? fit-il en se dirigeant vers l'ascenseur.

Il se tapotait le menton avec l'enveloppe.

— Oui, monsieur.

— Il me faut d'urgence un rendez-vous au salon de coiffure de l'hôtel.

— Considérez que c'est fait, monsieur Meyer.

— Et pourriez-vous, s'il vous plaît, me faire monter une bouteille de champagne ? Je crois qu'un rosé fera l'affaire.

— Dom Pérignon ? Veuve Clicquot ? suggéra Michael, se souvenant aussitôt de ses marques favorites.

— Et pourquoi pas les deux ? répondit le Professeur en décochant son sourire ravageur, son « spécial Tom Cruise », comme il l'appelait.

On ne vit qu'une fois, Michael. On ne vit qu'une fois.

Une heure quarante-cinq plus tard, chez Barneys, le Professeur se tenait devant un triple miroir aussi large que la pièce.

— Monsieur aime-t-il ? s'enquit le vendeur.

Le costume en cachemire bleu marine que le Professeur portait à présent était un Gianluca Isaia, lui avait expliqué le lèche-bottes sur un ton suave et révérencieux, tel un saint murmurant le nom de Dieu. La chemise de soie était griffée Battistoni, et les chaussures à lacets en cuir martelé venaient de chez Bettanin & Venturi.

Il devait le reconnaître, il avait fière allure, avec un côté James Bond enjôleur. Il ressemblait surtout au dernier interprète du rôle, jusqu'à la couleur des cheveux, qu'il avait fait teindre en blond après la coupe.

— Monsieur aime, finit-il par répondre avec un petit sourire. Rappelez-moi le montant de la note ?

L'essayeur additionna des chiffres sur le clavier d'une caisse enregistreuse.

— Huit mille huit cent vingt-six, annonça-t-il une minute plus tard. La somme comprend les chaussettes.

Oh, y compris les chaussettes à trois cents dollars ?
Quelle affaire !

— Si les accessoires vous semblent trop coûteux, je
peux vous montrer autre chose, ajouta le vendeur, avec
un brin de condescendance manifeste.

Du coin de l'œil, le Professeur vit même le petit
frotte-manche tiré à quatre épingles se permettre de
lever les yeux au ciel.

Décidément, ces employés de magasins de luxe
n'avaient toujours pas compris la leçon.

Toi, la dernière fois que tu as sorti plus de mille
dollars pour un costard, c'était quand ? aurait-il voulu
demander à ce merdeux blasé.

Comme tant d'autres, ce type faisait vraiment tout
pour qu'on lui colle une balle entre les deux oreilles, où
un grand vide lui tenait lieu de cerveau.

Le Professeur régula sa respiration. Calme-toi, se
dit-il. Voilà, c'est bien, comme ça. Ce n'était pas le
moment de perdre son sang-froid, bêtement, si près du
but, alors qu'il était sur le point de rétablir l'ordre des
choses.

— Je le prends, dit-il.

Lorsqu'il plongea la main dans sa veste Louis
Vuitton, ses doigts effleurèrent un instant la crosse
d'acier quadrillé de l'un des deux pistolets-mitrailleurs Tec-9, avec chargeurs de cinquante cartouches,
qui l'attendaient fidèlement sous le cuir d'agneau
plongé d'une extraordinaire souplesse.

Il trouva la force, pourtant, de ne dégainer que son
portefeuille et sa carte American Express Black.

— Les chaussettes aussi.

74

— Votre chien très joli, comment s'appelle ?
demanda, avec un fort accent, le chauffeur de taxi
enturbanné.

Ils venaient de s'arrêter devant le Metropolitan
Museum of Art.

— Touche Finale, répondit le Professeur.

Il régla la course et tira sur la laisse du bichon
maltais blond platine pour le faire sortir du véhicule. Il
l'avait acheté dans une animalerie de luxe, sur le
chemin. C'était un accessoire qui l'aiderait à repérer
les abords de l'immeuble où résidaient les Blanchette,
car personne ne prêterait attention à un métrosexuel
bien habillé promenant son chien d'appartement dans
cette partie de l'Upper East Side.

Le Professeur remonta la 5ᵉ Avenue, côté parc, traî-
nant derrière lui le petit chien nerveux et réticent.
À une centaine de mètres de l'adresse des Blanchette,
une rue plus bas, il s'arrêta pour observer les lieux.
Une activité intense régnait au pied de la tour. Des
Bentley et des limousines étaient garées en double file,
et des portiers faisaient des allers-retours pour escorter

des dames et des messieurs en grande tenue de leurs voitures avec chauffeurs jusqu'à l'auvent.

Un détail l'intrigua. Il aurait trouvé normal de voir un dispositif de sécurité renforcé, mais il n'y avait personne, hormis les portiers. Tant mieux, après tout. Un sourire se dessina sur ses lèvres. Il allait bientôt achever sa course et pénétrer dans le cercle des vainqueurs.

Son plan consistait à entrer grâce à l'invitation qu'il avait réussi à obtenir. Si on l'empêchait de passer ou si on le fouillait, il dégainerait tout simplement les Tec-9 qu'il portait sous les aisselles, dans des étuis conçus pour l'occasion, et ouvrirait le feu. Il se fraierait un passage jusqu'à l'ascenseur, monterait et pulvériserait quiconque serait assez stupide pour s'interposer entre les Blanchette et lui.

D'une certaine manière, en fait, il espérait rencontrer une forme de résistance. Ses hôtes entendraient le bruit et auraient ainsi le temps de gamberger un peu avant qu'il n'arrive.

Il était en train de se préparer psychologiquement quand, passant devant une camionnette garée côté parc, il entendit un bruit bizarre, une sorte de chuintement. Une radio. À l'intérieur du véhicule – un fourgon de traiteur ! Les flics surveillaient bel et bien les lieux, en fin de compte.

Le même frisson glacé lui zébra une nouvelle fois le dos, et il commença à suffoquer. Sollicitant toute sa volonté, il continua pourtant d'un pas tranquille son chemin, secouant la laisse du chien comme s'il faisait cela tous les jours.

Comment réagir s'ils le provoquaient ? Ouvrir le feu ? Fuir ? Peut-être était-ce la dernière occasion qui lui serait donnée, peut-être devait-il monter chez les Blanchette maintenant. Traverser l'avenue en courant et foncer dans le hall en tirant dans le tas.

Il palpa la crosse froide du Tec sous son bras gauche et enleva la sécurité. À partir de maintenant, quoi qu'il arrive, il ne serait pas le seul à mourir. *Putains de flics.* Eux qui ne servaient à rien, d'habitude, ils n'auraient pas pu attendre cinq minutes de plus ?

Il jeta un coup d'œil derrière lui. Personne. On ne le poursuivait pas. Sa respiration se fit moins oppressée. Il avait eu beaucoup de chance.

Deux rues plus loin, le Professeur tourna soudain à gauche et s'enfonça dans Central Park, à petites foulées. Sur le sentier ombragé, les jappements du chien, qu'il traînait toujours, lui cisaillaient les nerfs.

Calme-toi, se raisonna-t-il, tu es tiré d'affaire.

Il remit la sécurité du Tec. Maintenant, il fallait qu'il réfléchisse. Ce n'était pas comme au Pierre, où une voiture de police stationnait juste devant l'entrée, bien en évidence. L'absence manifeste de forces de l'ordre, alors qu'un événement important se déroulait, aurait dû lui mettre la puce à l'oreille. Ces enfoirés lui avaient tendu un piège ! Sans doute ce connard de Mike Bennett, qui avait réussi à anticiper ses mouvements.

Mais le Professeur, en son temps, avait lu nombre d'ouvrages de stratégie et de guerre. *L'Art de la guerre, Le Traité des cinq roues, Le Prince.* Tous, en gros, prodiguaient le même conseil, à la fois simple et complexe. *Devine ce que ton adversaire s'attend à te*

*voir faire, puis fais autre chose. La duperie est l'art de
la guerre.*

Il suivait la piste de jogging autour du réservoir du
parc quand, à mi-parcours, la solution lui vint. Un stratagème astucieux lui permettant de déjouer le piège de
Bennett, une petite manœuvre de contournement. Oui,
voilà, c'était exactement ça. Oui, oui, oui. Il plaqua une
main tremblante sur sa bouche. Eurêka. C'était parfait ! Mieux, même, que son plan initial. Il venait de
marquer le point gagnant, juste avant le coup de sifflet.

Le visage barré d'un grand sourire, il imagina
l'expression niaise de l'inspecteur Bennett.

— Tu as eu ta chance, Mike, murmura-t-il.

Il lâcha la laisse et mit un terme aux insupportables
jappements du bichon maltais en l'expédiant d'un
grand coup de pied dans les taillis obscurs.

— Maintenant, à moi.

QUATRIÈME PARTIE

Le pilleur de tronc

75

Blotti dans la pénombre du confessionnal, le père Seamus Bennett se moucha en silence, puis brandit son dictaphone.

— Surveillance du tronc des pauvres, chuchota-t-il. Deuxième journée.

Malade, mon œil, ajouta-t-il en reniflant.

Il n'avait jamais été malade un seul jour de sa vie. Rester au lit ? Mike ignorait-il qu'à son âge, être couché constituait un vrai risque ? Se relèverait-il jamais ? Rester debout et actif, voilà le remède.

D'ailleurs, il avait une paroisse à gérer. Sans parler de ce maudit pilleur de tronc qu'il devait coincer, toutes affaires cessantes. Il était clair, désormais, que personne ne le pincerait à sa place. Le NYPD, surestimé, ne faisait assurément rien pour l'aider.

Vingt minutes plus tard, il commençait à somnoler quand il perçut un début de grincement très léger, tout juste audible. Réprimant son envie d'éternuer, Seamus écarta lentement du pied le rideau du confessionnal.

Le bruit venait de la porte de l'allée centrale ! Elle était en train de s'ouvrir, tout doucement. Seamus sentit son cœur s'emballer en voyant apparaître une silhouette humaine à peine éclairée par les flammes tremblotantes des cierges. Médusé, il regarda le voleur s'arrêter près du dernier banc, plonger le bras tout entier dans la fente du tronc, et en retirer quelque chose.

C'était une sorte de chemise. Voilà donc comment il s'y prenait, songea Seamus, en regardant le délinquant faire glisser dans sa main quelques pièces et billets. Un piège amovible lui permettait de récupérer ce que les fidèles déposaient là. Ingénieux ! Ce pilleur de tronc était un vrai cerveau.

Ce qui ne l'empêcherait pas d'être pris la main dans le sac. Seamus enleva ses chaussures et se leva sans un bruit. Il allait maintenant procéder à l'arrestation.

En chaussettes, il descendit d'un pas furtif l'allée latérale. Il n'était plus qu'à quelques mètres du coupable lorsqu'un vilain picotement s'empara de ses sinus. Ce fut si rapide et si puissant qu'il ne put rien faire.

Il éternua avec une telle violence qu'un coup de fusil, dans ce silence de mort, n'eût pas produit davantage de bruit. Surprise, la silhouette se retourna d'un coup et fonça vers la porte. Seamus parvint à faire deux pas avant de glisser sur ses chaussettes et de partir en avant, bras tendus, entraîné par son élan. Cela tenait autant du plongeon que de la chute.

— Je t'ai eu ! s'écria-t-il, plaquant le voleur à terre.

Des pièces tintèrent sur le sol de marbre, mais la lutte fut de courte durée. Sans crier gare, l'adversaire de Seamus cessa de se débattre et se mit à… pleurer.

Le prêtre l'attrapa par le col de son T-shirt et le traîna jusqu'au mur, près d'un interrupteur. Il alluma la lumière.

Ce qu'il vit le laissa pantois. C'était un enfant, et pas n'importe lequel.

Le pilleur de tronc n'était autre qu'Eddie, neuf ans, l'un des fils adoptifs de Mike.

— Pour l'amour de Dieu, Eddie, comment as-tu pu ? gémit Seamus, le cœur brisé. Cet argent sert à acheter des denrées pour la banque alimentaire, pour les pauvres qui n'ont rien, mais toi, tu vis dans un bel appartement avec tout ce que tu veux, et tu reçois de l'argent de poche, en plus. Ne me dis pas que tu es trop jeune pour savoir que voler n'est pas bien.

— Je sais, bredouilla l'enfant, les yeux rivés au sol, en essuyant ses yeux noyés de larmes. Je crois que je peux pas m'en empêcher. Peut-être que mes vrais parents étaient des délinquants. Je crois que j'ai du mauvais sang, du sang de voleur.

— Du sang de voleur ? tonna Seamus. Arrête de me raconter des salades !

Il lâcha le T-shirt pour tirer le jeune garçon par le bout de l'oreille jusqu'à la porte.

— Cette pauvre Mary Catherine doit être morte d'inquiétude. Tu devrais être à la maison, à l'heure qu'il est. Quand ton père va apprendre ça, je te garantis que tu auras droit à une sacrée déculottée !

76

Quand je revins chez les Blanchette, l'ambiance de la soirée avait considérablement évolué. Dès la sortie de l'ascenseur, la musique me martela les tympans, et, dans l'entrée, je faillis être aveuglé par une rafale de flashes. Des invités en tenue de PDG se faisaient photographier au bras de leurs très voyantes épouses pour les carnets mondains.

La vie de flic, à New York, avait quelque chose d'incroyable. En dix petites minutes, j'étais passé d'une baraque en feu d'un quartier populaire, jadis le plus mal famé de la ville, à un décor digne du *Bûcher des vanités*.

Le majordome avait fait une annonce : M. et Mme Blanchette ne pouvaient être présents en raison d'un imprévu d'ordre familial, mais ils souhaitaient que leurs invités s'amusent. Ceux-ci semblaient les avoir pris au mot. Des jeunes filles de la bonne société, adeptes d'un style vestimentaire aussi chic que minimaliste, se trémoussaient dans la salle de réception livrée aux assauts d'un stroboscope. Sur mon chemin, je croisai une statue vivante, un travesti grimé en Betty Page, une femme jouant les danseuses de Las Vegas et un type déguisé en oiseau. Le voyant passer, battant des ailes, j'eus comme un doute. Appartenait-il à une espèce menacée qu'on essayait de préserver ? Non, cette soirée était destinée à défendre une autre cause, mais j'avais oublié laquelle.

— Il faut absolument que tu me donnes le nom de ton dermato, hurla une jeune femme à deux centimètres de mon oreille.

— Ces truffes blanches sont à la fois si simples et si complexes, pérora quelqu'un d'autre.

Une main énergique se posa sur mon épaule. En me retournant, je vis un homme d'âge mûr, en complet noir, avec, juste sous le nez, des traces de poudre blanche suspectes.

— Hé, on ne s'est pas vus depuis une éternité. C'était comment, Majorque ?

— Génial, répondis-je, avant de me réfugier dans la cuisine.

J'aperçus même l'un des rédacteurs du *New York Times* – celui que j'avais failli arrêter –, en grande conversation avec des messieurs en costumes. Sans doute étaient-ils en train de définir le sommaire du lendemain…

Quand je rejoignis enfin la cuisine, mon premier geste fut de poser le front sur le plan de travail en granit, dont la fraîcheur avait quelque chose d'apaisant.

Le dernier rebondissement en date me vrillait encore le crâne. Je n'y comprenais rien. Comment Thomas Gladstone aurait-il pu ne pas être l'homme que nous recherchions ?

J'avais beau réétudier l'affaire sous tous les angles, cela ne tenait pas debout. Gladstone divorçait, perdait son boulot, et quelqu'un d'autre tuait toute sa famille ? Et il y avait aussi, petit détail, le fait que la navigante d'Air France l'avait identifié sur des photos. Avait-elle menti ? Devions-nous la réinterroger ?

Je mis mes interrogations entre parenthèses, le temps de vérifier le dispositif. Tout avait l'air normal. Pas de mouvements suspects dans la rue. Tous les accès du rez-de-chaussée, toutes les fenêtres avaient été contrôlés à plusieurs reprises.

— Le filet est bien tendu, me confirma Steve Reno par radio, depuis le hall.

— Mes nerfs aussi, répondis-je.

— Allez donc vous offrir une coupe de Cristal, Mikey, me conseilla-t-il. Ou éclatez-vous avec une des petites jeunes. On ne dira rien. Il faut que vous vous détendiez un peu.

— Je m'éclipserais bien, ce serait tentant, mais si je veux me détendre, Steve, c'est simple : je n'ai qu'à prendre ma retraite.

77

Près d'une autre résidence de luxe, le Professeur s'agenouilla devant une grille encastrée dans le trottoir, et entreprit de la soulever à l'aide d'un pied-de-biche. Ici, Il n'y avait pas de flics en planque, il s'en était assuré.

En moins de cinq minutes, il réussit à ôter la grille. Puis, ayant sauté à l'intérieur du trou, il la remit en place. La méthode était sale, voire sordide, mais pour pénétrer dans ces immeubles d'avant-guerre protégés comme Fort Knox, il fallait consentir à quelques sacrifices.

Le pinceau de sa torche électrique miniature, qu'il serrait entre les dents, balaya le puits de béton où il était accroupi. Il avait des détritus jusqu'aux chevilles de ses chaussettes à trois cents dollars. Un fatras de mégots de cigarettes, d'emballages de chewing-gums, d'indéfinissables détritus détrempés, et même une pipe à crack.

Il ôta sa veste en jouant des épaules, la roula en boule et la plaça contre le soupirail, si sale qu'il en était devenu opaque. Il donna un coup sec, et le verre se brisa. S'immobilisant, il tendit l'oreille. Pas de signal d'alarme, pas de cris. Il passa la main dans la brèche, trouva le loquet, et réussit à se faufiler. Il était désormais au sous-sol, dans l'obscurité.

Sans perdre de temps, il suivit un couloir jalonné de bacs de rangement poussiéreux. Vieilles valises, skis en bois, vélos d'appartement, cartouches 8 pistes… Le Professeur constatait avec amusement que, dans la haute Société, on gardait les mêmes merdes que tout le monde. Il ralentit le pas en approchant d'une porte derrière laquelle l'on entendait de la musique latino. Ce devait être l'appartement du concierge. Il poursuivit son chemin en silence, la porte demeura fermée.

Un peu plus loin, sur la droite, il tomba sur un vieil ascenseur aux allures de monte-charge. Une fois dans la cabine, il laissa la porte se refermer lentement, puis tira la grille intérieure en laiton.

C'est alors qu'il remarqua que sa main saignait. Des gouttelettes pourpres dégoulinaient de son pouce avant de s'écraser sur le linoléum usé.

Il remonta sa manche en grimaçant. *Aïe !* Il s'était ouvert l'avant-bras en cassant la vitre. Incroyable, non ? Il était tellement survolté qu'il ne s'en était même pas rendu compte.

Bon, après tout, ce n'est qu'un peu de sang, se dit-il en enlevant la sécurité des Tec et en abaissant la manette de l'ascenseur pour monter.

Bientôt, il en coulerait beaucoup plus.

Lorsqu'il relâcha la manette, le monte-charge eut une curieuse secousse avant de s'élever. Le Professeur retint son souffle, tendit l'oreille, jusqu'au moment où le ronronnement du moteur électrique s'interrompit avec un claquement sec. La cabine s'immobilisa.

De plus en plus euphorique, il était sur un petit nuage, comme s'il avait avalé un ballon de la parade de Macy's, le jour de Thanksgiving. Combien d'années de sa vie avait-il gâché à fuir cette réalité, à la nier ? Il devait bien l'avouer : il adorait être en conflit avec la terre entière. C'était une sensation plus grisante encore que le sexe, la drogue et le rock'n roll réunis.

Et, désormais, plus de temps à perdre. Il ouvrit la grille et se retrouva sur un étroit palier. Il y avait une entrée de service, avec deux portes, et quelques poubelles. Il colla l'oreille à la première porte, entendit couler de l'eau, le bruit d'une casserole posée sur une cuisinière, des voix. Des enfants qui criaient, sans doute.

Il appuya sur la sonnette. Entendit des pas. Sa ruse consisterait à prétendre qu'il avait un colis à livrer aux

Bennett. Si la porte ne faisait que s'entrebâiller, il ferait sauter le chaînon d'un coup d'épaule.

Mais la serrure cliqueta et la porte s'entrouvrit, tranquillement.

Il crut rêver. Pas même un : « C'est qui ? » Ignorait-on, ici, qu'une vague de meurtres s'était abattue sur New York ?

Une fois la porte ouverte, son cœur se mit à battre deux fois plus vite.

79

Quand, dix minutes plus tard, je me résolus enfin à pointer le nez hors de la cuisine, la petite fête des Blanchette battait son plein. Le maire dansait sur de la techno avec une femme qui n'était pas la sienne, une bimbo déchaînée riant comme une hyène. Autour d'eux, d'autres invités qui, dans le cadre de leurs fonctions, devaient donner l'image d'adultes sérieux et dignes, s'amusaient à jouer les ados turbulents.

J'échangeai quelques regards perplexes avec l'un des hommes de Midtown, déguisé en serveur.

— Un type en costume d'oiseau qui ânonne du rap devant votre Jackson Pollock, voilà ce qu'on doit appeler une soirée réussie, ici, soupira-t-il.

J'entendis une voix dans mon oreillette.

— Mike ? Euh, Mike ? Euh, pourriez-vous venir ?

Il me semblait que c'était Jacobs, un autre inspecteur de Midtown.

— Oui, mais où ?

— À la cuisine.

— Que se passe-t-il ?

— Il… il faudrait juste que vous veniez. Je vous montrerai quand vous serez là.

Quoi encore ? Je repartis vers la cuisine. Jacobs m'avait paru bizarre, pour ne pas dire perturbé. Enfin, comme, jusqu'à présent, tout s'était déroulé sans la moindre anicroche, peut-être était-il inévitable qu'un problème se présente enfin.

Arrivé sur place au pas de course, je m'arrêtai net.

Jacobs se trouvait près de la porte du fond, et à ses pieds gisait un jeune homme que je reconnus tout de suite. Genelli, un autre inspecteur, du 19e.

— Oh, mon Dieu. Que s'est-il passé ?

L'avait-on assommé ? Notre tueur avait-il réussi à s'introduire dans l'appartement, contre toute attente ?

Genelli tenta un instant de relever la tête, mais elle ballottait, et retomba aussitôt en heurtant le sol avec un bruit effroyable.

— Il va bien, me rassura Jacobs. Cet imbécile de bleu s'emmerde, près de la piscine, alors le voilà qui se met à descendre des bières, puis à jouer à je ne sais quel jeu à boire avec des invitées, des étudiantes. Après quoi, une des deux nanas vient m'annoncer qu'il est dans le cirage. Désolé, Mike, mais je vous ai appelé parce que je ne savais pas trop comment m'y prendre. Si on ne le sort pas d'ici avant que le maire le voie, il va se faire lourder.

— Et moi avec, rétorquai-je en attrapant le bras de Genelli. Ouvrez-moi la porte de service et appelez le monte-charge avant qu'on nous surprenne.

80

Mary Catherine se séchait les mains lorsqu'elle entendit la sonnette de la porte de service. Sans doute une livraison autorisée par le portier du hall, ce qui arrivait souvent. Personne ne pouvait monter sans obtenir son feu vert.

Elle lâcha sa serviette en voyant l'individu à qui elle venait d'ouvrir, avec sa main ensanglantée, ses deux armes terrifiantes, et son grand sourire.

— Je suis chez les Bennett, j'imagine.

Il lui colla au bout du nez le canon noir, très court, de l'un de ses pistolets-mitrailleurs. Le sang ruisselait sur son poignet, à quelques centimètres de son visage à elle.

Oh, Seigneur, songea la jeune femme, s'efforçant de rester calme. Que faire ? Hurler ? Mais cela risquait de l'énerver, et qui l'entendrait, du reste ? Doux Jésus, cet homme, ici, alors que tous les enfants étaient à la maison !

Sans se départir de son sourire, il dissimula l'arme sous sa veste.

— Vous ne m'invitez pas à entrer ?

Bon gré mal gré, elle s'effaça. Elle n'avait pas le choix.

— Merci, fit-il, moqueur.

Lorsqu'il aperçut Shawna et Chrissy attablées au milieu de la cuisine, il abaissa l'autre arme et la cacha derrière sa jambe, au grand soulagement de Mary Catherine. Les fillettes le regardèrent avec une curiosité modérée. À leur âge, la soudaine apparition d'un inconnu n'était qu'un mystère parmi tant d'autres.

— Hé, t'es qui ? voulut tout de même savoir Chrissy, en glissant de son tabouret.

La voyant s'approcher de l'inconnu pour sympathiser avec lui, la nounou fut d'abord tentée de se jeter sur elle pour la prendre dans ses bras, mais elle se ravisa. Elle intercepta la petite et la prit par la main.

— Je suis un ami de ton papa.

— Moi, je m'appelle Chrissy. T'es aussi officier de police ? Pourquoi tu saignes de la main ? Et c'est quoi, là, derrière ta jambe ?

Le Professeur regarda Mary Catherine.

— Faites-la taire, la gamine. Ces « pourquoi le ciel il est bleu ? » et autres niaiseries m'énervent au plus haut point.

— Bon, allez regarder le film, maintenant, les filles, décréta Mary Catherine.

— Mais je croyais que t'avais dit que *Harry Potter*, ça faisait trop peur ? couina Shawna, décontenancée.

— Ça ira pour cette fois. Obéis. Et tout de suite.

Les fillettes sortirent de la pièce en courant, bien plus effrayées par le ton sévère de leur nounou que par l'individu qui risquait de les tuer.

Le Professeur prit un bâtonnet de carotte sur la planche à découper et le mordit.

— Appelez Mike et demandez-lui de rentrer ventre à terre, ordonna-t-il à la jeune femme en mâchonnant. Dites-lui qu'il s'agit d'une urgence familiale, ce ne sera pas un mensonge.

— Bon, jeune homme, le jour du Jugement est arrivé, déclara Seamus en raccompagnant Eddie sur le seuil de l'appartement des Bennett.

À l'intérieur, quelqu'un ouvrit violemment la porte, lui arrachant la poignée des mains.

— En voilà une façon d'accueillir les… s'écria le vieil homme, indigné, mais il n'acheva pas sa phrase.

Un clic retentit tout près de son oreille. Son regard se tourna vers la gauche et il vit une arme, énorme. Un homme en costume, grand, blond, la lui colla contre la tempe.

— Encore un gosse ? s'étonna l'inconnu. Je suis où, là, dans une garderie ? Et un prêtre, par-dessus le marché ? Ben voyons, quoi de plus normal ? Je comprends, maintenant, pourquoi Bennett fait autant d'heures sup'. Moi, je travaillerais vingt-quatre heures sur vingt-quatre si je devais vivre dans un asile de ce genre.

Seamus comprit immédiatement. C'était le tueur en série que son petit-fils traquait. Il avait dû faire une fixation sur Mike. Encore un qui était bien dérangé…

Peut-être pouvait-il le calmer, le ramener à la raison en se montrant paternel. C'était son rôle, après tout.

— Je vois que vous êtes désemparé, mon fils, lui dit-il, tandis que l'autre l'entraînait dans le séjour. Cela peut s'arranger, et je peux vous aider. Délivrez-vous de votre fardeau, confessez vos péchés. Il n'est jamais trop tard.

— Il y a un petit problème, espèce de gâteux sénile : Dieu n'existe pas. Je vais donc remettre ma confession à plus tard.

Gâteux ? Seamus, furieux, décida de passer au plan B.

Ignorant l'arme braquée sur lui, il dévisagea le tueur.

— Dans ce cas, très bien. Je suis content de savoir que vous irez tout droit en enfer, là où se trouve votre place.

À ces mots, les enfants retinrent leur souffle.

— Faites attention à ce que vous dites, *padre*. Ma religion ne m'interdit pas d'abattre des gosses. Des prêtres non plus, d'ailleurs.

— Quand on s'adresse à moi, on dit *monsignor*, petit merdeux.

Et Seamus le fixa d'un regard féroce, comme s'ils devaient tenir quinze rounds. Entendant un hoquet de surprise, il comprit, honteux, que le tueur avait raison. Il se comportait comme un vieil imbécile. Il fallait qu'il la mette en veilleuse, qu'il pense aux enfants.

Le psychopathe souriait.

— J'admire votre courage, vieil homme, mais parlez-moi encore sur ce ton et vous allez dire la messe de minuit au paradis, avec saint Pierre.

Soudain, Fiona, la plus proche des enfants qui étaient blottis les uns contre les autres, émit un gargouillis suspect et se plia en deux. Quand le tueur comprit de quoi il retournait, il s'écarta d'un bond, mais pas assez vite pour empêcher la gerbe de vomi de lui asperger les pieds.

Brave petite, songea Seamus.

Grimaçant de dégoût, l'homme secoua ses chaussures de luxe avant de s'apercevoir, perplexe, que Jane était en train de consigner toute la scène dans un calepin avec une formidable énergie.

— Vous êtes vraiment une bande de barges, marmonna-t-il. Bennett me remerciera quand je mettrai fin à son calvaire.

82

Juste après avoir réglé le problème Genelli, je reçus un coup de fil de Mary Catherine. Jane était malade, pour de bon ; elle avait 39° de fièvre et n'arrêtait pas de vomir. Mary se demandait s'il fallait ou non l'emmener aux urgences. Pouvais-je rentrer à la maison immédiatement ?

Je n'avais guère le choix, semblait-il. Heureusement, ici, le calme régnait toujours. Je confiai les rênes à Steve Reno et sortis. Le maire, en pleine séance photo dans le vestibule, me décocha au passage un regard mauvais. M'en voulait-il parce que le tueur ne s'était pas montré ?

Dehors, l'air frais et l'absence de musique « spéciale migraine » me firent l'effet d'un cocktail revigorant. Je me dirigeai vers ma Chevy Impala en respirant à pleins poumons et en massant mon cou ankylosé. Je mis le moteur en marche et démarrai sur les chapeaux de roues en prenant la 85e Rue, à droite.

Alors que je traversai Central Park plongé dans la nuit noire, en direction du West Side, je me remis à gamberger. Pourquoi avait-on abattu Thomas Gladstone, sa famille et quelques New-Yorkais des beaux quartiers ?

L'œuvre d'un dément ? Le type était un psychopathe, sans nul doute, mais un psychopathe organisé,
intelligent, parfaitement maître de ses gestes. Selon
moi, ces meurtres ne pouvaient avoir été commis au
hasard, sur un coup de tête. Le tueur frappait pour une
raison précise. Un règlement de comptes ? Peut-être,
mais de quoi cherchait-il à se venger ? Nous n'avions
pas même de quoi avancer une hypothèse.

Tout ce dont j'étais certain, c'était que cet individu
avait un lien avec Gladstone. Forcément.

Je coupai la radio de police et allumai celle de ma
Chevrolet pour me changer un peu les idées, car je
commençais à avoir mal au crâne. Pas de chance : sur
1010 WINS, on ne parlait que du tueur en série. Idem
sur WCBS 880. Je décidai donc d'écouter les commen-
taires sportifs sur ESPN.

Même là, impossible d'avoir la paix.

— Notre prochain intervenant au sujet des Giants
est Mario, de Staten Island, annonça le présentateur.
Alors, Mario, la forme ?

— Moi, ça va, répondit l'auditeur, qui avait la voix
de Rocky Balboa. Mais ma mère, elle est terrorisée.
Elle vit à Little Italy et elle a peur d'ouvrir sa porte. On
se demande quand la police va finir par attraper ce
mec. C'est vrai, quoi !

— J'y travaille, Mario, rétorquai-je en coupant cette
satanée radio.

Presque au même moment, Beth Peters m'appela.

— Mike, j'espère que vous êtes bien assis. On vient
de nous communiquer l'info. L'appartement est loué
au nom d'un certain William Meyer, et il s'avère
que ce type travaille comme mercenaire pour Cobalt

314

Partners. Vous savez, cette compagnie de sécurité privée à la solde des Américains en Irak… Celle qui a de gros problèmes, en ce moment, depuis l'affaire de la fusillade.

J'avais passé plus de temps à faire l'actualité qu'à l'écouter, mais je me souvenais vaguement de cette histoire. Des coups de feu avaient été tirés au passage d'un convoi de hauts responsables du ministère de la Défense, et les hommes de Cobalt avaient répliqué en canardant la foule. Il y avait eu onze morts, dont quatre enfants. On s'attendait à une inculpation.

— Ce William Meyer est le principal suspect de la fusillade. Il devait participer à l'émission « Today » pour se défendre des accusations portées contre lui, mais il a fait faux bond. Avant de travailler pour Cobalt, il était dans les commandos de Marines. Ce qui cadre bien avec le profil de notre type : techniques militaires, bon tireur.

— Sait-on pourquoi Gladstone se trouvait dans l'appartement de Meyer ?

— Absolument pas, Mike, mais maintenant, au moins, nous avons un nom. On essaie de reconstituer son parcours. On va l'avoir. Ce n'est plus qu'une question de temps.

83

William Meyer. Vu la facilité avec laquelle ce type supprimait ses concitoyens, il me faisait plutôt penser à Michael Myers, le psychopathe du film *Halloween*.

Bien des questions restaient encore sans réponse. Thomas Gladstone et William Meyer avaient-ils servi ensemble dans l'armée ? Impossible d'interroger un proche ou un ami de Gladstone, ils étaient tous morts. Abattus par Meyer, si notre nouvelle hypothèse était fondée. Gladstone avait-il fait quelque chose que Meyer avait très mal pris ? Et comment expliquer que les témoins aient cru reconnaître Gladstone en voyant la photo de Meyer ? Les deux hommes se ressemblaient-ils à ce point ?

À ma sortie de l'ascenseur, le palier embaumait. Sur la console, une vasque d'argent débordait de pommes, de courges et de coloquintes à la peau lustrée. Et une couronne or et pourpre de feuilles séchées ornait la porte de mes voisins.

Pendant que je pourchassais un psychopathe et découvrais des corps carbonisés, Camille Underhill, ma voisine – qui avait tout d'un clone de Martha Stewart, la prêtresse de l'art de vivre –, avait paré les parties communes des splendeurs de l'automne. Il faudrait penser à la remercier quand tout cela serait fini.

Puis je surpris mon reflet dans le miroir, au-dessus du meuble, et là, j'eus un choc. Pâle comme la mort, j'avais des valises sous les yeux et une marque de suie de la taille du pouce sur le menton. Pire, l'air renfrogné creusant mon visage semblait s'être installé à demeure.

Il était temps que je me mette à chercher sérieusement une autre activité, et le plus tôt serait le mieux.

Une fois dans l'appartement, je m'apprêtais à aller dans la chambre de Jane quand, du couloir, j'aperçus le halo bleuté du téléviseur, dans le salon. Les enfants auraient dû être couchés depuis longtemps, mais peut-être Mary Catherine les avait-elle collés devant le poste pour pouvoir s'occuper de la malade. Je n'entendais ni toussotements ni haut-le-cœur. Était-ce la fin de l'épidémie ?

En pénétrant dans la pièce plongée dans la pénombre, je crus d'abord avoir vu juste. À l'écran, Harry et Ron couraient dans un couloir de Poudlard, et les enfants étaient installés sur le canapé et sur divers poufs.

Puis je me rendis compte qu'ils étaient là, tous les dix, y compris Jane, pourtant si malade. Plus étrange encore, Mary Catherine et Seamus se trouvaient avec eux et me regardaient d'un air désespéré.

— Pourquoi êtes-vous encore tous debout à une heure pareille ? J.K. Rowling a sorti un nouveau livre, ou quoi ? Allez, les enfants, on file se coucher, c'est l'heure !

— Non, c'est l'heure de sortir ton arme de son étui et de la faire glisser jusqu'à moi, dit une voix derrière moi.

Le séjour s'illumina.

Et c'est alors que je remarquai le cordon électrique avec lequel Seamus et Mary Catherine avaient été ligotés sur leurs chaises.

Quoi ? Non, pas ça, pas ici ! Oh, mon Dieu. Quel enfoiré !

— Je te le répète une dernière fois. Ton arme, tu la dégaines et tu la fais glisser jusqu'ici, du bout du pied. Je te conseille d'être extrêmement prudent. Tu es bien placé pour savoir que je vise juste.

Je me retournai pour me retrouver, enfin, face à mon cauchemar.

Les témoins avaient fait du bon travail. Grand, solidement bâti, beau visage aux traits juvéniles. Il avait de toute évidence teint ses cheveux en blond. Et on aurait pu le prendre, effectivement, pour Thomas Gladstone. Je comprenais mieux, à présent, pourquoi l'hôtesse d'Air France avait cru le reconnaître. Cet homme ressemblait au pilote décédé, en plus âgé et plus mince.

Était-ce Gladstone ou Meyer ? Pouvait-on se fier au dossier dentaire du corps retrouvé dans l'appartement incendié ?

Je ne perdais pas de vue l'index crispé sur la détente du pistolet-mitrailleur pointé vers mon cœur.

Veillant à garder mes mains bien en vue, je retirai le Glock du holster de ma ceinture, le posai sur le parquet et le fis glisser d'un coup de pied. Le Professeur le ramassa et rengaina son arme, me donnant au passage l'occasion d'entrevoir la crosse d'un second pistolet.

Armé jusqu'aux dents, le type. Il y avait de quoi frémir.

— Il est temps qu'on ait une petite discussion entre hommes, Mike, me dit-il en m'indiquant la cuisine d'un signe du menton. Toi et moi, on a pas mal de retard à rattraper.

84

— Bon, les enfants, surtout, pas de bêtises. Restez sagement assis, pérora le tueur d'un ton condescendant. Je tendrai l'oreille, et si j'entends quelque chose qui ne me plaît pas, vous m'obligeriez à mettre une balle dans la tête de votre papa.

Je vis les petits grimacer de peur, et Shawna en larmes sur les genoux de Juliana, qui essayait de la réconforter. Entendre ça après avoir perdu leur mère, moins d'un an auparavant ! Rien que pour cela, pour s'être introduit chez moi, ce type aurait mérité que je le tue.

Sous la menace de mon propre Glock, je me rendis dans la cuisine et pris place sur le tabouret le plus proche du présentoir à couteaux, près de la cuisinière. Si je parvenais à inciter le psychopathe à baisser la garde, j'en attraperais un et me jetterais sur lui. Il risquait de me tirer dessus à bout portant, mais j'étais prêt à prendre ce risque. Il ne fallait pas que je loupe mon coup, sans quoi nous étions tous morts.

Malheureusement, il resta de l'autre côté du comptoir, debout, attentif au moindre de mes gestes.

— Il paraît que tu me cherchais. Que puis-je pour toi ?

Sa voix dégoulinait de suffisance et de sarcasme.

Je remerciais le Ciel d'avoir passé tant d'années à négocier des libérations d'otages. Malgré l'adrénaline que charriaient mes veines, je parvins à conserver mon sang-froid. Remets-t'en à ton entraînement et à ton expérience, me disais-je. Peut-être réussirais-je à convaincre le tueur d'épargner ma famille.

Peut-être ? Je délirais, ou quoi ? Non, pas question de *peut-être*. Il fallait que j'y arrive, un point, c'est tout. Je n'avais pas le choix.

— C'est une affaire entre toi et moi, répondis-je calmement. Tant qu'on respecte ça, je ferai ce que tu voudras. Fais-moi sortir d'ici, ou libère mes enfants. Je leur dirai de ne parler à personne, et ils m'écouteront. Comme tu l'as dit, ils ne veulent pas qu'il m'arrive du mal.

— En fait, c'est une affaire entre moi et qui je veux. La bande à Bennett reste ici.

— D'accord. Dans ce cas, toi et moi, on sort. Je ferai ce que tu voudras et je ne tenterai rien.

— Je vais y réfléchir.

— Pourquoi ne pas me dire en quoi je puis t'être utile ? Tu veux t'enfuir ? Je peux arranger ça.

Il secoua la tête, son petit sourire sardonique aux lèvres, puis ouvrit mon réfrigérateur et en sortit deux canettes de bière. Il fit sauter la languette de la première, qu'il me tendit, avant d'ouvrir la sienne.

— De la Budweiser ? En boîte ? (Il leva les yeux au ciel.) Et les patates, pour vos repas irlandais à sept plats, tu les conserves où ?

Il but une gorgée, désigna ma canette.

— Vas-y, lève le coude, Mickey. Détends-toi un peu. Tu dois avoir soif, depuis le temps que tu me cherches partout. Sans parler de la smala dont tu as la charge.

— Si tu insistes.

J'avalai un long trait de bière glacée. Elle me parut délicieuse.

— Tu vois ? Avec un petit effort… Un rien de légèreté peut apporter beaucoup de réconfort. Je savais qu'on réussirait à s'entendre, que tu étais le gars auprès de qui je pourrais m'expliquer.

Je bus une autre gorgée. J'étais dans un tel état de nervosité que j'aurais pu descendre un pack de douze. Posant ma Bud sur le plan de travail, je regardai le tueur avec toute la sollicitude et la compréhension dont je pouvais faire preuve. Oprah Winfrey, la papesse des talk-shows, aurait été fière de moi.

— Explique-toi. Je suis ravi d'écouter ce que tu as à me dire, William. C'est bien ton nom ? William Meyer, c'est cela ?

— Plus ou moins. Je m'appelais Gladstone, avant, mais mes parents ont divorcé et la famille s'est séparée. Je suis parti vivre avec ma mère, mon beau-père m'a adopté et rebaptisé Meyer.

Je comprenais mieux, à présent la ressemblance, et pourquoi nous n'avions pas trouvé de proches sous le nom de Gladstone.

— D'une certaine manière, tout est parti de là. Du fait que j'ai tiré un trait sur mon nom et tourné le dos à mon frère.

S'il me tardait de voir ce malade sur une table d'autopsie, mon côté négociateur avait pris le dessus. Meyer voulait raconter son histoire et plus j'arriverais à le faire parler, plus je gagnerais de temps, plus il serait enclin à se détendre.

— Puis-je t'appeler Billy ? lui demandai-je d'une voix digne d'un grand pro de la thérapie. J'ai déjà enquêté sur je ne sais combien d'affaires, mais je n'ai encore jamais rien entendu de pareil. Tu veux bien m'en parler ?

Ouais. Explique-moi donc pourquoi tu es beaucoup plus intelligent que le reste de l'humanité, espèce d'ordure...

85

Comme je m'y attendais, Billy Meyer ne se fit pas prier.

— J'avais dix ans, donc, quand mes parents ont divorcé, et que ma mère s'est remariée avec un homme très riche, qui était dans la finance. Je suis parti vivre avec elle, mais mon petit frère, Tommy, est resté avec notre père. Papa était un type sympa, mais alcoolo. Il travaillait comme agent d'entretien, nettoyant les trains de la Régie des transports, et son ambition s'arrêtait là. Du moment qu'il pouvait picoler…

Il but un peu de bière. Parfait, me dis-je, continue à boire. Peut-être parviendrais-je à le persuader de me laisser sortir le Jameson, et nous passerions au whisky. Saoul, il finirait par s'écrouler. Ou, mieux, je lui fracasserais le crâne avec la bouteille. Ma solution favorite.

— Ma vie a changé du tout au tout, reprit-il. Je suis entré dans un lycée snobinard, puis à Princeton, une fac encore plus élitiste. Quand j'ai décroché mon diplôme, au lieu d'aller travailler à Wall Street comme le voulait mon beau-père, je me suis rebellé et me suis enrôlé dans les Marines. J'ai commencé en tant que simple soldat et j'ai fini dans les forces spéciales. J'ai suivi un entraînement de pilote, comme mon frère.

Il devait figurer parmi les meilleurs, à en juger par ses talents de tireur.

— Quand j'ai quitté les Marines, j'ai rejoint la société de sécurité Cobalt, une multinationale qui ne travaille que pour des multinationales ou des gouvernements. C'était génial. En Irak, on n'en était qu'au début. C'était comme dans les commandos, en mieux. De l'action en veux-tu en voilà. Je me suis éclaté, le temps que ça a duré. Cobalt est au centre d'une polémique, ces temps-ci. Tu suis un peu l'actualité, Mike ?

— Je fais ce que je peux.

— Bref, le FBI va essayer de m'inculper de meurtre. Évidemment que je les ai tués, ces gens. Si on tire en direction de mes hommes, foule ou pas foule, je riposte, et pas qu'un peu. Les fédéraux veulent nous faire condamner pour être restés en vie ? Et puis quoi encore ? Je suis là pour me battre contre cette aberration. En faisant remarquer, au passage, que nous nous trouvions dans une zone de guerre. Cobalt a embauché une boîte de relations publiques pour nous représenter. Nous allions passer dans les émissions du matin, faire le tour des talk-shows. Tout était prêt.

Il s'interrompit pour avaler une autre gorgée de bière.

— Et ça n'a pas marché ? demandai-je, à tout hasard.

— Disons que ça, c'était avant que je passe à mon appartement pour déposer mon barda. Et que je découvre le corps de mon frère.

Le psychopathe baissa soudain les yeux ; une expression de douleur et de tristesse assombrit son visage. Je ne l'aurais pas cru capable de ce genre d'émotions.

— Mon frère s'est fait sauter la cervelle, Mike. Il y en avait sur la table, sur le tapis. Il a laissé une lettre de trois pages. En fait, pendant mon absence, sa vie avait basculé. Il avait eu une aventure avec une hôtesse de l'air ; sa femme, Erica, l'a appris et a demandé le divorce. L'argent, la belle baraque, tout ça était à elle, et il se retrouvait sans rien. Ensuite est venu le coup de grâce. Il avait bu quelques coups avant un Londres-New York, il s'est fait coincer et on l'a viré.

Cette fois-ci, à moi de boire pour essayer de dissimuler ma perplexité.

— La lettre de mon frère se terminait par une liste. La liste des personnes qui lui avaient causé du tort, qui « l'avaient poussé à bout », comme il disait.

Billy Meyer soupira profondément et, de sa main libre, esquissa un geste qui signifiait « Et voilà ! », comme s'il venait de tout m'expliquer.

Moi, j'opinais lentement, m'efforçant de donner l'impression d'avoir compris.

— En regardant le corps de mon pauvre frère, j'ai eu une révélation. Je l'avais abandonné quand nous étions petits. Je ne lui avais jamais téléphoné ni écrit, je l'avais toujours évité. Je n'étais qu'un con prétentieux et égocentrique. Plus j'y pensais, plus je me rendais compte que je l'avais tué aussi sûrement que si j'avais moi-même pressé la détente. Mon premier réflexe, en fait, a été de retourner l'arme contre moi. J'avais envie de me flinguer, moi aussi. C'est dire dans quel état j'étais.

Que n'avait-il suivi sa première impulsion ! À trop réfléchir, on se perd…

— C'est là que j'ai pris ma décision. Tant pis pour ma défense face aux accusations du FBI, tant pis pour ma carrière, ma vie, et tout le reste. Moi, ce que j'ai toujours voulu, c'est avoir une mission à remplir. J'ai donc décidé que mon ultime mission consisterait à redresser les torts faits à mon frère. Une sorte de cadeau d'adieu à Tommy. Peut-être n'avait-il pas osé s'en prendre aux gens qui avaient fichu sa vie en l'air, mais moi je m'en sentais capable. Les frères Gladstone allaient frapper, et fort.

Nous avions donc en partie vu juste. Les victimes étaient des personnes ayant porté préjudice à Thomas Gladstone, mais ce n'était pas ce dernier qui les avait tuées. C'était son frère. Nous avions cru avoir affaire à une vague de meurtres suivie d'un suicide, et c'était au contraire un suicide qui avait inspiré une vague de meurtres.

Une question me vint à l'esprit.

— Tout ce que tu as écrit sur la société, c'était du flan ?

— Non, j'y crois, en grande partie, mais je voulais surtout détourner l'attention. Il y avait beaucoup de monde sur la liste. J'avais besoin de gagner du temps, je devais vous laisser croire que je choisissais mes cibles au hasard. Manipuler l'adversaire : le b.a.-ba de la stratégie. Ça a marché, d'ailleurs, jusqu'à ce que tu te ramènes et que tu t'interposes entre les deux dernières personnes de la liste et moi.

Du canon de son arme, il me fit signe de me lever.

— Ce qui nous conduit à la raison de ma présence ici, Mikey. Tu m'as empêché d'éliminer les parents d'Erica, il va falloir que tu compenses. Heureusement, j'ai imaginé une solution de rechange, et tu vas m'aider. Alors finis ta bière de luxe, mon pote. Le bar ferme. On va faire un petit tour.

86

Dieu merci. Si nous sortions, ma famiile serait sauvée, et c'était le principal.

Sous la menace de son arme, il m'obligea à retourner dans le salon. Et là, de son bras libre, il s'empara de Chrissy, toujours blottie sur le canapé, en pyjama Barbie.

— Non !

Je faillis sauter sur Meyer, au risque de déclencher une fusillade, mais parvins à me contrôler.

— Lâchez-la ! hurla quant à lui Eddie, avant de bondir comme s'il voulait renverser le tueur. Mais celui-ci eut tôt fait de le clouer au canapé d'un coup de genou dans la poitrine.

— Surveille ta bande de rase-moquette, Bennett, ou c'est moi qui m'en charge.

— Restez où vous êtes, les enfants, ordonnai-je avant de me tourner vers Meyer.

— Billy, calme-toi. J'ai déjà promis que je t'aiderais. On n'a pas besoin de l'emmener. En plus, elle est malade.

— Son état va sérieusement empirer si tu ne m'obéis pas, et c'est valable pour tout le monde. Si j'aperçois une voiture de police, il y aura deux places libres au petit déjeuner, demain matin.

Il me fit signe de retourner dans la cuisine, sans lâcher Chrissy qui gigotait contre son flanc.

— Viens, Mickey. On va descendre par le monte-charge.

J'eus un bref instant d'hésitation en passant devant les couteaux, mais je poursuivis mon chemin.

— Sage décision, l'ami, chuchota-t-il en me collant le canon de son arme contre l'oreille. Je te disais bien qu'on finirait par s'apprécier, toi et moi.

Nous ressortîmes de l'immeuble par l'entrée latérale, donnant dans la 95e Rue. Il n'y avait pas âme qui vive. Je le conduisis jusqu'à mon Impala. Il me fit réinstaller au volant et s'assit sur la banquette arrière avec Chrissy.

— Elle ne porte pas de ceinture de sécurité, Mickey, alors à ta place, je roulerais doucement. Rejoins Broadway et prends la direction du nord. Sois gentil de mettre la fréquence de la police, sur ta radio.

Nous montâmes jusqu'à Washington Heights.

— Tourne à gauche, ici, me dit-il une fois que nous eûmes atteint la 168e Rue.

Par-dessus les toits d'immeubles, j'apercevais les entrelacs des tours d'acier du pont George-Washington.

— Trouve une bretelle d'accès. On va traverser.

Pourquoi nous rendions-nous dans le New Jersey ? Pas pour faire le plein à moindre frais, assurément. Était-ce ainsi qu'il avait prévu de prendre la fuite ? Comment deviner ce qui se passait dans le crâne de cet illuminé ?

Je réussis à croiser le regard de Chrissy dans le rétroviseur. Elle était visiblement morte de peur, mais elle tenait le coup avec une vaillance incroyable. *Je t'aime, papa*, articula-t-elle en silence. À quoi je répondis, de la même manière : *Moi aussi, je t'aime, ne t'inquiète pas.*

J'ignorais encore beaucoup de choses, mais au moment de m'engager sur le pont, j'avais une certitude, une seule. Cette ordure ne ferait pas de mal à ma fille. Quoi qu'il arrive.

87

À l'époque où Maeve et moi venions de ramener à la maison Juliana, notre aînée, j'avais toujours le même cauchemar. J'étais en train de lui donner à manger sur sa chaise haute et, soudain, elle commençait à s'étouffer. Je lui mettais le doigt dans la gorge, pratiquais la méthode de Heimlich, rien n'y faisait. Alors je me réveillais en nage, essoufflé, et me précipitais dans sa chambre pour placer un miroir sous son petit nez et vérifier qu'il s'embuait. Et, enfin, je pouvais me rendormir.

Car elle est là, sans conteste, la plus grande peur d'un père ou d'une mère. Se retrouver impuissant quand son enfant est en danger.

Je jetai un coup dans le rétroviseur, et vis Meyer, assis à côté de ma fille, mon Glock posé sur les genoux, comme si de rien n'était.

Ma gorge, qui me semblait tapissée de poussière, était si sèche que j'avais du mal à déglutir. Un voile de sueur froide recouvrait tout mon corps et le volant, glissant, m'échappait presque des mains.

J'étais accablé, et une réflexion me traversa l'esprit. Si on vit assez longtemps, nos pires cauchemars peuvent devenir réalité.

Un autre regard dans le rétroviseur. Cette fois-ci, je vis une lueur de douleur dans les yeux de Chrissy, comme lorsque je lui avais lu *Le Lapin de Velours* pour la première fois. Elle commençait à comprendre que cette petite balade en voiture ne présageait rien de bon.

Il ne fallait surtout pas qu'elle se mette à pleurer, énervant du même coup la bombe humaine assise à côté d'elle. À l'école du FBI, à Quantico, on m'avait appris qu'une victime d'enlèvement doit toujours se montrer aussi effacée, aussi accommodante que possible.

— Chrissy ? l'interpellai-je en m'efforçant de ne pas laisser transparaître ma peur. Raconte-nous une devinette, ma chérie. Je n'ai pas eu droit à ma devinette, aujourd'hui.

La lueur de tristesse, dans son regard, s'estompa légèrement, et elle s'éclaircit la gorge de manière théâtrale. Bébé de la famille, elle était douée pour le spectacle.

— Comment on fait pour mettre cinq éléphants dans une voiture ?

À mon tour de jouer les candides.

— Je ne sais pas, ma chérie. Je donne ma langue au chat.

— On en assoit deux à l'avant, deux à l'arrière, et on met le cinquième dans la boîte à gants !

Elle se mit à rire.

Tout en l'imitant, je guettai la réaction de Meyer, mais, dans ses yeux, rien ne transparut. Un regard vide, le regard d'un homme qui achète un journal, qui prend l'ascenseur, qui attend son train.

Puis mes yeux se braquèrent de nouveau sur la route, juste à temps pour apercevoir que le semi-remorque me précédant venait de piler. Je crus que mon cœur s'arrêtait en voyant les feux arrière rouge sang et la muraille d'acier de l'énorme camion foncer sur nous. J'écrasai la pédale de frein. Les pneus hurlèrent, fumèrent.

Par miracle, la voiture s'arrêta quelques fractions de seconde avant que je ne sois décapité. Apparemment, Dieu veille aussi sur les flics hystériques, me dis-je en m'essuyant le front.

— Fais attention à ce que tu fais, Bennett, me lança sèchement Meyer. Si tu nous attires des ennuis, je serai obligé de tirer pour me dégager. Et je commencerai par vous deux.

Ouais, c'est ça. Comme s'il était facile de se concentrer quand on a les nerfs tendus à l'extrême…

— Prends la prochaine sortie, m'ordonna-t-il. Autant quitter l'autoroute, vu la façon dont tu conduis.

Nous nous retrouvâmes sur la Route 46, dans une zone industrielle qui avait connu des jours meilleurs. Je voyais défiler des motels et des entrepôts délabrés, que séparaient des terrains vagues marécageux, typiques de cette partie désolée du New Jersey, en me demandant si le fait de rouler moins vite et l'absence de circulation pouvaient jouer en ma faveur. Si j'envoyais la voiture en tête-à-queue, cela suffirait-il à déséquilibrer Meyer et à me laisser le temps d'attraper Chrissy pour prendre la fuite ? Pouvais-je courir le risque de le laisser nous tirer dessus ? Une cible qui se déplace n'est pas facile à atteindre, certes, mais ce type était un redoutable tireur.

Fuir ou résister, je n'avais pas d'autre choix, et, dans les deux cas, c'était du suicide. Oh, mon Dieu, aide-moi à sauver ma fille. Que dois-je faire ?

— Regarde, papa, me dit Chrissy.

Presque aussitôt, un formidable grondement secoua la voiture. Stupéfait, j'eus d'abord peur d'avoir vraiment heurté quelque chose, cette fois. L'hypothèse délirante d'un engin piégé posé au bord de la route m'effleura même l'esprit.

Il me fallut encore quelques secondes pour comprendre que ce bruit était celui d'un avion survolant la voiture à très basse altitude. Un beau petit jet d'affaires glissa dans mon champ de vision pour se poser au-delà d'une haute clôture grillagée, sur ma gauche.

Un aérodrome, ici ? Newark se trouvait bien plus loin, sur la 95. Puis je compris que c'était Teterboro, un petit aéroport privé fréquenté essentiellement par une clientèle d'affaires et par la jet-set. Le pratiquer coûtait une fortune, mais Manhattan n'était qu'à une vingtaine de minutes, et il n'y avait ici ni fouille au corps ni files d'attente.

— Ralentis et tourne à droite, m'intima Meyer à l'approche d'un feu rouge.

Je pris le virage avec précaution, tout en m'essuyant une fois encore le front. La sueur me piquait les yeux. J'ignorais ce que ce salopard manigançait, mais la présence d'un aéroport, pour moi, renforçait la menace.

88

La route d'accès de l'aéroport, Industrial Avenue, était jalonnée de bâtiments d'un étage abritant des compagnies d'aviation d'affaires, avec des hangars à l'arrière et, devant, des parkings grillagés et gardés. Dans les guérites, je remarquai des policiers de la Port Authority, la régie des transports de New York et du New Jersey.

Était-ce le moment de passer à l'action ? Comprendraient-ils ce qui se tramait avant que Chrissy et moi ne nous fassions tuer, voire avant qu'ils n'y passent à leur tour ?

Non, mieux valait attendre de savoir ce que Meyer avait dans le crâne.

— Arrête-toi ici, m'ordonna-t-il quand la route s'acheva en cul-de-sac. Écoute-moi bien, Bennett, parce qu'il n'y aura pas de séance de rattrapage. Fais demi-tour et roule jusqu'au premier hangar. Ils n'ont qu'un seul vigile, et c'est pour ça que je t'ai fait venir. Tu vas pouvoir mettre à profit tes talents de flic de terrain. Montre ta plaque et fais-nous entrer.

— Que suis-je censé lui raconter ? demandai-je en manœuvrant.

— Sois inventif et fais en sorte que ça passe bien. La vie de ta fille en dépend.

Le policier de la Port Authority était un jeune Asiatique. À notre arrivée, il se pencha à la fenêtre de sa guérite.

— NYPD, dis-je en exhibant ma plaque. Nous sommes à la poursuite d'un individu suspecté d'homicide qui a peut-être escaladé la clôture sur la 46 et qui pourrait bien se trouver dans cette zone.

— Quoi ? s'étonna l'agent, l'œil méfiant. On ne m'a rien dit. La Sécurité intérieure nous a fait installer des capteurs sur le grillage après le 11-Septembre. Le type aurait dû être détecté.

Il regarda Meyer et Chrissy, à l'arrière de la Chevy.

Tendu, je priais pour qu'il refuse mon étrange requête, ou même qu'il ne s'en laisse pas conter et dégaine immédiatement son arme. Ma Chevrolet avait bien l'air de ce qu'elle était : une voiture de police banalisée. Un passager sur la banquette arrière, c'était déjà suspect. Mais là, en plus, avec ma fille de quatre ans à côté…

L'attention de Meyer étant détournée, j'en aurais alors profité pour plonger à l'arrière, faire écran de mon corps et essayer de sortir Chrissy du véhicule. Puis il aurait fallu fuir à toute vitesse quelque part, n'importe où. Mon plan laissait à désirer, mais tout indiquait que c'était la seule chance qui nous serait offerte.

Le flic parut plus perplexe encore.

— Qui c'est, la gamine ?

— C'est son père qui a été abattu, intervint Meyer par-dessus mon épaule. Soyez gentil de nous épargner le questionnaire, l'ami. On parle d'un homicide, là. Vous nous faites perdre du temps.

— Je me demande bien pourquoi on ne m'a pas prévenu, marmonna le garde d'un air désemparé. Bon, d'accord, passez. Allez vous garer près du hangar pendant que je contacte le sergent.

— Bien joué, mon petit Mickey, chuchota Meyer tandis que la barrière se levait. Je t'en suis si reconnaissant que je vais vous laisser vivre cinq minutes de plus, toi et ta petite.

Le temps de parcourir les vingt mètres qui nous séparaient du hangar, Meyer éternua violemment, puis, de sa main blessée, essuya la morve sur son visage.

— Tes putains de mômes m'ont refilé leur crève.

Au même instant, quelque chose se souleva dans mon estomac et, plié en deux, je vomis sur le siège passager. En me nettoyant le menton d'un revers de manche, je compris que ma gorge sèche et mes sueurs froides n'étaient pas dues qu'à la terreur qui me paralysait. J'avais fini par attraper la grippe, moi aussi.

— On est deux, dans ce cas.

— Peut-être, mais malade ou pas, le spectacle doit continuer. Bon, tout le monde sort. Si tu m'écoutes, vous pourrez peut-être vous en tirer, tous les deux.

Me redressant, je rencontrai le regard de Meyer dans le rétroviseur et fis signe que non de la tête.

— Pas question. Si tu veux que je vienne avec toi, d'accord, mais elle, elle reste ici.

— Me laisse pas, papa, implora Chrissy.

— Quel genre de père es-tu, Bennett ? Tu vois, elle a envie de venir.

338

À son ton empreint de sarcasme, je le sentais en confiance après avoir réussi à franchir tant d'obstacles.

— Ou préfères-tu que je vous descende tous les deux, là, maintenant ?

— Tu parles comme si ce flic était le seul de l'aéroport. Appuie sur la détente, et il fera sonner la charge avant que l'écho de la détonation ne se soit tu. Tu sais bien qu'il y a une unité spéciale du SWAT sur place. Des M16, des fusils à lunette, des grenades aveuglantes, des types super entraînés. Tu es peut-être doué, Billy, mais pas assez pour leur échapper.

Meyer demeura silencieux quelques secondes. Puis :

— Je regrette d'avoir à le reconnaître, Bennett, mais tu marques un point. Tu as gagné. On va laisser ta fille ici. À partir de maintenant, il n'y aura plus que toi et moi.

89

Une fois à l'extérieur, ma sueur me fit l'effet d'une pellicule glaciale, peut-être à cause de la fraîcheur de l'air, ou parce que j'étais grippé. Et, par-dessus le marché, mon estomac me laissait entendre qu'il n'avait pas complètement fini d'expulser son contenu.

Le rugissement des réacteurs d'un appareil prenant son envol s'imposa durant quelques secondes. Quand l'écho se dissipa, les pleurs de Chrissy, restée sur la banquette arrière de la voiture, me déchirèrent le cœur.

Le policier de la Port Authority sortit de son local et vint à notre rencontre, la main sur la crosse de son pistolet, l'air suspicieux.

— Je viens d'avoir le sergent, il arrive.

J'étais en train d'ouvrir la bouche pour m'empresser d'improviser un autre mensonge, quand Meyer ouvrit soudain le feu, sans prévenir. Une seule balle, qui frappa l'agent à la joue et ressortit à l'arrière de son crâne dans un geyser de sang. L'homme s'écroula comme une soupière balayée d'une table.

— Sans blague ? fit Meyer en s'accroupissant pour s'emparer des menottes accrochées au ceinturon du policier. Et il a dit quoi, le sergent ?

— Espèce de fumier !

Je bondis sur lui, tous poings dehors. Une réaction des plus stupide, purement instinctive. Jamais, au cours de ma vie, je n'avais frappé quelqu'un aussi fort. Mon crochet du droit, à l'oreille, l'envoya rouler sur le bitume, en basculant par-dessus le cadavre.

Pourtant il se releva, l'arme au poing. Je tremblais lorsqu'il me colla le canon encore chaud du Glock sous le menton, mais il paraissait plus amusé que furieux. Il souriait, pour tout dire.

— Pas mal, le flic, mais ça s'arrêtera là. Tu vas bien te tenir, dorénavant, ou dois-je retourner voir ce que devient ta petite ?

— Je regrette, murmurai-je, baissant les yeux.

— Je ne te crois pas. (D'un violent coup de pied dans les fesses, il me poussa vers le bâtiment principal.) Mais bientôt, tu pourras le dire en toute sincérité.

À l'intérieur, l'accueil ressemblait au hall d'un hôtel quatre étoiles. Lambris de bois cirés, meubles en cuir et, sur les tables basses en marbre, un éventail de *Fortune, BusinessWeek, Vanity Fair*. Derrière les vitres, on apercevait le taxiway.

Une réceptionniste très jolie, visiblement enceinte, était au téléphone. En nous voyant, elle se figea, bouche bée, et lâcha le combiné qui tomba avec fracas sur son bureau.

— Navrés de débarquer ainsi sans avoir été annoncés, chantonna Meyer en pointant son arme sur le ventre rond de la jeune femme. Nous allons simplement sur le tarmac, d'accord ? Ne nous embêtez pas, et on ne vous embêtera pas.

Sur la gauche, il y avait un salon VIP désert dont la porte était ouverte. Encore des fauteuils en cuir, et, sur un immense écran, son à fond, ESPN passait en boucle les dix meilleures actions de la saison de basket.

Je dus faire un bond d'un mètre quand Meyer tendit tout à coup le bras et tira, transperçant le téléviseur.

— Je ne vois pas pourquoi Elvis serait le seul à pouvoir flinguer un poste ! hurla-t-il en me poussant dans un couloir. Aujourd'hui, on a cinquante-sept chaînes HD, et toujours rien à regarder.

Il ouvrit du pied une porte sur laquelle on lisait SALON DES PILOTES. Il y avait là des appareils de musculation, des douches, une petite cuisine.

Un courant d'air froid nous cueillit de nouveau quand nous franchîmes une seconde porte pour déboucher dans un hangar illuminé. Le vent s'engouffrait dans le bâtiment, sifflant à travers la passerelle et l'escalier métalliques. Je vis des chariots porte-outils, un treuil sur potence, un échafaudage roulant, mais aucun employé, Dieu soit loué. Meyer cherchait-il un avion ? Il n'y en avait pas, à mon grand soulagement.

— On se dépêche, Bennett.

Il me tira entre les immenses portes coulissantes en direction de la piste où des balises scintillaient jusqu'à l'horizon.

— Par là ? C'est dangereux.

Meyer ricana.

— Allons, le flic, ne te dégonfle pas.

Alors que nous nous approchions de la piste à grandes enjambées, nous vîmes un avion en provenance d'un des hangars privés roulant sur le tarmac.

Un Cessna orange et blanc dont les moteurs à hélice faisaient un bruit d'enfer.

— Donne-moi ta plaque, vite, m'intima Meyer. Et reste ici. Si tu fais un pas, ta fille est morte.

Il m'arracha l'insigne des mains et courut au petit trot jusqu'au taxiway, tout en glissant son arme dans sa ceinture. Il se planta dans l'axe de l'appareil en brandissant la plaque d'une main et en faisant de grands signes de l'autre, comme un agent de la circulation pris de frénésie. Je distinguais le pilote derrière le pare-brise, un jeune homme blond, hirsute, se demandant ce qui se passait. Il arrêta néanmoins son avion et Meyer contourna l'aile.

Quelques secondes plus tard, le pilote ouvrait la porte et le Professeur montait à bord. Le vacarme des hélices m'empêcha d'entendre l'échange, mais je vis Meyer sortir quelque chose de sa poche et faire un geste du poignet. Une matraque télescopique jaillit dans sa main comme un immense couteau à cran d'arrêt. Il avait dû la prendre sur la dépouille de l'agent en même temps que les menottes.

Il frappa à deux reprises le jeune homme à la tempe avec une force telle que j'eus l'impression de ressentir les coups, puis se pencha, déboucla la ceinture du pilote et le poussa hors de la carlingue. Le malheureux tomba sur le tarmac, inconscient, la tête en sang.

— Il dit qu'on peut emprunter son avion, Bennett ! hurla Meyer. Un coup de chance, hein ? Ramène-toi.

Dans le vent glacé et assourdissant des hélices, j'étais en train de me demander si j'avais le temps de courir jusqu'à la voiture et de m'enfuir avec Chrissy, mais Meyer avait déjà repris mon pistolet. Je vis une lueur au bout du canon et une balle siffla près de mon oreille gauche. Avant que je puisse réagir, une autre ricocha sur le tarmac, entre mes jambes.

— Allez, Mickey, je ne veux pas rester seul. S'il te plaît…

Je pris une grande inspiration et me dirigeai vers l'appareil.

90

La cabine du Cessna était aussi exiguë qu'un cercueil, mais certainement moins confortable. Côté passager, j'essayais de caser mes longues jambes sous l'anguleuse console, tâche d'autant plus malaisée que Meyer m'avait menotté avant de me sangler avec le harnais. J'étais maintenu par la taille et les épaules.

L'immense tableau de bord comprenait tant de boutons, de jauges et de cadrans qu'il me paraissait difficile de s'y retrouver, mais les doigts de mon ravisseur se déplaçaient avec beaucoup d'assurance. Il releva l'une des six manettes de plancher, et le sifflement des hélices monta d'un cran. Puis il fit de même avec la manette voisine, et l'appareil s'ébranla lentement.

Nous virions pour prendre la piste d'envol quand nous vîmes l'énorme camion de pompiers jaune foncer vers nous, gyrophare et sirène en marche, pour nous couper la route. Je reconnus un véhicule de la brigade Secours et Incendie.

Une rafale d'arme automatique, tirée depuis l'une des vitres latérales du camion, souleva de petits panaches de poussière sur le tarmac. Des coups de semonce.

Le surnom des hommes de cette brigade me revint alors à l'esprit. Les flingueurs-pompiers. Mi-pompiers, mi-flics, ils avaient pour mission d'intervenir lors de catastrophes aériennes ou de détournements d'avions.

Visez le pilote ! leur criai-je mentalement, essayant de me faire le plus petit possible sur le siège.

À ce stade, j'étais même prêt à me faire tirer dessus si cela pouvait mettre un terme à la cavale de Meyer.

Celui-ci manœuvra ses pédales pour effectuer un rapide demi-tour qui nous replaça sur le taxiway, puis il poussa la manette des gaz à fond et le Cessna prit soudain de la vitesse, dangereusement près des hangars.

Je retins ma respiration en apercevant le camion dégivreur garé droit devant nous. Impossible de l'éviter. À l'allure où nous roulions, tout changement de direction aurait fait capoter l'avion.

J'avais juste le temps de dire mon ultime prière, en silence, avant que nous ne percutions le flanc du véhicule.

À la dernière seconde, Meyer tira sur le manche et le Cessna décolla en frôlant le camion.

91

L'avion monta en flèche. Hébété de terreur, je sentais dans tout mon corps les battements affolés de mon cœur. Pour avoir enquêté avec la CRU sur des sites de catastrophes aériennes, je savais parfaitement ce qu'il advenait d'un corps humain heurtant un obstacle à une vitesse de plusieurs centaines de kilomètres à l'heure.

Le Cessna poursuivait sa montée en chandelle, et j'avais l'impression qu'il était dressé sur sa queue. Paralysé par la fièvre autant que la peur, je regardais les lumières tournoyer, au sol.

J'étais moi-même en proie à un tourbillon de questions. Que mijotait Meyer ? Où avait-il prévu de se rendre ? À l'étranger ?

Ce qui, de toute manière, ne changeait pas grand-chose à mon sort.

Je pensais surtout à Chrissy. J'espérais qu'elle n'avait pas vu le Professeur abattre le policier, j'espérais que quelqu'un l'avait trouvée, à l'heure qu'il était, et avait téléphoné à la maison.

Meyer me lança, en hurlant pour couvrir le bruit des moteurs :

— Tu sais l'horreur que ça a été, pour moi, de perdre mon frère, non pas une fois, mais deux ?

Émergeant de ma stupeur, je me ressaisis, me sentant soudain libéré. Si je devais mourir quoi qu'il advienne, je n'avais plus rien à perdre. Et je ne tenais pas à écouter ses élucubrations jusqu'au moment fatal.

— J'aurais pu avoir de la compassion, connard, mais il y a beaucoup de gens qui n'ont pas la vie facile et qui ne se sentent pas obligés, pour autant, de tuer des innocents sans défense, ou d'enlever des petites filles.

— Des conneries, tout ça. Quand j'ai suivi ma formation de pilote de chasse, on m'a dit : « Tu vois les gens, là, dans le désert, pas plus gros que des fourmis ? Eh bien, on veut que tu les mitrailles avec ces balles, de la taille d'un couteau à beurre, à raison de mille coups à la minute. Ne t'inquiète pas si, une fois que tu as fini, il ne reste que des tas de lambeaux de vêtements ensanglantés à la place des êtres humains. Fais comme si tu ne voyais rien. » Mais je ne suis pas censé voir, non plus, les *vrais* connards, ceux qui sont ici, aux États-Unis. Ceux qui rendent les gens malheureux, qui se fichent bien que quelqu'un finisse par se donner la mort parce qu'ils lui ont pourri la vie, ces fumiers d'égoïstes prétentieux à cause desquels le monde est devenu un tel merdier. Leur foutre la paix ? Non, sûrement pas. Ils n'ont qu'à savoir ce qu'ils veulent. Ils m'ont appris à tuer pour le salut de notre pays, et c'est exactement ce que je suis en train de faire. À la différence près que, cette fois, j'agis selon mes propres règles.

Dire que je croyais me sentir mal à cause de la fièvre. Ce type en arrivait à invoquer un traumatisme de guerre pour excuser sa perversité meurtrière…

— On peut en effet parler de tragédie, dis-je.

— Le fait que j'aie tué pour notre pays ?

— Non, lui hurlai-je à l'oreille. Le fait que tu ne sois pas mort pour notre pays.

92

Je remis le nez à la vitre, essayant de deviner où nous étions. Difficile à dire. Je savais juste que nous avions décollé vers l'est.

L'avion n'arrangeait pas l'état de mon estomac. De toute évidence, Meyer n'avait pas piloté depuis un certain temps. Régulièrement, nous basculions sur l'aile d'un côté ou de l'autre, et nous perdions soudain de l'altitude avant de remonter aussi vite.

Heureusement, au bout de quelques instants, il finit par avoir l'appareil bien en main.

— Bon, Bennett, je suis prêt pour le dernier acte. Il est temps de terminer ce que j'ai entrepris, en rendant une petite visite aux Blanchette. Je vais défoncer leur chambre à cinq cents à l'heure, et tu seras de la partie. Je t'avais pourtant dit de ne pas te mettre en travers de ma route, espèce d'imbécile !

En mon for intérieur, je savais depuis le début qu'il avait l'intention de nous tuer tous deux, mais j'avais refusé de voir la vérité en face. Et maintenant, les dés étaient lancés.

À moins que…

Si j'avais les poignets menottés, je pouvais encore bouger les doigts. Furtivement, je m'attaquai à la boucle de mon harnais.

Quelques minutes plus tard, alors que nous volions toujours trop bas et trop vite, les gratte-ciel illuminés de Manhattan se profilèrent devant nous. Je reconnus le grand rectangle sombre de Central Park, ses allées bordées d'arbres et son réservoir aux eaux miroitantes.

Puis j'aperçus avec appréhension notre cible, la tour de la 5e Avenue où habitaient les Blanchette. Juste sur notre trajectoire, elle se rapprochait à une vitesse vertigineuse. En un rien de temps, nous fûmes assez près pour que je distingue les bougies d'ambiance flottant à la surface de la piscine du toit.

Un dernier effort, et je pus enfin me libérer de mon harnais. Aussitôt, je basculai sur la gauche pour donner un grand coup de tête à Meyer.

Les yeux pleins d'étoiles, je crus avoir dégusté autant que lui avant de voir le sang gicler de son nez écrasé. Il grognait comme un animal. Lorsqu'il voulut se saisir de son arme, j'eus tout juste le temps de m'arc-bouter contre la portière, de dégager mes jambes et de le frapper au menton.

Mes deux talons firent mouche. Sa tête partit en arrière, l'arme lui sauta des mains pour atterrir quelque part derrière nous. L'avion partit en vrille, perdant rapidement de l'altitude. Peu m'importait. Mes coups redoublèrent – au visage, au cou, au torse. J'essayais d'éjecter mon adversaire de l'appareil, et, chaque fois que je le frappais, je vociférais comme un forcené.

J'aurais pu réussir s'il n'avait trouvé le moyen de déployer sa matraque télescopique et de m'en asséner un coup entre les jambes. Cette fois, ce fut un hurle-ment de douleur qui m'échappa tandis que je me pliai en deux, les yeux révulsés.

Meyer s'interrompit, le temps de reprendre les commandes de l'appareil, qu'il parvint à redresser avant de mettre le cap sur Central Park, entre les tours. Après quoi il me frappa au front. J'eus l'impression qu'il m'avait fracassé l'avant du crâne. Tout devint gris, et il me repoussa sur mon siège.

Au coup de matraque suivant, bien ajusté, ma tête percuta la portière avec une telle violence que la vitre se brisa. Je vis des lumières tournoyer, du sang ruis-seler comme un rideau noir à l'intérieur de la cabine, puis mon corps s'affaissa et mes yeux se fermèrent.

J'étais quasiment assommé, mais au fond de ma tête, une petite étincelle de conscience se battait pour sur-vivre.

93

Tous les soirs, avant de se coucher, le maire s'imposait une petite séance de tapis de course. Il venait d'entamer son cinquième kilomètre quand Patrick Kipfer, l'un de ses adjoints, pointa le nez dans la salle de sport située au sous-sol de Gracie Mansion.

— Le préfet de police, annonça-t-il. Je l'ai transféré sur votre portable.

Le maire effleura la touche Pause et baissa le son de l'écran suspendu avant de prendre son téléphone.

— Préfet Daly ?

— Navré de vous déranger, Mort, mais il y a eu une prise d'otages. L'un de nos inspecteurs de la criminelle, Mike Bennett. D'après sa famille, un homme a fait irruption dans leur appartement et l'a enlevé en même temps que sa fille de quatre ans.

Bennett ? songea le maire. N'était-ce pas ce flic qui était chez les Blanchette et qui voulait faire annuler la soirée ?

— Dites-moi qu'il ne s'agit pas de notre tueur en série.

— Tout nous incite à penser que si.

Mortimer Carlson épongea son visage ruisselant de sueur avec son T-shirt NEW YORK UNIVERSITY.

— Nom de Dieu ! A-t-on une idée de l'endroit où ils sont allés ? Y a-t-il eu une demande de rançon ? Un contact ?

— Rien pour l'instant. Cela s'est passé il y a moins d'une heure. Sa voiture banalisée a disparu, nous avons donc prévenu la police fédérale et nos hommes.

— Je sais que vous faites le maximum. Si vous pensez que je puis vous être d'une aide quelconque, rappelez-moi immédiatement.

— Je n'y manquerai pas.

Après avoir posé son téléphone, le maire contempla la touche Pause du tapis de course. Fallait-il en rester là pour ce soir ? Non, décida-t-il. Pas d'excuse. Son taux de cholestérol atteignait des sommets et ses costumes devenaient un peu justes, avec tous ces banquets de bienfaisance auxquels il devait participer. Il fallait qu'il se force, pour ça comme pour le reste. De quelle utilité serait-il pour ses administrés s'il avait une crise cardiaque ?

Il venait à peine de se remettre dans le rythme quand Patrick réapparut sur le seuil de la porte.

— Encore le préfet ?

— Un autre préfet, celui de la police de la Port Authority, Frank Peterson.

Le maire le regarda, décontenancé. Décidément, ils s'étaient passé le mot ! Que lui voulait le préfet de police de cette fameuse *autorité* ?

— Frank ? Bonsoir. Que puis-je pour vous ?

— Un de nos hommes, un jeune répondant au nom de Tommy Wi, vient d'être abattu à Teterboro, répondit gravement Peterson.

Abasourdi, le maire descendit de son appareil. Un enlèvement, puis un meurtre ?

— C'est… commença-t-il, sans trouver ses mots. Que s'est-il passé ?

— Juste avant d'être tué, l'agent Wi a passé un appel pour signaler qu'un inspecteur du NYPD avait demandé l'accès au tarmac. Deux minutes plus tard, deux hommes ont pris le contrôle d'un bimoteur Cessna sous la menace d'une arme. À proximité, on a retrouvé une voiture banalisée du NYPD avec une petite fille à l'intérieur. Elle dit que son père est l'inspecteur Mike Bennett.

L'adjoint revint avec un autre portable.

— Monsieur le maire, c'est important.

Non, encore un appel ? Il n'avait que deux oreilles !

— Excusez-moi, Frank, vous voulez bien ne pas quitter ?

Quoi encore ? Ils échangèrent leurs téléphones.

— Bonjour, monsieur le maire. (Une voix d'homme, le ton ferme.) Tad Billings, directeur adjoint de la Sécurité intérieure. Êtes-vous au courant du détournement d'avion à Teterboro ?

— Je commence à l'être, fit sèchement Carlson.

— Les radars de l'aviation civile suivent le Cessna au-dessus de l'Hudson. Il maintient le cap vers Manhattan. Un F-15 vient de décoller d'urgence de la base McGuire, dans le sud du New Jersey.

— Quoi ? Un F-15 !

— Cela fait partie des nouvelles procédures mises en place par la Sécurité intérieure. Terboro a prévenu la direction de l'aviation civile. La direction de l'aviation civile a prévenu la défense aérienne. La défense aérienne a fait décoller un appareil. Je viens d'avoir le général Hotchkiss au téléphone. Le pilote du chasseur a reçu l'autorisation d'abattre le Cessna.

— Vous ne parlez pas sérieusement. Nous pensons qu'il y a un policier du NYPD à bord de cet avion, un inspecteur de la criminelle ayant été pris en otage !

— L'armée de l'air en a été informée. Ils vont tenter d'établir un contact radio, mais le peu de temps dont nous disposons et le caractère imprévisible du pirate de l'air sont des facteurs dont on ne peut faire abstraction. Il s'agit d'une grave menace pour toute la ville, monsieur le maire. Même si c'est extrêmement difficile, même si nous répugnons à mettre en jeu la vie d'un innocent, nous devons hélas nous préparer au pire.

Et dire qu'il s'inquiétait pour son cœur ! Un infarctus aurait été de la rigolade, comparé à cette succession de nouvelles délirantes.

— Cette conversation est-elle enregistrée ?

— Pour tout vous dire, oui.

— Dans ce cas, je tiens à préciser que vous n'avez vraiment pas de cœur, bande de salopards.

— C'est bien noté, votre honneur, répondit Billings sans la moindre hésitation. On vous tient au courant.

94

Le F-15E Strike Eagle venait de décoller de la base McGuire. Après avoir parcouru moins d'un mile nautique, son pilote, le major James Vickers, enclencha la postcombustion. Des flammes saphir et bleu jaillirent des tuyères des réacteurs, et l'État du New Jersey se mit soudain à défiler en vitesse accélérée.

Située au sud de Trenton, à moins de trente kilomètres de la ville, la base McGuire accueillait surtout des avions de transport C-17 et des ravitailleurs KC-10. Mais, depuis le 11-Septembre, en vue de parer à toute autre attaque contre New York, une partie du 336e escadron de chasse y avait été discrètement redéployée. Pour un avion capable de voler à plus de mille cinq cents kilomètres-heure à faible altitude, la Grosse Pomme n'était qu'à quelques minutes.

Un peu plus tard, le double bang retentit. Le F-15 venait de franchir le mur du son.

C'est comme faire sauter le bouchon d'une bouteille de champagne, songea Vickers. On a beau savoir à quoi s'attendre, on est toujours surpris.

— C'est bon, on l'a, signala le capitaine Duane Burkhart, le navigateur officier système d'armes, installé derrière Vickers. Le transpondeur du Cessna est toujours opérationnel. Il éclaire mon écran comme un sapin de Noël.

Grâce au système de navigation et au ciblage nocturne par infrarouge, ils pouvaient dès à présent tirer un missile qui se calerait sur le signal émis par le transpondeur du petit appareil.

— Tu as entendu les ordres, fit Vickers. On doit d'abord essayer d'établir un contact radio, et au moins l'avoir en visuel.

— Oui, major, répondit Burkhart, d'un ton trahissant une nervosité inhabituelle. Je voulais juste que vous le sachiez.

Le major Vickers comprenait son appréhension. En sortant de l'École de l'air, six ans plus tôt, le jeune capitaine s'était imaginé prenant part à bien des missions de combat, mais jamais survolant l'autoroute la plus fréquentée de la côte Est.

— C'est dingue, hein ? observa Burkhart tandis que le *skyline* de Manhattan, qu'on ne pouvait pas rater à une hauteur de sept mille pieds, se rapprochait rapidement sur leur droite. C'est parce que ces salauds ont attaqué les tours jumelles que je me suis engagé.

— Tu es un vrai patriote, rétorqua Vickers, sarcastique, en piquant vers la Statue de la Liberté. Moi, j'ai signé parce qu'on pouvait jouer au bowling gratos sur la base.

— Vous devriez l'avoir en visuel, maintenant.

— Affirmatif.

Un écho radar venait d'apparaître sur le viseur tête haute de la verrière. À cinq ou six kilomètres d'eux, le

Cessna suivait l'Hudson, cap au sud, en approche rapide.

Du pouce, Vickers déverrouilla la commande de tir et, par paires, les missiles AIM Sparrow et AIM Sidewinder ancrés sous les ailes s'armèrent en grondant, tels des chiens d'attaque bourrés d'explosifs tirant sur leurs chaînes.

L'ordre de tir, il l'avait reçu avant même de boucler son harnais. Peu lui importait de savoir qui se trouvait à bord du Cessna ou ce que l'appareil transportait, il devait simplement le faire disparaître du ciel.

Burkhart passa un appel radio.

— Cessna Bravo Lima Sept Sept Deux. Ici l'Armée de l'air américaine. Faites demi-tour immédiatement et retournez vous poser à Teterboro ou vous serez abattu. Il n'y aura pas d'autre sommation.

La réponse ne se fit pas attendre.

— Ne me raconte pas de conneries, champion. J'ai déjà volé sur ces engins. Tu ne peux pas prendre ce risque, ça pourrait détruire la moitié de Manhattan.

— C'est un risque que nous sommes prêts à encourir. Je répète : dernière sommation.

Il n'y eut pas de riposte, cette fois.

Ce type est-il réellement un ancien pilote de chasse ? se demanda Vickers. Si cela se confirmait, la situation prenait un tour inattendu.

L'alerte de verrouillage du radar de tir retentit.

— Ils ne pourront pas dire qu'on ne les a pas prévenus.

Le signal sonore s'interrompit lorsque le Cessna vira soudain sur la gauche, vers l'ouest, entre les tours de verre et d'acier. Il se trouvait à présent dans l'espace aérien de Manhattan, quelque part au-dessus de la 80e Rue.

— Non ! s'écria Burkhart. Putain ! Trop tard !

— Ne t'affole pas, lui dit Vickers.

Il tira le manche à droite et le jet argenté rugit au-dessus du West Side. Une fraction de seconde plus tard, il survolait Central Park quand leur cible resurgit au-dessus de Columbus Circle pour disparaître à nouveau l'instant d'après en louvoyant entre les tours.

L'alerte de verrouillage se fit encore entendre, mais Vickers savait qu'il ne pouvait prendre le risque de tirer un missile maintenant. Le pilote du Cessna, ce salopard, avait vu juste. S'il manquait sa cible, l'explosion ferait d'énormes dégâts au centre de Manhattan.

Derrière sa visière, Vickers plissa les yeux, et posa son index ganté sur la détente du canon Gatling, attendant que l'occasion d'ouvrir le feu se présente.

95

J'étais parfaitement conscient au moment de l'échange radio entre Meyer et le pilote du chasseur, mais j'aurais préféré ne rien entendre. J'ignorais où j'avais le plus mal : la tête ou l'entrejambe.

— Tant pis pour les Blanchette, monologua Meyer comme si je n'étais pas là, sans doute persuadé que j'étais évanoui ou mort. Pourquoi gâcher une si merveilleuse opportunité à cause de ces vieux cons ? Je vais frapper ce pays pourri à l'endroit le plus sensible, le monument qui fait la joie et la fierté de la Grosse Pomme. Et là, on le lira enfin, mon « manifeste débile ».

Toujours affalé sur mon siège, j'entrouvris les yeux, juste assez pour voir que nous survolions à toute vitesse la 5e Avenue, vers le sud.

Droit sur la muraille de l'Empire State Building brillant de mille feux.

Bats-toi une dernière fois, me dis-je en luttant contre la douleur. De toute manière, j'allais mourir pulvérisé. Peut-être pouvais-je au moins faire en sorte que le psychopathe assis mes côtés n'entraîne personne d'autre dans la mort.

Meyer n'avait pas pris la peine de me sangler à nouveau – ou peut-être n'y était-il pas parvenu. Je pris en silence une profonde inspiration.

Puis, avec ce qu'il me restait de force, je lui frappai la pomme d'Adam du coude.

Il partit en arrière, se tenant la gorge d'une main et tentant, de l'autre, de me labourer le visage. Je me jetai alors sur lui, le plaquant contre la portière, et réussis à m'emparer du manche.

— On va survoler la baie ! hurlai-je dans son microcasque. Abattez-nous !

Profitant de l'effet de surprise provoqué, je parvins à effectuer un grand virage en descente. L'avion, largement incliné, passa à deux cents mètres à peine de l'angle nord-ouest de l'Empire.

Mais Meyer était résistant. Il revint à la charge, me frappa plusieurs fois au visage et tenta de reprendre le contrôle de l'appareil. Le Cessna tanguait furieusement tandis que nous nous battions comme des panthères en cage, grognant et donnant des coups de tête ; tous deux blessés, tous deux prêts à tout. Et, une fois de plus, l'avion plongea.

Cette fois, en revanche, nous nous dirigions vers la baie. J'essayais de m'accrocher au manche pour garder ce cap, le dos tendu dans l'attente de la boule de feu qui, d'une seconde à l'autre, allait nous réduire en cendres.

Il n'y eut bientôt plus, à l'horizon, que l'immensité de l'océan et, devant la dernière image qu'il me serait donné de voir, je me mis à marmonner : « Notre Père qui êtes… »

J'entendis alors comme un sifflement strident.

Ça y est, me dis-je.

L'instant d'après, une série de déflagrations assourdissantes déchira le toit et l'arrière de la carlingue comme un vulgaire mouchoir en papier mouillé.

J'étais pourtant toujours là, et toujours en vie. J'apercevais une traînée de flammes derrière nous, mais ce n'était que de l'essence en feu. L'avion lui-même n'avait pas explosé.

Je tentais sans succès de comprendre ce qui se passait quand je me rendis compte que l'appareil, ou ce qu'il en restait, était en train de piquer du nez. Les secousses et les vibrations faisaient grincer les boulons de mon siège, mon harnais me fouettait la poitrine.

Curieusement, je vis s'entrouvrir devant moi une fenêtre de paix. Ce n'était pas cette lumière au bout du tunnel souvent décrite par les gens au seuil de la mort, mais juste un sentiment de calme.

Une seconde plus tard, nous heurtions la surface de l'eau dans un gigantesque *splash*, telle une navette de la NASA revenant de l'espace.

96

L'impact, d'une extrême violence, me fit valdinguer dans le cockpit, mais l'appareil avait conservé assez d'élan pour glisser encore quelques secondes à la surface. Ce qui lui évita de se désintégrer comme s'il avait percuté un mur de béton. Sans doute est-ce cela, outre le fait d'avoir été plaqué contre le corps de Meyer, qui me sauva la vie.

Alors que j'essayais de me persuader que je n'étais pas mort, je sentis que quelque chose clochait au niveau de mon cou. Je voulus remuer les doigts pour vérifier que je n'étais pas paralysé. Sans grand succès, puisque mon poignet était cassé. La moitié des instruments de bord s'était éparpillée sur mes genoux et il y avait du sang partout, mais apparemment, mon cou ne souffrait que d'une luxation, et le reste de mon corps était à peu près intact. Je réussis à bouger les bras, puis les jambes.

Tout autour de moi, des débris brûlaient encore à la surface. L'eau s'engouffrait dans le cockpit. J'en avais déjà jusqu'aux chevilles, et la carcasse de l'appareil s'enfonçait à vive allure.

Soudain, l'aile droite ne fut plus qu'une énorme boule de feu et une vague de chaleur intense me gifla le visage. Une fumée noire dégageant une odeur de plastique brûlé prit le relais. Un autre réservoir avait dû exploser. Des flammes s'élevèrent. Elles auraient tôt fait de dévorer l'intérieur de la cabine – et ses passagers.

Meyer, toujours sanglé sur son siège, ne bougeait plus. La collision l'avait assommé, ou tué.

Je n'allais pas attendre de vérifier.

M'aidant de ma main valide et rassemblant ce qu'il me restait de force, je réussis à m'extirper de l'appareil, dont la portière avait disparu, pour me jeter dans l'eau glacée. Suffoquant, je m'éloignai le plus vite possible, sur le dos, en battant d'un bras et des jambes.

Malgré la fumée, je vis alors quelque chose bouger à l'intérieur de l'épave, se débattre au milieu des flammes. C'était Meyer. *Non !*

Les vêtements en feu, il bascula hors de l'avion, tomba avec fracas dans l'eau, et disparut.

Avant de refaire surface, tout près de moi ! Il hurlait comme un animal, et de sa main brûlée voulut m'arracher les yeux, mais je n'eus aucune peine à parer son geste d'un coup de pied.

Puis, je lui fis une clé de cou et, de tout mon poids, l'entraînai sous la surface.

Le fracas du monde s'estompa. Un regain d'énergie me permit d'accentuer ma pression sur la gorge du Professeur.

Ce fut un instant grandiose.

Jamais, au cours de ma vie, je ne m'étais senti aussi sûr de moi, aussi déterminé. Si j'avais une certitude, une seule, c'était que l'individu maléfique que je maîtrisais d'une prise impossible à desserrer, l'ignoble assassin qui avait menacé ma famille et failli me tuer, ne remonterait jamais plus dans le monde des vivants. Je périrais avec lui, certes, mais de la plus belle des manières.

Lorsqu'il cessa enfin de se débattre, j'avais perdu toute notion du temps. Il me semblait que mes poumons allaient exploser. À bout de forces, j'attendis la dernière seconde pour relâcher mon étreinte, et le corps de Meyer, tout doucement, m'échappa.

Une fois seul, je continuai à tournoyer dans l'eau froide et opaque sans trop savoir si j'étais en train de remonter à la surface ou de couler. Peu m'importait, d'ailleurs. J'étais épuisé, engourdi, trop faible pour me mouvoir. Mes poumons en feu réclamaient de l'air et, d'ici quelques secondes, j'allais devoir inhaler de l'eau de mer glacée.

Pourtant, à l'heure de payer le prix ultime, j'éprouvais toujours le même sentiment de paix.

Soudain, j'aperçus une forme flottant vers moi, nimbée d'une pâle lumière. Ce ne pouvait être qu'une hallucination. Après tout, je venais de vivre la plus traumatisante des expériences.

Terrorisé, je vis la silhouette se rapprocher. Puis je compris que j'étais sauvé.

Car il s'agissait de Maeve, ma femme.

Tout s'expliquait, à présent. Si j'avais survécu au crash, c'était grâce à elle. Mon ange gardien avait écouté mes prières et veillé sur moi.

Lorsque je voulus toucher sa main radieuse, elle secoua la tête avec tristesse et disparut.

L'instant d'après, d'autres formes humaines m'entourèrent. Noires, massives, elles n'avaient rien d'éthéré,

366

cette fois. Des mains m'attrapèrent sans douceur, et on m'enfonça entre les dents un objet caoutchouteux.

La bouche ouverte de force, je ne pouvais plus retenir mon souffle. Le barrage céda, et mes poumons à l'agonie aspirèrent désespérément.

Je m'étais préparé à ce terrible instant où j'avalerais de l'eau saumâtre, mais ce n'était que de l'air, un air pur et délectable fourni par la bouteille d'un plongeur des garde-côtes. Un homme qui, je n'allais pas tarder à l'apprendre, appartenait à une équipe héliportée sur la zone avant le crash, et qui avait plongé dans les eaux froides de la baie pour me retrouver.

Quand ces héros me remontèrent à la surface, des hélicos ainsi que des bateaux des garde-côtes et des autorités new-yorkaises convergeaient déjà vers nous pour contenir l'incendie et secourir d'éventuels survivants.

Heureusement, j'étais le seul.

Du point de vue psychologique, tout ne tournait pas encore très rond. Dès que les plongeurs m'eurent hissé à bord d'un canot, ma première réaction fut de me relever ; je voulais me jeter une nouvelle fois à l'eau. Il fallut deux secouristes pour me maîtriser et me sangler sur une civière. Je hurlais, me débattais.

— Calmez-vous, inspecteur, répétait l'un d'eux. Le pilote est mort. C'est fini.

— Lui, je m'en fiche !

Je gardais les yeux fixés sur ces eaux noires où dansaient encore des flammes, et quand mes cris retentirent, ce fut comme si tous les muscles de mon visage et de ma gorge se déchiraient.

— MAEVE ! MAEVE !

ÉPILOGUE

Allez vous faire…

97

Outre le poignet, je m'étais fracturé une cheville et trois côtes, ce qui me valut une semaine d'hôpital. Les flics new-yorkais ne sont peut-être pas très bien payés, mais ils bénéficient d'une couverture santé exceptionnelle, Dieu soit loué.

Le pilote du F-15 qui nous avait abattus, le major Vickers, vint me rendre visite la veille de ma sortie. Il voulait me présenter ses excuses.

— Vous plaisantez ? répondis-je en assenant une tape dans le dos de ce gamin de vingt-huit ans au visage poupin. Avec un taré pareil, moi, j'aurais demandé une frappe aérienne plus tôt !

Un mois plus tard, presque jour pour jour, toujours muni de mes béquilles, j'entrai en clopinant dans l'église du Saint-Nom. L'autel ressemblait à un jardin bien ordonnancé. L'orgue se mit à jouer *Water Music* de Haendel, la composition préférée de Maeve.

Nous avions décidé que la cérémonie en sa mémoire ne célébrerait que la vie, comme on dit. Et nous avions choisi la date d'anniversaire de sa naissance, et non celle de sa disparition.

Pourquoi, alors, quand les accords mélancoliques me submergèrent, chaque cellule de mon corps eut envie de sangloter ?

J'entendis quelqu'un se racler la gorge derrière moi, dans le vestibule. C'était Brian, mon fils. En aube, tenant entre les mains un crucifix de cuivre, il précédait les deux autres enfants de chœur, Eddie et Ricky, qui portaient chacun un cierge blanc allumé.

Le père Seamus approchait en fixant sa montre. Il me lança un regard exaspéré.

— Si tu veux bien aller t'asseoir.

— J'attends que tu commences.

— Mike, suis-moi un instant, me dit-il d'un ton grave, avant de m'entraîner vers l'alcôve réservée aux baptêmes.

Je croyais avoir une petite idée du sermon qu'il allait m'infliger. Depuis un an, j'étais lamentable. Trop sarcastique, trop rancunier, trop vindicatif. Il fallait que j'apprenne à apprivoiser ma colère, sans quoi elle me dévorerait. Il fallait que j'arrête. Que je cesse d'être aussi haineux. La vie était trop courte. Le Professeur m'avait au moins appris cela.

— Écoute, Mike, chuchota-t-il en me prenant par l'épaule d'un geste chaleureux. Cela va faire presque un an, et je voulais simplement que tu saches à quel point je suis fier de tout ce que tu as fait pour que ta famille tienne le coup. Maeve est fière de toi, elle aussi. Je le sais.

Quoi ?

— Maintenant, file t'asseoir, mon grand. J'ai une messe à dire.

Je m'empressai de rejoindre le premier rang. Derrière, il y avait beaucoup de monde. Des proches, des amis.

Chrissy vint se blottir contre moi et me prit la main en souriant. Elle allait bien, désormais. Dans les jours qui avaient suivi l'enlèvement, j'avais à plusieurs reprises vu glisser sur son visage de chérubin une ombre déchirante de tristesse, surtout lorsque le clan Bennett venait me voir à l'hôpital. Heureusement, depuis peu, elle avait commencé à reprendre le dessus, comme tous les enfants.

Sans doute y avait-il là un exemple à suivre.

Après les lectures de l'Évangile, Jane se leva pour lire un poème d'Anne Bradstreet, « In Reference to Her Children », qu'elle avait trouvé plié en deux à la fin d'un des livres de cuisine de Maeve. Elle s'éclaircit la voix.

— Ce que ma maman nous a appris, c'est exactement ce que cette poétesse voulait apprendre à ses enfants.

Ce qui était bien, et ce qui était un tort.
Ce qui sauverait la vie, et ce qui donnerait la mort.
Donc si je ne suis plus, parmi vous je peux vivre.
Et bien que décédée, je parle et mes conseils vous
livre.
Au revoir, mes oiseaux, au revoir, adieu.
Heureuse je suis, si avec vous je me sens bien.

Là, je ne pus contenir mes larmes. Et, croyez-moi, je n'étais pas le seul à pleurer. Quand Jane revint à sa place, je la serrai contre moi.

Après la cérémonie, les enfants m'avaient réservé une surprise. Un pique-nique à Riverside Park. Alors que je contemplais l'Hudson, je revis Maeve flottant comme un ange de lumière dans les eaux de la baie. S'il ne s'agissait que d'une hallucination, eh bien tant pis, j'étais prêt à en affronter d'autres.

En mon for intérieur, pourtant, j'étais convaincu du contraire.

Un jour, je la reverrais. Ce qui n'était, auparavant, qu'un espoir, s'était mué en certitude.

Je regardais Eddie et Brian se lancer un ballon. Le chirurgien m'avait expliqué que je devais ménager ma cheville et m'abstenir de marcher pendant au moins deux semaines, mais qu'en savaient-ils, les médecins ? Lâchant mes béquilles, je rejoignis mes fils en clopinant et interceptai une passe. Chrissy et Shawna bondirent aussitôt et je ne fis rien pour les empêcher de me plaquer au sol. Puis le reste de l'équipe me tomba dessus. Même Seamus, qui parvint à me subtiliser le ballon avant d'atterrir joyeusement sur mon thorax.

Les yeux fermés, je pensais au mépris que manifestait Meyer pour les vies ordinaires.

Garde tes a priori, sale con. Où que tu sois, j'espère que tu brûles toujours.

98

Au retour, devant l'entrée de notre immeuble, il y avait de l'agitation. Des manifestants tournaient en rond devant une caméra de News4 et d'autres journalistes armés de leurs micros.

Sur une pancarte, je lus : FLIC = TUEUR.

Quoi ? Il y avait des gens que la mort du Professeur indignait ?

Non, une seconde. Nous étions à New York. Ce ne pouvait être que ça, bien sûr.

Je vis sur une autre pancarte la photo d'un jeune Noir et, au-dessous, en lettres capitales : KENNETH ROBINSON A ÉTÉ ASSASSINÉ. À BAS LE NYPD !

Je n'en revenais pas. Ces gens-là protestaient contre la mort du dealer D-Ray, membre d'un gang, interpellé à Harlem pour un double meurtre ! J'avais l'impression que cette affaire remontait déjà à une dizaine d'années…

Avant que je n'aie eu le temps de réaliser de quoi il retournait, les enfants coururent vers l'attroupement. Mon Dieu, qu'est-ce que mes petits sacripants étaient en train de faire ? Impuissant, je les vis se faufiler entre les manifestants pour se planter devant le type qui tenait la caméra d'épaule. Et là, à tour de rôle, ils se défoulèrent.

— Mon papa est un héros !

— C'est le meilleur du monde !

— Mon père est génial. Pas vous, c'est sûr.

Eddie resta figé quelques secondes, avant de hurler :

— Et puis allez vous faire foutre !

Les journalistes se massèrent autour de moi en me bombardant de questions. Gardant mon sang-froid, je me contentai de faire signe que je n'y répondrais pas. Avec l'aide intrépide de Ralph, le portier, je réussis à rapatrier ma bande d'exaltés dans le hall de l'immeuble.

— Les enfants, vous ne pouvez pas vous comporter comme ça.

Seamus m'ignora et tapa dans les mains de tout le monde en poussant des cris de joie.

Ralph, quant à lui, me rejoignit devant l'ascenseur, l'air ennuyé.

— Monsieur Bennett, s'il vous plaît. Les journalistes ont dit qu'ils voulaient juste que vous fassiez une déclaration, une seule. Et après, ils s'en iront.

Il tenait de toute évidence à les éloigner.

— D'accord, Ralph, je m'en occupe.

En ressortant, je fus aussitôt assailli par la meute qui me colla sous le nez un bouquet de micros argentés. Je m'éclaircis bruyamment la voix.

— Tout bien réfléchi, j'ai en effet une déclaration à faire. Je suis totalement d'accord avec mes enfants. Au revoir, tout le monde. Et, avant que j'oublie, allez vous faire foutre, tous autant que vous êtes.

James Patterson
dans Le Livre de Poche

Bikini   n° 32208

Une top-modèle disparaît à Hawaii. Alarmés par un étrange
coup de fil, ses parents prennent le premier avion. Ben
Hawkins, reporter au *Los Angeles Times*, chargé de couvrir
l'affaire, leur propose de mener l'enquête ensemble. Le
décor paradisiaque se transforme en enfer.

Crise d'otages   n° 31637

Alors que toutes les personnalités du pays sont réunies à la
cathédrale St. Patrick pour rendre un dernier hommage à
l'ex-First Lady, les portes se referment brutalement. Pour
Bennett, chargé de mener la négociation avec les ravisseurs,
la tâche s'annonce ardue.

Dernière escale   n° 32393

Katherine Dunne part en croisière dans les Bahamas avec
ses trois enfants. Mais, à peine les amarres larguées, les
ennuis s'accumulent... jusqu'au naufrage. Les Dunne sont

portés disparus. Jusqu'au jour où un pêcheur remonte par miracle une bouteille contenant un SOS.

Garde rapprochée   n° 31223

On propose à Ned Kelly de participer à un casse sans risque. Quand ses comparses pénètrent dans la villa du richissime collectionneur, ils réalisent qu'ils se sont fait doubler. Le cambriolage vire au carnage.

Lune de miel   n° 37185

Les maris de Nora connaissent tous une fin précoce, au profit de leur veuve ! John O'Hara, un inspecteur du FBI qui se fait passer pour un agent d'assurances, parviendra-t-il à confondre la mante religieuse sans succomber à son charme ?

La Maison au bord du lac   n° 31171

Afin que son projet diabolique demeure secret, le Dr Kane doit faire disparaître six enfants qui ont été le jouet de ses expériences de laboratoire. Ceux-ci se sont retranchés dans une maison au bord d'un lac, où ils se croient en sécurité.

On t'aura prévenue   n° 32049

La vie de Karine, photographe new-yorkaise de 26 ans, a pris un tour surprenant. Les clichés qu'elle développe sont différents de la réalité… et chaque nuit, elle fait le même cauchemar : quatre cadavres évacués du Fálcon Hotel. Jusqu'au jour où la scène se déroule *vraiment* sous ses yeux…

Promesse de sang n° 31497

Nick Pellisante, du FBI, traque un chef mafieux, Dominic Cavallo, depuis des années. Après une arrestation spectaculaire, ce dernier attend son procès. Mais le bus qui transportait les jurés explose, et Cavallo s'évade. La mère d'un des jurés est bien décidée à venger la mort de son fils…

Une nuit de trop n° 31919

Lauren surprend Paul, son mari, au bras d'une blonde resplendissante. Pour se venger, elle cède aux avances de l'un de ses collègues des stups, dont on découvre peu après le corps sans vie dans un parc du Bronx. L'enquête est confiée à Lauren…

LES ENQUÊTES D'ALEX CROSS

Le Masque de l'araignée n° 7650

À Washington D.C., Alex Cross enquête sur deux kidnappings. Cross n'est pas un détective comme les autres : il est docteur en psychologie, et sa femme a été assassinée par un des tueurs anonymes qui hantent le ghetto.

Grand méchant Loup n° 37290

Quand Alex Cross débarque au FBI, il ne sait pas que l'affaire qu'on va lui confier risque d'être l'une des plus scabreuses de sa carrière. En face de lui, un criminel que l'on surnomme le Loup. Des hommes et des femmes sont enlevés. Le Loup n'exige pas de rançon, il revend ses victimes comme esclaves.

Sur le pont du Loup   n° 31577

Une bombe détruit entièrement une petite ville du Nevada.
Le Loup revendique l'attentat et exige de l'argent. Alex
Cross se lance alors dans une chasse à l'homme aux côtés du
FBI, d'Interpol et de Scotland Yard.

Des nouvelles de Mary   n° 31723

Une actrice a été assassinée à Beverly Hills. Le *Los Angeles
Times* reçoit un mail décrivant le meurtre dans ses moindres
détails. Alex Cross comprend que l'assassin, qui se fait
appeler Mary Smith, n'en est pas à son premier forfait et
qu'il projette de récidiver… Qui sera la prochaine victime ?

LE WOMEN MURDER CLUB

2ᵉ chance   n° 37234

Mis à part leur extrême brutalité, rien ne semble relier les
meurtres en série qui secouent San Francisco. Mais l'inspecteur Lindsay Boxer subodore qu'il y a anguille sous roche…
Appelant à la rescousse ses amies du « Women Murder
Club », elle décide d'y voir clair dans cet imbroglio.

Terreur au 3ᵉ degré   n° 37267

À San Francisco, la demeure d'un millionnaire explose.
Dans les décombres, trois corps et un message : « Que la
voix du peuple se fasse entendre. » Lindsay Boxer demande
à ses amies de l'aider dans son enquête, les crimes se succédant avec une effrayante régularité.